MOVIMENTAÇÃO MÁ DO MODO

MOVIMENTAÇÃO MÁ DO MODO
Português (Brasil) Edição

Alan Douglas

11/17/2010
© 2010 De Copyright da ficção do crime por Alan Douglas

© MAU 2010 da MOVIMENTAÇÃO do MODO por Alan Douglas

A MOVIMENTAÇÃO MÁ do MODO é criada pelo autor como uma ficção do crime. As referências aos povos reais, aos eventos, aos estabelecimentos, ou aos lugares locais são pretendidas fornecer somente um sentido da autenticidade, e usadas fictícias. Todos os caracteres neste livro, e todos os incidentes e diálogos, são criados da imaginação do autor e não devem ser consideradas como real.
© MAU 2010 de Copyright da MOVIMENTAÇÃO do MODO por Alan Douglas. Todo certo reservado. Nenhuma parte deste livro pode ser usada ou reproduzido em toda a maneira qualquer sem autorização escrita.
ISBN: 978 - 1-61400-0006
EBook Editor-Los Ángeles, CA
Impresso nos Estados Unidos da América

REVIEW by CREATE SPACE

Millionaire Robert Stanley is in Monte Carlo—his yacht Blue Skies in port, a beautiful woman on his lap, and his bodyguard Donald Herman standing nearby, ever vigilant. Stanley's enjoying all the benefits of wealth, little knowing he's about to die.

Stanley's death behind the wheel of his blue Mercedes seems like an accident, but there's no denying many people wanted the man dead. As a businessman, Stanley had been ruthless, gleefully driving competitors into bankruptcy and—it's rumored—suicide. He gained control of his company by turning the board of directors against his own father, an act that cemented his reputation as a merciless egomaniac.

Stanley's behavior at home mirrored his business dealings. Cruel and lascivious, his infidelity drove his wife to suicide. Blamed for her death by his children, Stanley worked to isolate them from each other, leaving them only a small trust from their mother for expenses.

No, Robert Stanley will not be mourned, but was his death murder? And, if so, was he the target of a family plot or organized crime?

A tense thriller from the mind of Alan Douglas, Bad Mood Drive will keep you guessing until its shocking conclusion.

Create Space - Amazon.com Company

REVIEW por criar um espaço

Millionaire Robert Stanley está em Monte Carlo-seu iate Blue Skies no porto, uma bela mulher em seu colo, e seu guarda-costas Donald Herman estava por perto, sempre vigilante. Stanley de desfrutar de todos os benefícios da riqueza, sem saber que ele está prestes a morrer.

A morte de Stanley atrás do volante do seu Mercedes azul parece ser um acidente, mas não há como negar que muitas pessoas queriam que o homem morto. Como empresário, Stanley tinha sido implacáveis, concorrentes alegremente condução à falência e é rumores de suicídio. Ele ganhou o controle de sua empresa, girando o conselho de administração contra o seu próprio pai, um ato que consolidou sua reputação como um egomaníaco impiedoso.

O comportamento de Stanley em casa espelhado seus negócios. Cruel e lasciva, sua infidelidade levou sua mulher ao suicídio. Culpado por sua morte por seus filhos, Stanley trabalhou para isolá-los uns dos outros, deixando-os apenas uma pequena confiança de sua mãe para as despesas.

Não, Robert Stanley não será lamentada, mas era o seu assassinato morte? E, em caso afirmativo, ele foi alvo de um lote da família ou do crime organizado?

Um thriller tenso da mente de Alan Douglas, Bad Mood Drive irá mantê-lo adivinhar até a sua conclusão chocante.

Criar Espaço - Empresa Amazon.com

KIRKUS REVIEWS

BAD MOOD DRIVE
English Edition
by Alan Douglas
Pub Date: Feb. 25th, 2015
ISBN: 978-1614000037

Getting the largest piece of a wealthy man's inheritance may drive his children to undertake a few bad deeds, including murder, in the English-language version of Douglas' debut thriller.

When billionaire Robert Stanley is run down in an automobile accident in Corsica, his three grown children feel they deserve a sizable chunk of his estate. After all, their relationships with their father have been strained for years after his affair with their governess, Rosa, led to their mother's suicide. And they need the money: Judge Thomas Stanley, the oldest brother, is enamored with Connie, who has expensive tastes; fashion designer Carmen is paying off a blackmailer; and polo player Billy has a heroin addiction. But everything changes with the appearance of Jennifer Stanley, Robert's illegitimate daughter with Rosa. Someone wants controlling interest in Stanley Enterprises—not to mention even more money—and is willing to do whatever it takes to get it, even murder. Douglas does an outstanding job establishing the story's characters. Robert, for example, is undoubtedly the villain, callously sending his kids to separate schools when it was clear that they blamed him for their mother's death. But the children are well-developed, particularly Thomas and Carmen, whose self-

made careers are the result of showing Robert that they could make something of themselves. The novel is shrouded in mystery and brimming with plot twists: there's the strange family man who watches his son's baseball game before breaking into the office of Robert's attorney and the children exhuming Robert's body (for a DNA test to prove that Jennifer is related) and finding an empty coffin. Likewise, the story is bolstered by a bit of dark humor, like the French police captain who stalls releasing Robert's body to lawyer George so he can soak up the press' attention for as long as possible. The translation to English from Spanish unfortunately hits some stumbles, with an abundance of typos and odd phrasings, including an explanation of the title: "[Robert] looks at one of the crew member almost angry and this change his mood. He obviously has a very bad mood."
Sturdy characters and an endless batch of surprises make the glaring translation problems relatively easy to overlook.

KIRKUS REVIEWS

REVISÕES Kirkus

BAD MOVIMENTAÇÃO MOOD
Inglês Edição
por Alan Douglas
Pub Data: 25 de fevereiro de 2015 ISBN: 978-1614000037

Obtendo o maior pedaço da herança de um homem rico pode conduzir seus filhos a realizar algumas más ações, incluindo assassinato, na versão em Inglês de Douglas 'debut suspense.

Quando bilionário Robert Stanley é executado para baixo em um acidente automobilístico na Córsega, seus três filhos adultos sentem que merecem uma fatia considerável de sua propriedade. Afinal de contas, as suas relações com seu pai ter sido tensas por anos após seu caso com sua governanta, Rosa, levou ao suicídio de sua mãe. E eles precisam do dinheiro: Juiz Thomas Stanley, o irmão mais velho, está encantado com Connie, que tem gostos caros; estilista Carmen está pagando um chantagista; e jogador de pólo Billy tem um vício em heroína. Mas tudo muda com o aparecimento de Jennifer Stanley, filha ilegítima de Robert com Rosa. Alguém quer o controle acionário da Stanley Enterprises-não mencionar ainda mais dinheiro e está disposto a fazer o que for preciso para obtê-lo, até mesmo assassinato. Douglas faz um excelente trabalho que cria personagens da história. Robert, por exemplo, é, sem dúvida, o vilão, o envio callously seus filhos para escolas separadas quando ficou claro que o culpava pela morte de sua mãe. Mas as crianças são bem-desenvolvido, particularmente Thomas e Carmen, cuja self-made carreiras são o resultado de Robert mostrando que eles poderiam fazer algo de si mesmos. O romance está envolta em mistério e cheia de reviravoltas: há o homem de família estranha que assiste jogo de beisebol do filho antes de invadir o escritório do advogado de Robert e os filhos de exumação do corpo de Robert (para um teste de DNA para provar que Jennifer está relacionado) e encontrar um caixão vazio. Da mesma forma, a história é amparado por um pouco de humor negro, como o capitão da polícia francesa que barracas liberar o corpo de Robert com o advogado George para que ele possa absorver a imprensa 'atenção para o maior tempo possível. A tradução para Inglês do espanhol infelizmente atinge alguns tropeços, com uma abundância de erros de digitação e phrasings ímpares, incluindo uma explicação sobre o título: "[Robert] olha para um dos membros da tripulação quase com raiva e este mudar o seu humor. Ele, obviamente, tem um muito mau humor. " Caracteres resistente e um lote interminável de surpresas fazer os problemas de tradução gritantes relativamente fácil de ignorar.

REVISÕES Kirkus

1

Aquela é a realidade, se você quer a vida ser como era.
Donald pediu, "você realizou que nós estamos sendo seguidos, Sr. Stanley?"

"Sim." Tinha observado já deles para as vinte e quatro horas passadas.

Os dois homens e a mulher foram vestidos ocasional, tentando misturar-se dentro com os turistas do verão que dão uma volta ao longo das ruas paralelepípedos no amanhecer, mas era difícil permanecer imperceptível em um lugar como Monte - Carlo. É uma cidade conhecida mundial com seus casinos, museus e jardins.

Robert Stanley tinha-se tornado primeiramente ciente deles porque eram demasiado ocasionais, tentando demasiado duramente não o olhar. Onde quer que girou, um deles estava em seu fundo. Robert Stanley era um alvo fácil a seguir. Tinha seis pés de altura, com o cabelo branco que dobra sobre seu colar e uma cara aristocrática, quase imperiosa. Foi acompanhado de uma menina loura nova impressionante bonita, de um pastor alemão puro-preto, e de Donald Herman, escolta de uma quatropolegada de seis pés com um pescoço e uma testa inflando derramar. Para perder-nos duramente, pensamento de Stanley. Conheceu quem o tinham enviado e porquê, e foi enchido com um sentido de perigo iminente. Tinha aprendido há muito tempo confiar seus instintos. O instinto e a intuição tinham ajudado a fazer-lhe um dos homens os mais ricos no mundo.

Forbes Magazine calculou o valor de empresas de Stanley em sete bilhões dólares, quando o Fortune 500 o avaliou em nove bilhões. Wall Street Jornal, Barron, e The Financial Times tiveram todos os perfis feitos em Robert Stanley, tentando explicar sua mística, seu sentido surpreendente do sincronismo, a grande capacidade que teve que criar as empresas gigantes de Stanley. Nenhuns deles tinham sucedido inteiramente para dar a explicação adequada. O que todos concordam sobre era que teve uma energia maníaca real e substancialmente grande. Era incansável. Sua filosofia era simples: Um dia sem fazer um negócio era um dia desperdiçado sem fazer o dinheiro. Podia eliminar mais seus concorrentes, seu pessoal, e todos quem veio em contato com ele. Era um fenômeno psíquico. Era seu próprio homem, afinal. Era um homem religioso. Acreditou no deus, e o deus que acreditou no querido lhe para ser rico e bem sucedido, e seus inimigos inoperantes. Robert Stanley era uma figura pública, e a imprensa conheceu tudo sobre ele. Robert Stanley era uma figura privada, e a imprensa não conheceu nada sobre ele. Tinham escrito sobre seu carisma, seu estilo de vida pródigo, seu plano privado e seu iate, e suas casas legendárias em Havaí, em Marrocos, em Long Island, em Londres, no sul de França, e naturalmente em sua propriedade magnífica, ar de Bell, em Los Angeles ocidental. Mas o Robert real Stanley permaneceu um mistério.

"Onde somos nós que vamos?" A mulher perguntada.

Foi preocupado demasiado para responder. O par no outro lado da rua usava a técnica transversal do interruptor, e tinha mudado apenas sócios outra vez. Junto com seu sentido de perigo, Stanley sentiu uma raiva profunda que invadiam sua privacidade. Tinham ousado vir a seu lugar, seu abrigo secreto do resto do mundo.

Mónaco é o segundo estado independente o menor no mundo (após o Vaticano) e é quase inteiramente urbano. Monte - Carlo não é a capital de Mónaco mas de um distrito do governo. O país é dividido em quatro áreas: Mónaco-Ville (a cidade velha), o Condamine (quarto do porto), Monte - Carlo (negócio e recreação), e Fontvieille (recreação e indústria clara). Sem os recursos naturais a explorar a não ser seus lugar e clima, o principado transformou-se um recurso para turistas e um abrigo de imposto para negócios. Mónaco é seis vezes o tamanho do Vaticano e ainda permanece o país independente o mais densa povoado do mundo.

O aeroporto o mais próximo é o Internacional agradável de Côte-d'Azur, que é ao redor 40 quilômetros (24,85 milhas) longe do centro da cidade em França vizinho. Opera voos do diário a quase todas as cidades principais de Europa, tais como Londres, Paris, Amsterdam, Roma, Bruxelas, Franco forte e Zurique. Há autocarros regulares de Rapidez Cote d'Azur que conectam Monte - Carlo com ambos os terminais no aeroporto agradável de Cote d'Azur, e os táxis estão sempre disponíveis fora das construções terminais.

Monte - Carlo é alcançado facilmente por suas beiras

da terra de França ou de Itália por uma rede das estradas, o mais geralmente é usado de que o A8 que corre para o oeste de Monte - de Carlo a agradável e a Marselha, e de leste para a beira italiana.

Mónaco-Ville é sabido como "lê rocher" ou "a rocha." É ainda uma vila medieval no coração e em um local espantosamente pitoresco. É como quase inteiramente de ruas pedestres e os corredor e a maioria de casas precedentes do século ainda permanecem. Lá um número de turistas dos hotéis, do restaurante e das lojas de lembrança podem ficar, comer e comprar em. Todo pode igualmente visitar Palácio do príncipe, catedral, o museu oceanográfico, a câmara municipal, e os jardins de St Martin.

O Palais Prince (o Palácio do príncipe) está em Mónaco velho Ville. Há umas excursões guiadas do palácio cada dia e geralmente corrida dia-e-noite. O palácio igualmente oferece uma vista panorâmica excitante que negligencia o porto e o Monte - a Carlo. Cada dia na frente dos visitantes da entrada principal do palácio pode olhar a mudança da cerimónia do protetor executada pelo "Carabineiros." "Carabineiros" é não somente responsável segurança dos príncipes' mas oferecem-lhe um protetor da honra e em ocasiões especiais, são suas escoltas. De "o DES Carabineiros do Príncipe Compagine" tem uma faixa militar (fanfarra), que execute em concertos públicos, em ocasiões oficiais, em eventos de exportes e em festivais de canção militar internacionais.

A catedral de Mónaco foi construída em 1875 e está no local de uma igreja mais adiantada do século XIII. É uma igreja bizantina do Românico dedicada ao Saint Nicolas e abriga as sobras de príncipes anteriores de

Mónaco e de princesa Enfeitar.

O quadrado da igreja igualmente conte alguns dos restaurantes os mais finos de Mónaco-Ville's.

O museu e o aquário oceanográficos são um atração mundialmente famosa. Situado acima do nível do mar, o museu contém as coleções impressionantes da fauna marinha, espécimes numerosos das criaturas do mar (enchidas ou no formulário de esqueleto), modelos do laboratório do príncipe Albert envia, e as mercadorias do ofício feitos dos produtos naturais do mar. No rés-do-chão, as exposições e as projeções do filme são apresentadas diariamente na sala de conferências. No porão, os visitantes podem tomar o prazer em olhar mostras espetaculares da flora marinha e da fauna. Com 4.000 espécies de peixes e sobre 200 famílias dos invertebrados, o aquário é agora uma autoridade na apresentação do ecossistema marinho mediterrâneo e tropical. Finalmente, os visitantes podem ter o almoço no "La Terrasse" e visitar a loja de lembranças do museu.

O Jardin. Extorque (jardins exóticos) é um de muitos jardins que Mónaco tem que oferecer. É igualmente uma dos atrações turísticos os mais finos de Mónaco. Diversas mil plantas raras são apresentadas de todo o mundo em uma caminhada que seja bastante memorável para as vistas assim como a flora e as plantas. Devido à elevação na altura, há não somente muitas exposições de plantas de deserto mas há um punhado de exposições subtropicais da flora também. Há igualmente uma gruta (caverna) que programe excursões guiadas.

O teatro da ópera de Mónaco ou o Sale Garnier foram construídos pelo arquiteto famoso Charles Garnier. O auditório do teatro da ópera é decorado no vermelho e no ouro e tem fresco e esculturas toda em torno do auditório. Olhando acima ao teto do auditório, o visitante será fundido ausente pelas pinturas magníficas. O teatro da ópera é chamativo mas ao mesmo tempo muito bonito. Houve alguns dos desempenhos internacionais os mais superiores do bailado, da ópera e dos concertos realizados no teatro da ópera para mais do que um século.

A galeria de belas artes de Marlborough foi fundada em Londres por Frank Lloyd e por Harry Fischer. Uma segunda galeria foi aberta em Roma, em outra em New York, e em uma mais em Mónaco. A galeria guardara uma coleção grande de artistas e mesmo de pinturas da segunda guerra mundial do cargo por Pablo Picasso, por Joan Miró, por Jules Brassai, por Louise Bourgeois, por Dale Chihuly, por David Hockney e por Henri Matisse.

O fórum de Grimaldi é o centro de convenções de Mónaco.A coleção do carro dos príncipes tem tudo, dos corriges e dos carros velhos, aos carros de corridas da fórmula 1.

O casino velho na tentativa de Monte - de Carlo sua sorte no casino grande e jogo ao lado do mundo o mais rico e frequentemente o mais famoso. Você precisará seu passaporte de entrar (enquanto os cidadãos de Monégasque são proibidos do jogo no casino), e as taxas para a entrada variam enorme segundo que sala você está indo - frequentemente de 30€ certo acima nas centenas. Você pode igualmente visitar o casino sem jogar, mas também para uma taxa nominal. O interior do código de vestimenta é extremamente restrito - os homens são exigidos vestir revestimentos e laços. As salas elas mesmas do jogo são espetaculares, com vitral, pinturas, e esculturas em toda parte. Há dois outros casinos mais americanizados em Monte - Carlo. Nenhuma destes tem uma taxa de admissão, e o código de vestimenta é mais ocasional.

As ruas de Mónaco hospedam a fórmula a mais conhecida 1 Prix grande. É igualmente um dos primeiros destaques sociais de Europa do ano. O clube de automóvel de Mónaco organiza está raça de fórmula 1 espetacular todos os anos. O Prix grande é 77 regaços em torno de 263-kilometers das ruas as mais estreitas e torcidas de Monte - de Carlo. O atração principal de Mónaco Prix grande é a proximidade dos carros de pressa do Fórmula 1 aos espectadores da raça. A emoção dos motores gritando, de pneus de fumo e de motoristas determinados igualmente faz a Mónaco Prix grande um das raças as mais emocionantes no mundo.

Aquavision: Descubra Mónaco do mar durante esta excursão fascinante do barco! "Aquavision" é um catamarã-tipo barco equipado com as duas janelas na casca para a visão subaquática, assim permitindo que os passageiros explorem o fundo do mar natural da costa em uma maneira incomum.

Nas horas de verão, Monte - Carlo é iluminado com concertos do brilho no clube ostentando exclusivo de Monte - de Carlo. O clube caracterizou artista como Natalie Cole, Andrea Bocelli, Beach Boys, Lionel Richie e Julio Iglesias entre outros. O clube igualmente hospeda um casino pequeno que inclua jogos básicos do casino.

Compra em Monte - Carlo é geralmente bastante exclusivo. Há uma abundância dos lugares para derreter o cartão de crédito ao lado dos rolos altos de Europa. As lojas de roupa do chique estão no Círculo dourado, quadro pela avenida Monte - Carlo, Beaux-Artes do DES da avenida e Ales Lumiares, onde Hermes, Christian Dior, Gucci e Prada todos têm uma presença. A área e em torno de Lugar do Casino é home aos joalheiro da parte alta tais como Bulgari, ao Cartier e ao Chopard.

Para mais compra em Monte - Carlo é o mercado de Condamine. O mercado, que pode ser encontrado nos d'Armes do lugar, foi na existência desde 1880 e é vívido e atrativo - muitas horas pode ser simplesmente vague amento gastado ao redor, negociando para lembranças de muitos lojas minúsculas, boutiques e locais amigáveis. Se contudo você gosta de uma compra mais moderna, apenas tome uma caminhada curto ao longo da esplanada à alameda do pedestre da princesa Caroline da rua.

Monte - Carlo é um bonito e interessante em uma maneira antiquado, vila medieval, tecer sua mágica antiga em uma cume no Alpes Maritimes. It é cercado por uma paisagem espetacular e encantador dos montes e dos vales cobertos com as flores, os pomares, e as florestas do pinho. Monte - Carlo próprio, têm uma abundância dos estúdios dos artistas, galerias, e as lojas de antiguidades maravilhosas, são um ímã para turistas do mundo inteiro.

Robert Stanley era um delas. E seu grupo giraram na rua do Portier. Stanley falou à mulher, "Sophia, fá-lo gosta de museus?"

"Sim, meu caro." Era muito entusiasmado satisfazê-lo. Tinha encontrado nunca qualquer um como Robert Stanley. Espere até que eu diga minha opinião sobre ele. Eu não pensei que havia qualquer coisa à esquerda para que eu aprenda sobre o sexo, mas meu deus, ele é tão criativo! É tão fantástico, inteligente e estimulando. Tem a capacidade para usar sua imaginação para produzir ideias novas do sexo e para fazer o orgasmo acontecer.

Faz-me sentir cansado e esgotado!

Foram acima do monte à capela do museu da visitação, que foi construído no estilo barroco durante o século XVII. A coleção do museu inclui obra-prima por Rubens, por Zurbaran, por Ribeira e pelos mestres barrocos italianos. Robert Stanley consultou através da coleção ilustre das pinturas. Quando olhou ocasional ao redor, viu a mulher no outro extremo da galeria, estudando com cuidado uma pintura.

Stanley girou para Sophia. "Com fome?"

"Sim. Se você é." Obrigação para não ser insistente, pensou. "Bom. Nós teremos o almoço no café de Paris, coloca o do Casino."

O café de Paris era um dos lugares favoritos de Stanley. O centro de nervo de Monte - Carlo, aonde os povos vão ver e ser vistos, zumbindo com a sensação do tempo velho Monte - Carlo, cerca de 1900s.It adiantado é um ponto de reunião para todo o Monte - Carlo. Com sua decoração futurista nova, este casino convida-o em uma viagem através da galáxia. Um lugar invocativo onde os slots machies e os sistemas exclusivos em Europa se sentem de lado a lado e os jogos de tabela americanos são fora deste mundo... Stanley e Sophia tomam um lugar em uma tabela.

Carl, pastor alemão preto, configuração em seus pés, sempre observadores. O cão era marca registrada de Robert Stanley. Onde Stanley foi, Carl foi com ele como como seu melhor amigo. Ele foi espalhado boatos que no comando de Robert Stanley, o animal rasgaria para fora a garganta de uma pessoa. Ninguém quis testar esse boato. Donald sentou-se só em uma tabela perto da entrada, observando com cuidado os outros consumidores enquanto vieram e foram. Stanley girou para Sophia.

"Deva ordem de I para você, meu caro?"

"Sim, por favor."

Robert Stanley orgulhou-se em ser um gourmet. Pediu uma salada verde e um fricassê de lote para ambos eles.

Enquanto eram servidos seu prato principal, Daniela Ramon, que correu o café com seu marido, Frank, aproximou a tabela e sorriu.

"Olá. É tudo todo o direito, Monsieur Stanley?"

"Maravilhoso, senhora Ramon."

E estava indo ser. Sophia disse, "eu nunca estive aqui antes. É um lugar tão bonito."

Stanley girou sua atenção a ela. Donald tinha-a pegarão para ele em Monte - Carlo um o dia mais cedo.

"Sr. Stanley, eu trouxe alguém para você."

"Algum problema?" Stanley tinha pedido.

Donald tinha sorrido amplamente. "Nenhuns." Tinha-a visto na entrada do Louis XV, Hotel de Paris, Lugar do Casino. Em um dos hotéis os mais finos no mundo, este restaurante avaliado da estrela de Michelin 3 serve o jantar da perfeição entre aliterate luxuoso. Sophia estava em Monte - Carlo por alguns dias apenas para tomar umas férias curtos e para apreciar o lugar.

"Desculpe-me, você falam o inglês?"

"Sim." Teve um acento italiano lilting.

"O homem que eu trabalho para gostaria de você de ter o comensal com ele."

Tinha sido irritada e surpreendida porque sente insultada e tratada injusta. "Eu não sou um navio de pesca a linha! Eu sou uma atriz," ela era insuportável arrogante. De facto, tinha tido uma figuração no último filme de Paul Agati, e um papel com duas linhas de diálogo em um filme de Giuseppe Tornadore.

"Porque devo eu ter o comensal com um desconhecido?" Donald tinha removido uma pilha grossa de contas de cem-dólar. Introduziu cinco deles em sua mão. "Meu amigo é muito generoso. Tem um iate, e é só." Tinha olhado sua expressão atravessar uma série de mudanças da raiva, à curiosidade, ao interesse.

"Enquanto acontece, eu estou entre imagens." Sorriu.

"Provavelmente não me causa nenhum dano se eu tenho o comensal com seu amigo."

"Sim, da causa. Será satisfeito."

"Onde é?"

"Em Monte - Carlo."

Donald tinha escolhido bem. Italiano. Em seus anos 20 atrasados. Era uma sensual e atrativa em uma rapariga sexual da maneira. Tem os bordos sensuais completos. É uma bonita e sensual. Era sexual emocionante e muito atrativa. "Você não a pensa é "sexy"?" Donald pediu. Sim, é. É uma menina "sexy" e essa muito atrativa. Este tipo de atração ocorre frequentemente entre indivíduos. Donald tem suas próprias preferências como um indivíduo. Estas preferências vêm aproximadamente em consequência de uma variedade complexa de seus fatores genéticos, psicológicos, e culturais. A atração sexual é diferente de uma pessoa a outra e depende de ambos - Donald e Sophia. Tem a cara semelhante aos felinos. Figura Completa-peito grande. Agora, olhando a através da tabela, Robert Stanley fez uma decisão.

"Faça-o gostam de viajar, Sophia?"

"Eu sou emoção."

"Bom. Nós iremos em uma viagem pequena. Desculpe-me por um momento."

Sophia olhou enquanto andou no restaurante dentro da sala de homens. Stanley pegara seu celular e discou-o. "Operador marinho, por favor."

Segundos depois, uma voz disse, de "operador C'est marítimo."

"Eu quero colocar uma chamada aos céus azuis do iate. Bravo Lima nove do uísque oito zero..."

A conversação durou cinco minutos, e quando Stanley foi terminado, discou o aeroporto em agradável. A conversação era mais curto está vez.

Quando Stanley era com da fala, falou a Donald, que saiu rápida do restaurante. Então retornou a Sophia.

"É você apronta-se?"

"Sim."

"Deixe-nos tomar uma caminhada." Ele hora necessário de dar certo um plano.

Era um dia perfeito. O sol tinha espirrado nuvens cor-de-rosa através do horizonte e os rios da luz de prata correram através das ruas. Andaram ao longo da rua do Portier, após o Eglise, a igreja do século XII bonita, e pararam no florista. Quando saíram, um dos três observadores estava estando fora, ocupada estudando a igreja. Donald igualmente esperava-os.

Robert Stanley entregou a flor a Sophia.

"Por que você não toma este até o hotel? Eu estarei avante em poucos minutos."

"Toda certo." Sorriu e disse macia, "pressa, meu caro."

Stanley olhou sua licença, e então girou para Donald.

"O que o fez para encontrar?"

"A mulher e esse dos homens estão ficando em Rua do Portier, na estrada a agradável."

Robert Stanley conheceu o lugar. Era uma das ruas em

Monte - Carlo.

"E outro?"

"Ao virar da esquina."

"O que você me querem fazer com eles, senhor?"

"Nada. Eu tomarei deles."

Hotel de Paris de Robert Stanley estava na avenida D'ostende, perto do lugar do Casino e do porto Hercule. Quando Stanley retornou ao hotel, Sophia estava em seu quarto, esperando o. Era despida.

"O que o tomou tão por muito tempo?" sussurrou.

A fim sobreviver, Sophia Loren pegarão frequentemente o dinheiro como uma menina de chamada entre atribuições do filme, e foi usada a falsificar orgasmo para satisfazer seus clientes, mas com este homem, não havia nenhuma necessidade de fingir. Tem o desejo insaciável, e encontrou-se chegar ao clímax repetidas vezes. Quando foram esgotados finalmente, Sophia enrolou seus braços ele, e murmurou feliz, "mim poderia ficar aqui para sempre, meu caro."

Eu desejo que eu poderia, pensamento de Stanley, cruel.

Tiveram o comensal no restaurante de Hotel de Paris. O comensal era delicioso, e para Stanley o garçom adicionou a especiaria à refeição. Quando foram terminados, fizeram sua maneira de volta ao hotel. Stanley andou lentamente, para fazer determinados seus querelantes seguidos.

Em um A M., um homem que está através da rua olhou as luzes no hotel que está sendo desligado, um por um. Em quatro trinta na manhã, Robert Stanley entrou no quarto onde Sophia dormiu. Agitou-a delicadamente.

"Sophia…?"

Abriu seus olhos e olhou acima nele, em um sorriso da antecipação em sua cara, a seguir olhou de sobrancelhas franzidas. Foi vestido inteiramente. Sentou-se acima. "É algo erradamente?"

"Não, meu caro. Tudo é muito bem. Você disse que você gostou de viajar. Bem, nós estamos indo tomar uma viagem pequena."

Era inteiramente acordada e entusiasmado agora. "Nesta hora?"

"Sim. Nós devemos ser muito quietos."

"Mas…"

"Pressa."

Quinze minutos mais tarde, Robert Stanley, Sophia, Donald, e Carl estavam transportando-se para baixo com o elevador à garagem do porão onde um azul Mercedes foi estacionado.

Donald abriu quietamente a porta da garagem e olhou para fora na rua. À exceção do Corniche branco de Stanley, estacionado na parte dianteira, pareceu abandonada. "Toda claramente." Stanley girou para Sophia.

"Nós estamos indo jogar um jogo pequeno. Você e eu estamos indo obter na parte de trás de Mercedes e encontrar-se para baixo no assoalho."

Ela olhos alargados. "Porque?"

"Alguns concorrentes do negócio têm-me seguido," disse muito sério e sincero. "Eu estou a ponto de fechar muito o grande negócio, e estão tentando encontrar sobre ele. Se fazem, poderia custar-me muito dinheiro."

"Eu compreendo," Sophia disse. Não teve nenhuma ideia o que estava falando sobre.

Cinco minutos mais tarde, estavam conduzindo após as portas da garagem na estrada a agradável. Um homem assentado em um banco olhou Mercedes azul enquanto se apressou através das portas. Na roda era Donald Herman e ao lado dele era Carl. O homem removeu a toda pressa um telefone celular e começou a discar...

"Nós podemos ter um problema," disse a mulher. "Que tipo do problema?"

"Um azul Mercedes apenas conduziu fora das portas. Donald Herman estava conduzindo, e o cão estava no carro, demasiado."

"E Stanley não eram no carro?"

"Não"

"Eu não o acredito. Sua escolta nunca deixa-o na noite, e esse cão nunca sai dele, nunca."

"É seu Corniche ainda estacionado na frente do hotel?" perguntou ao outro homem enviado para seguir Robert Stanley.

"Sim, mas talvez comutou carros."

"Ou podia ser um truque! Chame o aeroporto."

Dentro de minutos, estavam falando à torre.

"Do plano Monsieur Stanley? Aqui. Chegou uma hora há e tem reabastecido já."

Cinco minutos mais tarde, dois membros da equipe da fiscalização estavam em sua maneira ao aeroporto, quando o terço manteve o relógio no hotel. Como Mercedes azul passado através do bulevar Princesa Charlotte, Stanley moveu-se no assento. "É toda direito sentar-se acima, agora," disse Sophia. Girou para Donald, "aeroporto agradável. Pressa."

Quarenta e cinco minutos mais tarde, no aeroporto agradável, Boeing convertido 727 abaixa lentamente a pista de decolagem ao longo da terra para o ponto da decolagem. Acima de em torre, o controlador de voo disse,

"São certamente com pressa pegar esse plano fora da terra. O piloto pediu um afastamento quatro vezes."

"Cujo o plano é ele?"

"Robert Stanley."

"Está provavelmente em sua maneira de fazer um outro bilhão ou assim."

O controlador girou para monitorar um Learjet que descola, e pegarão então o microfone. "Boeing oito nove cinco, este é controle agradável da partida. Você é cancelado para a decolagem. Cinco deixados. Após a partida, gire certo para um título de um quatro zero."

O piloto e o copiloto de Robert Stanley trocaram um olhar aliviado. O piloto pressionou o botão do microfone.

"Roger. Boeing oito nove cinco é cancelado para a decolagem. Girará certo para um quatro zero."

Um momento mais tarde, o plano enorme trovejou abaixo da pista de decolagem e esfaqueado no céu azul. O copiloto falou no microfone outra vez.

"A partida, Boeing oito nove cinco está escalando fora de três mil para o nível de voo sete zero."

O copiloto girado para o piloto.

"Whew! O ancião Stanley era certo que impaciente por para que nós saiam a terra, não era?"

O piloto encolher de ombros.

"Nossos para não raciocinar porque, nossos mas a fazê-los e morrer. Como é que faz para trás lá?"

O copiloto aumentou e pisou à porta da cabina do piloto, e olhou na cabine. "Está descansando."

Telefonaram a torre do aeroporto outra vez do carro.

"Do o plano Sr. Stanley… é ele ainda na terra?"

"Não, monsieur. Partiu."

"Fez o ficheiro piloto um plano de voo?"

"Naturalmente, monsieur."

"A onde?"

"O plano é dirigido para JFK."

"Obrigado." Girou para seu companheiro.

"Kennedy. Nós -temos os povos lá para encontrá-lo."

Quando Mercedes passou subúrbio de Monte - Carlo, apressando-se para italiano beira, Robert Stanley disse,

"Donald, não há nenhuma possibilidade que nós estivemos seguidos?"

"Não, senhor. Nós perdemo-los."

"Bom." Robert Stanley inclinou-se para trás em seu assento e relaxado. Não havia nada preocupar-se aproximadamente. Estariam seguindo o plano. Reviu a situação em sua mente. Era realmente uma pergunta do que conheceu e quando o conheceu. Eram como os chacais que seguem a maneira de um leão, esperando derrubá-lo. Robert Stanley si mesmo sorriu. Tinham subestimado o homem que tratavam. Outro que tinham feito esse erro tinham pagado cara por ele. Alguém igualmente pagaria está vez. Era Robert Stanley, confiante dos presidentes e dos reis, poderoso e rico bastante para quebrar as economias de alguns países pequenos. Ainda...

Os 727 acabavam-se nos céus. Marselha. O piloto falou no microfone. "Marselha, Boeing oito nove cinco é com você, escalando fora do nível de voo um nove zero para o nível de voo dois três zero."

"Roger."

Mercedes alcançou Monte - Carlo imediatamente depois do alvorecer. Robert Stanley teve memórias afeiçoadas da cidade, mas tinha mudado drástica. Recordou uma época quando tinha sido uma cidade elegante com hotéis de primeira classe e restaurantes, e um casino onde o traje de cerimónia fosse exigido e onde as fortunas poderiam ser perdidas ou ganhado em uma noite. Tinha sucumbido agora ao turismo, com os consumidores de boca aberta que jogam em suas camisas.

Mercedes aproximava o porto - mova Hercule. Cinco minutos mais tarde, Mercedes levantado ao lado dos céus azuis, um iate do motor de cem-e-oitenta-pé. O capitão Vargas e grupo de doze foi alinhado na plataforma. O capitão apressou-se abaixo da prancha para cumprimentar as chegadas novas.

"Bom dia, Signor Stanley," o capitão Vargas disse. "Nós tomaremos sua bagagem, e…"

"Nenhuma bagagem. Deixe-nos mover-se."

"Sim, senhor."

"Espere um minuto." Stanley estudava o grupo. Olha uma do membro de grupo quase irritado e desta mudança seu humor. Tem obviamente um humor muito mau. A maioria das situações similares fazem-no para ser arrogante. Em consequência desta movimentação má do humor Stanley disse:

"O homem na extremidade. É novo, não é?"

"Sim, senhor. Nosso menino de cabine ficado doente em Capri, e nós tomamos neste. É altamente…"

"Obtenha livrado dele," Stanley pediu.

O capitão olhado lhe, confundido. "Obtenha…?"

"Pague-o fora. Deixe-nos sair de aqui. Agora!" O capitão Vargas inclinou-se. "Direito, senhor."

Olhando ao redor, Robert Stanley foi enchido com um sentido renovado do pressentimento. Poderia quase alcançar para fora e tocar no perigo no ar. Não quis nenhuns desconhecido perto dele. Captain Vargas e seu grupo tinha sido com ele por anos. Poderia confiá-los. Girou para olhar a menina. Desde que Donald a tinha pegarão aleatoriamente, não havia nenhum perigo lá. E quanto para a Donald, sua escolta fiel salvar sua vida mais de uma vez. Stanley girou para Donald.

"Estada perto de mim."

"Sim, senhor."

Stanley tomou o braço de Sophia. "Deixe-nos ir a bordo, meu querido."

Donald Herman esteve na plataforma, olhando o grupo prepara-se para moldar fora. Fez a varredura do porto, mas não viu nada ser alarmado aproximadamente. Nesta época da manhã, havia uma atividade muito pequena. Os geradores enormes do iate estouraram na vida, e a embarcação obteve corrente. O Robert aproximado capitão Stanley "você não disse onde nós estávamos dirigindo, Signor Stanley."

"Não, eu não fiz, fiz I, capitão?" Pensou por um momento. "Ajácio."

"Sim, senhor."

"A propósito, eu quero-o manter o silêncio de rádio restrito."

O capitão Vargas olhou de sobrancelhas franzidas em Robert Stanley. "Silêncio de rádio? Sim, senhor, mas que se...?"

Robert Stanley disse, "não se preocupe sobre ele. Apenas faça-o.

E eu não quero qualquer um que usa os telefones satélites."

"Direito, senhor. Nós estaremos colocando sobre em Ajácio?"

"Eu deixei-o saber, para captain."

Robert Stanley tomou Sophia em uma excursão do iate. Era uma de suas possessões premiado, e apreciou mostrá-la fora. Era uma embarcação excitante. Teve uma suíte máster luxuosamente apontada com uma sala de estar e um escritório. O escritório era espaçoso e fornecido confortavelmente com um sofá, diversas cadeiras fáceis, e uma mesa, atrás de que era bastante equipamento para correr uma cidade pequena. Na parede era um grande mapa eletrônico com um barco movente pequeno que mostra o cargo actual do iate. As portas de vidro de deslizamento abriram da suíte máster em uma plataforma exterior da varanda fornecida com uma espreguiçadeira e uma tabela com quatro cadeiras. Uns trilhos da teca correram ao longo da parte externa. Em dias balmy, era o costume de Stanley para comer o café da manhã na varanda. Havia seis salões nobres do convidado, cada um com os painéis de seda pintados à mão, janelas de imagem, e um banho com um Jacuzzi. A grande biblioteca foi feita na madeira do coa. A sala de jantar tem a capacidade de assento para dezesseis convidados. Um salão de beleza totalmente equipada da aptidão estava na plataforma mais baixa. O iate igualmente conteve uma adega de vinho e um teatro que fosse ideal para filmes corrida. Robert Stanley teve uma das grandes bibliotecas do mundo de filmes de DVD, incluir pornográfico. O mobiliário durante todo a embarcação era excelente, e as pinturas fariam todo o museu orgulhoso.

"Bem, você tem visto agora a maior parte," Stanley disse Sophia no fim da excursão. "Eu mostrar-lhe-ei o resto amanhã."

Foi admirada. "Eu nunca vi qualquer coisa como ele! É… ele é como uma cidade!"

Robert Stanley sorriu em seu entusiasmo. "O comissário de bordo mostrá-lo-á a sua cabine. Faça-se confortável. Eu tenho algum trabalho a fazer."

Robert Stanley retornou a seu escritório e verificou o

mapa eletrônico na parede para ver se há o lugar do iate. Os céus azuis estavam no mar Ligurian, dirigindo para o nordeste. Não saberão aonde eu fui, pensamento de Stanley. Estarão esperando-me em JFK. Quando nós obtemos a Ajácio, eu endireitarei tudo para fora.

Trinta e cinco mil pés no ar, o piloto dos 727 obtinham instruções novas. "Boeing oito nove cinco, você é cancelado diretamente à rota superior quarenta de novembro da Índia do delta como arquivado."

"Roger. Boeing oito nove cinco é a rota superior direta cancelada quarenta como arquivado." Girou para o copiloto.

"Toda claramente."

O piloto esticou, levantou-se, e andou-se à porta de cabina do piloto. Olhou na cabine. O céu é do azul do dia de verão, com grande, mas a ameaça, nuvens de uma brancura prateada. O lugar alto acima contra o céu aberto e nuvens moventes e ele é algo mais outra vez. Celebração da união da terra e do céu. Azul, a cor do céu em um dia ensolarado. O céu é claro como o vidro. Era um cinza escuro, róseo; as nuvens rodaram através dele que expor uns bancos de nuvem mais altos, mais cinzentos.

"Como é nosso passageiro que faz?" o copiloto perguntado. "Olha com fome a mim."

2

A costa Ligurian é o Riviera italiano, varrendo em um semicírculo da beira franco-italiano ao redor a Genoa, e continuando então para baixo ao golfo do La Spezia. A fita longa bonita da costa e suas águas gasosas contêm os portos contado de Ajácio, Vemazza, e além deles, da Ilha de Elba, de Sardinia, e de Córsega. Os céus azuis aproximavam Ajácio, que mesmo era de uma distância uma vista impressionante, seus montanheses cobertos com as oliveiras, pinhos, ciprestes, e palmas.

Robert Stanley, Sophia, e Donald estavam na plataforma, estudando o litoral de aproximação.

"Tenha-o sido a Ajácio frequentemente?" Sophia pediu.

"Algumas vezes."

"Onde é sua casa principal?"

Demasiado pessoal. "Você apreciará Ajácio, Sophia. É realmente bastante bonito."

O capitão Vargas aproximou-os. "Você gostam de ter um almoço a bordo, Signor Stanley?"

"Não, nós teremos o almoço no Palazzu U Domo."

"Fantástico. E I será preparado para pesar a âncora mesmo após o almoço?"

"Eu penso não. Deixe-nos apreciar a beleza do lugar."

Captain Vargas estudou-o, confundido. A movimentação do humor de Robert Stanley fá-lo para estar em uma pressa terrível, ou parece que tem todo o tempo no mundo. E o rádio a ser interrompido? Inaudito dele! Besteira. A merda acontece. Não há nada que pode ser feito sobre ele.

Quando os céus azuis deixaram cair a âncora no Quai de la Cidadela, Stanley, Sophia, e Donald tomaram o lançamento do iate em terra. O porto pequeno era encantador, com uma variedade de lojas interessantes e tratora exterior que alinham a única estrada que conduziu aos montes. Dúzia ou os barcos de pesca tão pequenos foram levantados na praia cascalho.

Stanley girou para Sophia. "Nós teremos um almoço no hotel sobre o monte. Há uma vista bonita de lá." Inclinou-se para um táxi parado além das docas. "Pegue um táxi lá, e eu encontrá-lo-ei em poucos minutos." Entregou-lhe algum dinheiro.

"Muito bem, caro."

Seus olhos seguiram-na enquanto andou afastado; então girou para Donald. "Eu tenho que fazer uma chamada."

Mas não do navio, pensamento de Donald. Os homens foram às duas cabines de telefone no lado da doca. Donald olhou como Stanley pisou o interior um deles, pegarão o receptor, e introduziu um símbolo.

"Operador, eu gostaria de colocar uma chamada a Union Bank de Suíça em Genebra."

Uma mulher aproximava a segunda cabine de telefone. Donald pisou na frente dela, obstruindo sua maneira.

"Desculpe-me," disse. "Eu..."

"Eu estou esperando uma chamada."

Olhou-o na surpresa.

"Oh."

Olhou esperançosamente para a cabine de telefone Stanley estava dentro.

"Eu não esperaria." Donald disse com um som grunhir. "Está indo estar no telefone por muito tempo."

A mulher encolher de ombros e andada afastado. "Olá!?" Donald olhava Stanley falar no adaptador bucal.

"Peter? Nós temos um problema pequeno." Stanley fechado a porta à cabine. Falava muito rápido, e Donald não poderia ouvir-se o que dizia. No fim da conversação, Stanley substituiu o receptor e abriu a porta.

"É tudo todo o direito, Sr. Stanley?" Donald pediu. "Deixe-nos obter algum almoço."

O Palazzu U Domo é a joia de coroa de Ajácio, um hotel com uma vista panorâmica magnífica da baía esmeralda abaixo.   O hotel abastece ao muito rico, e ciosamente guarda sua reputação. Robert Stanley e Sophia tiveram o almoço para fora no terraço.

"Deva ordem de I para você?" Stanley pediu. "Têm algumas especialidades aqui que eu penso que você pôde apreciar."

"Por favor," Sophia disse.

Stanley pediu o pesto do al do trene-te, a massa local, a vitela, e o foca cia, o pão salgado da região.

"E traga-nos uma garrafa de Schram oitenta e oito." Girou para Sophia. "Recebeu uma medalha de ouro no desafio internacional do VINHO em Londres. Eu possuo o vinhedo."

Sorriu. "Você é afortunado."

A sorte não teve nada fazer com ela. "Eu acredito que o homem esteve significado apreciar os prazeres gustativo que foram postos sobre a terra." Tomou sua mão em seu. "E outros prazeres, demasiado."

"Você é um homem surpreendente."

"Obrigado."

Ele Stanley entusiasmado para ter mulheres bonitas admirá-lo. Este era novo bastante ser sua filha e esse entusiasmado ele ainda mais.

Quando tinham terminado o almoço, Stanley olhou Sophia e sorriu. "Deixe-nos receber de volta ao iate."

"Oh, sim!"

Robert Stanley era um amante variável, apaixonado e especializado. Seu ego enorme fê-lo referido mais sobre a satisfação de uma mulher do que sobre a satisfação d. Soube excitar as zonas eróticas de uma mulher, e orquestrou seu fazer amor que fornece o prazer com a gratificação dos sentidos e da sinfonia que trouxeram seus amantes às alturas que tinham conseguido nunca antes. Passaram a tarde na série de Stanley, e quando foram terminados que fazem o amor, Sophia foi esgotado. Robert Stanley vestiu e foi à ponte ver o capitão Vargas.

"Você gostam de ir sobre a Sardinia, Signor Stanley?" o capitão perguntado.

"Deixe-nos parar fora primeiramente na Ilha de Elba."

"Sim, senhor. É tudo satisfatório?"

"Eu espero assim," Stanley disse. "Tudo é satisfatório."

Estava sentindo despertado outra vez. Foi para trás ao salão nobre de Sophia. Alcançaram a Ilha de Elba a seguinte tarde, e ancorado em Portoferraio. A Ilha de Elba é uma ilha mediterrânea em Toscânia, Itália. A ilha a maior do arquipélago de Tuscan, a Ilha de Elba é igualmente parte do parque nacional do Tuscan e do terço - a ilha a maior em Itália após Sicília e Sardinia. É ficada situada entre o mar Tyrrhenian e o mar Ligurian, aproximadamente 50 quilômetros (30 MI) ao leste da ilha francesa de Córsega.

Como Boeing 727 entrou no espaço aéreo norte-americano, piloto verificado dentro com o controle à terra.

"De o centro New York, Boeing oito nove cinco é com você, passando a nível de voo dois seis zero para o nível de voo dois quatro zero."

A voz do centro de New York aproximou-se. "Roger, você é cancelado a um dois mil, JFK direto. Chame a aproximação em um dois sete pontos quatro."

Da parte de trás do plano veio um baixo rosnado. "Fácil, príncipe. Aquele é um bom menino. Deixe-nos obter este cinto de segurança em torno de você."

Havia quatro homens que esperam quando os 727 aterraram. Estiveram em posições vantajosas diferentes assim que poderiam olhar os passageiros descer do plano. Esperaram meias horas. O único passageiro a sair era um pastor alemão preto.

Portoferraio é o centro comercial principal da Ilha de Elba. As ruas são alinhadas com as lojas elegantes, sofisticadas, e atrás do porto, as construções do século XVIII são dobradas sob a cidadela do século XVI escarpado construída pelo duque de Florença.

Robert Stanley tinha visitado a ilha muitas vezes, e em uma maneira estranha, sentiu em casa aqui.

Este era o lugar onde Napoleon Bonaparte foi exilado pelos governos aliados à Ilha de Elba que segue sua abdicação em Fontainebleau e aterrado na ilha o 4 de maio 1814.

"Nós estamos indo olhar a casa de campo de Napoleon," disse Sophia. "Eu encontrá-lo-ei lá." Girou para Donald. "Tome-a ao dei Mulinha da casa de campo."

"Sim, senhor."

Stanley olhou Donald e Sophia sair. Olhou seu relógio. O tempo estava correndo para fora. Seu plano já aterraria em JFKennedy. Quando aprenderam que não estava a bordo, a caça ao homem começaria outra vez. Tomar-lhes-á um quando para pegara a fuga, pensamento de Stanley. Até lá, tudo terá sido estabelecido.

Pisou em uma cabine de telefone na extremidade da doca.

"Eu quero colocar uma chamada a Londres," Stanley disse o operador. "O banco Barclays. Um sete uns…"

Meias horas mais tarde, pegarão Sophia e trouxe-a de volta ao porto.

"Você vai a bordo," Stanley disse-lhe. "Eu tenho uma outra chamada a fazer."

Olhou-o estride sobre à cabine de telefone ao lado da doca. Por que não usa os telefones no iate? Sophia quis saber.

Dentro da cabine de telefone, Robert Stanley estava dizendo, "Sumitomo Bank no Tóquio…"

Quinze minutos mais tarde, quando retornou ao iate, estava em uma fúria.

"Somos nós que vamos ancorar aqui para a noite?" O capitão Vargas pediu.

"Sim," Stanley agarrou. "Não! Deixe-nos principais para Sardinia. Agora!"

Sardinia é a segunda - ilha a maior no mar Mediterrâneo. As costas de Sardinia são geralmente altas e rochosas, com estiramentos por muito tempo, relativamente retos do litoral, muitos promontório proeminentes, algumas baías largas, profundas, rias, e muitas entradas e com as várias ilhas menores fora da costa.

A ilha tem um clima mediterrâneo típico. Durante o ano há aproximadamente 300 dias da luz do sol, com uma concentração principal de precipitação no inverno e no outono, de alguns chuveiros pesados na primavera e de quedas de neve nas montanhas.

Porto Cervo é uma cidade pequena em Sardinia. É um dos lugares os mais bonitos ao longo da costa mediterrânea. A cidade pequena de Porto Cervo é um abrigo para o rico, com uma grande parte da área pontilhada com as casas de campo construídas por Alan Kimbal.

A primeira coisa Robert Stanley fez quando entraram eram dirigir para uma cabine de telefone. Donald seguiu-o, estando o protetor fora da cabine.

"Eu quero colocar uma chamada ao d'Italia de Banca em Roma." A porta da cabine de telefone fechado.

A conversação durou para quase meias horas. Quando Stanley saiu da cabine de telefone, estava em sério problema. Donald quis saber o que estava acontecendo. Stanley e Sophia tiveram o almoço na praia de Porto Cervo. Stanley pediu para eles. "Nós começaremos com malloreddus." Flocos da massa feitos do trigo da duro-grão. "Então o porceddu." Leitão pequena, cozinhada com murta e folhas de louro. "Para um vinho, nós teremos o Vernaccia, e para a sobremesa, nós teremos sebadas." Os fritos fritados encheram-se com o queijo fresco e rasparam-se a casca de limão, espanada com mel e açúcar amargos.

"Bene, signor." O garçom andou afastado, impresso.

Como Stanley girou para falar a Sophia, seu coração saltou de repente uma batida. Perto da entrada aos homens do restaurante dois foram assentados em uma tabela, estudando o. Vestido em fatos escuros no sol do verão, nem sequer estavam incomodando-se fingi-los eram turistas. São após mim ou são desconhecido inocentes? Eu não devo deixar minha imaginação correr afastado comigo, pensamento de Stanley. Sophia estava falando.

"Eu tenho-lhe perguntado nunca antes. Que negócio é você dentro?"

Stanley estudou-a. Estava refrescando para ser com alguém que não conheceu nada sobre ele. "Eu sou aposentado," disse-lhe. "Eu apenas viajo ao redor, apreciando o mundo."

"E você são todo por si próprio?" Sua voz foi enchida com a simpatia. "Você deve ser muito só."

Era tudo que poderia não ri alto. "Sim, eu sou. Eu estou contente você estou aqui comigo."

Pô-la cede seu. "Eu, também, caro."

Fora do canto de seu olho, Stanley viu os dois homens sair.

Quando o almoço se acabava, Stanley e Sophia e Donald retornaram à cidade. Stanley dirigiu para uma cabine de telefone. "Eu quero o Credita Lyonnais em Paris…"

Olhando o, Sophia falou a Donald.

"É um homem maravilhoso, não é?"

"Há ninguém como ele."

"Quanto tempo o tenha sido com ele?"

"Dois anos," Donald disse.

"Você é afortunado."

"Eu sei." Donald andou sobre e esteve como um direito

do protetor fora da cabine de telefone. Ouviu dizer de Stanley,

"Ben? Você sabe porque eu o estou chamando... sim... sim... vou faz4e-lo?... Que é maravilhoso" sua voz foi enchida com o relevo. "Nenhum não lá. Deixe-nos encontrar-se em Córsega... Isso é perfeito após nossa reunião, mim pode retornar diretamente em casa. Obrigado, Ben." Stanley colocou o receptor. Esteve lá um momento, sorrindo, e discou então um número em Los Angeles. Um secretário respondido. Do "escritório Sr. Frank Harold."

"Este é Robert Stanley. Deixe-me falar-lhe."

"Oh, Sr. Stanley! Eu sou pesaroso, Sr. Frank Harold realizo-me em férias. Pode alguma outra pessoa...?"

"Não. Eu estou em minha maneira de volta aos estados. Você diz-lhe que eu o quero em Los Angeles no ar de Bell em nove horas segunda-feira de manhã. Diga-lhe para trazer uma cópia de minha vontade e de um notário."

"Eu tentarei..."

"Não tente. Faça-a, meu caro." Colocou o receptor e esteve lá, sua mente que compete, quando pisou fora da cabine de telefone, sua voz era calmo. "Eu tenho um negócio pequeno para tomar de, Sophia. Vá ao hotel grande e espere-me."

"Toda certo," disse graciosa. "Não seja demasiado longo."

"Eu não."

Os dois homens olharam sua caminhada afastado.

"Deixe-nos receber de volta ao iate," Stanley disse Donald. "Nós estamos saindo."

Donald olhou-o na surpresa. "Que sobre...?"

"Pode parafusar sua casa esperta da parte traseira da

maneira do burro."

Quando retornaram aos céus azuis, Robert Stanley foi ver o capitão Vargas. "Nós estamos dirigindo para Córsega," disse que "nos deixe se mover."

"Eu apenas recebi um boletim meteorológico atualizado, Signor Stanley Eu estou receoso que há uma tempestade má. Seria melhor se nós o esperamos para fora e…"

"Eu quero sair agora, capitão."

O capitão Vargas hesitou. "Será uma viagem áspera, senhor. É um libeccio… o vento do sudoeste. Nós teremos mares pesados e rajadas."

"Eu não me importo com aquele." A reunião em Córsega estava indo resolver todos seus problemas. Girou para Donald. "Eu quero-o arranjar para que um helicóptero pegarem-nos em Córsega e tome-os a Roma. Use o telefone público na doca."

"Sim, senhor."

Donald Herman andou de volta à doca e entrou na cabine de telefone. Vinte minutos mais tarde, os céus azuis eram pesam abaixo.

3

A pessoa que amou e adorou era David Smith, e ele usados frequentemente o nome como seu standard...

"Eu não me importo o que você diz sobre Smith, ele sou o único político com valores reais. Família-que o que é toda sobre. Sem valores familiares, este país seria acima de The Creek mesmo mais mal do que é. Todas estas crianças estão vivendo junto sem ser casado, e tendo bebês. É chocante. Nenhuma maravilha lá é tanto crime. O exame e as agressões sexuais contra mulheres ocorrem tanto dentro como fora da família. A violência na casa é tanto quanto um crime quanto a violência de um desconhecido, assim que não a tolera. Se David Smith corre nunca para o presidente, é certo obteve meu voto." Era uma vergonha, pensou, que não poderia votar devido a uma lei estúpida, mas, de qualquer maneira, era atrás de Smith toda a maneira.

Teve três crianças: Bob, sete; e duas meninas: Alguns e Mary, nove e doze. Eram crianças maravilhosas, e sua grande alegria gastava o que gostou de chamar o tempo da qualidade com ele. Seus fins de semana foram devotados totalmente às crianças. É obviamente que as crianças têm a função importante em sua vida. As crianças parecem provavelmente para que seja uma fonte de que para desenvolver novo relacionamentos e a percepção imediata. Assou para eles, jogou com eles, tomou-os aos filmes e aos jogos de bola, e ajudou-os com seus trabalhos de casa. Todos os jovens na vizinhança o adoraram. Reparou seus bicicletas e brinquedos, e convidou-os em piqueniques com sua família. Deram-lhe o nome do entalhe do PAIZINHO. Em um ensolarado sábado de manhã, foi assentado na bancada, olhando o jogo de basebol. Era um dia perfeito da imagem, com luz do sol morna e as nuvens de cúmulo macias que salpicar o céu. Seu filho de sete anos, Bob, estava no bastão, olhando muito profissional e crescido acima em seu uniforme da liga júnior. Sua esposa do paizinho dois as meninas e estavam em seu lado. Não consegue melhorar do que este, ele pensou feliz. Por que não podem todas as famílias ser como nossos?

Era a parte inferior da oitava vez; a contagem foi amarrada, com duas saídas e as bases carregadas. Bob estava na placa, em três bolas e em duas greves contra ele. O paizinho chamado, encorajadora, "obtém-nos, Bob! Sobre a cerca!"

Bob esperou o passo. Era rápido e o ponto baixo e Bob balançaram descontroladamente e faltaram.
O árbitro gritou, a "greve três!"

A vez acabava-se. Havia uns gemidos e uns elogios da multidão de pais e de amigos da família. Bob esteve desencorajado lá, olhando os lados da mudança das equipes.

Paizinho chamado, "é todo o direito, filho. Você fá-lo-

47

á a próxima vez!" Bob tentou forçar um sorriso.

John Blackburn, gestor de equipa, esperava Bob.

"Você é feito! Saia de aqui! Você não pode jogá-lo outra vez" disse.

"Mas, Sr. Blackburn…"

"Saia. Saia o campo. Agora!"

O pai de Bob olhado na perplexidade de dano como seu filho deixou o campo. Não pode fazer aquele, ele pensou. Tem que dar a outra oportunidade de Bob. Eu terei que falar ao Sr. Blackburn e explicar. Imediatamente depois do esse, o celular que levou soou. Deixou-o soar quatro vezes antes que lhe respondeu. Somente uma pessoa teve o número. Sabe que eu dei ser perturbado nos fins de semana, ele pensei irritadamente.

Relutantemente, levantou a antena, pressionada um botão, e raio no adaptador bucal. "Olá!?"

A voz falou no extremo oposto quietamente por diversos minutos. O paizinho escutou, inclinando-se de vez em quando. Finalmente disse, "sim. Eu compreendo. Eu tomarei dele." Pôs o telefone afastado.

"É tudo todo o direito, amor?" sua esposa perguntada.

"Não. Eu estou receoso que não é. Querem-me trabalhar sobre o fim de semana. Eu planeava um assado agradável para nós amanhã."

Sua esposa tomou sua mão e disse-a amorosamente, "não se preocupe sobre ela. Seu trabalho é mais importante."

Tão importante quanto minha família, pensou teimosamente.

David Smith compreenderia. Sua mão começou ao comichão ferozmente e riscou-o. Por que deve fazer aquele? Ele querido saber. Eu terei que ver um destes dias um dermatologista.

John Blackburn era o gerente assistente no supermercado local. Um homem bem-constituído em seus anos 50, tinha concordado controlar a equipe da liga júnior porque seu filho era um jogador de bola. Sua equipe tinha perdido essa tarde devido a Bob novo. O supermercado teve fechado, e John Blackburn estava no parque de estacionamento, andando para seu carro, quando um desconhecido o aproximou, leva um pacote.

"Desculpe-me, Sr. Blackburn."

"Sim?"

"Eu quero saber se eu poderia lhe falar por um momento."

"A loja é fechado."

"Oh, não é aquela. Eu quis falar-lhe sobre meu filho. Bob é muito virado que você lhe tomou fora do jogo e lhe disse que não poderia jogar outra vez."

"Bob é seu filho? Eu sou pesaroso que estava mesmo no jogo. Nunca será um jogador de bola."

O pai de Bob disse seria, "você não está sendo justo, Sr. Blackburn. Eu conheço Bob. É realmente um jogador de bola fino. Você verá. Quando jogar próximo sábado..."

"Não está indo jogar próximo sábado. Está para fora."

"Mas..."

"Nenhum mas. Que ele. Agora, se há nada mais..."

"Oh, há." O pai de Bob tinha desempacotado o pacote em sua mão, revelando um bastão de beisebol. Disse suplicante, "este é o bastão que Bob usou. Você pode ver que se lascou, assim que não é justo o punir porquê..."

"Olhar, senhor, eu não dou uma nada sobre o bastão. Seu filho está para fora!"

O pai de Bob suspirou infeliz. "Você é certo que você não mudará sua mente?"

"Nenhuma maneira."

Como Blackburn alcançou para o puxador da porta de seu carro, o pai de Bob balançou o bastão contra o vidro traseiro e despedaçá-lo. Blackburn olhou fixamente nele em choque. "Que... o que são você que faz?"

"Aquecendo-se," paizinho explicado. Aumentou o bastão e balançou-o outra vez, despedaçando o contra a rótula de Blackburn. John Blackburn gritou e caiu à terra, contorcendo-se de dor na dor.

"Você é louco!" Gritou. "Ajuda!"

O pai de Bob ajoelhou-se ao lado dele e disse-se macia, "faça um mais som, e eu quebrarei sua outra rótula."

Blackburn olhou fixamente acima nele na agonia, terrificada.

"Se meu filho não está no jogo próximo sábado, eu matá-lo-ei e eu matarei seu filho. Eu faço-me claro?"

Blackburn olhou nos olhos do homem e inclinou-se, lutando para manter-se de gritar com dor.

"Bom. Oh, e mim não quereria isto sair. Não tenho obteve amigos." Olhou seu relógio. Teve apenas bastante tempo para travar o voo seguinte a Los Angeles. Sua mão começou ao comichão outra vez.

Em sete horas domingo de manhã, vestido em um fato investido e em levar uma pasta de couro cara, tomou o metro à Los Angeles do centro. Aproximou a entrada da construção da confiança. Com dúzias dos inquilinos nesta construção enorme, não haveria nenhuma maneira que o protetor na mesa de recepção poderia o identificar.

"Bom dia," o homem disse.

"Bom dia, senhor. Posso eu ajudo-o?"

Suspirou. "Mesmo o deus não pode ajudar-me. Pensam que eu não tenho nada fazer mas passar meus domingos que fazem o trabalho que alguma outra pessoa deve ter feito."

O protetor Disse-me, simpaticamente, "conhece o sentimento." Empurrou um registro para a frente. "Você assinaria dentro, por favor?"

Assinou em e andou sobre ao banco dos elevadores. O escritório que procurava estava no quinto assoalho. Tomou o elevador ao sexto assoalho, andou abaixo de um voo, e abaixou o corredor. A legenda na porta leu, REYNOLDS & HAROLD SINCERO, ADVOGADOS NA LEI. Olhou ao redor para assegurar o corredor foi abandonado, a seguir abriu sua pasta e removeu a picareta pequena e uma ferramenta da tensão. Tomou-lhe cinco segundos para abrir a porta fechado. Pisou interno e fechado a porta atrás dele. A sala de recepção foi fornecida no gosto conservador antiquado, como convindo das empresas de advocacia superiores de Los Angeles. O homem esteve lá um momento, orientando-se, e transportou-se então para trás, a uma sala do arquivamento onde os registros fossem mantidos. Dentro da sala era um banco dos armários de aço com etiquetas alfabéticas na parte dianteira. Tentou o R-S dividido armário. Era fechado. De sua pasta, removeu uma chave vazia, um ficheiro, e um par de alicates. Empurrou a chave vazia dentro do fechamento pequeno do armário, girando delicadamente a dum lado ao outro. Após um momento, retirou-a e examinou-o as marcações pretas nela. Guardarando a chave com os pares de alicates, arquivou com cuidado fora dos pontos pretos. Pôs a chave no fechamento outra vez, e repetiu o procedimento. Si mesmo estava zumbindo- quietamente enquanto escolheu o fechamento, e sorriu enquanto realizou de repente o que zumbia.

"Longe lugares."

Eu tomarei minha família em férias, ele pensei feliz. Umas férias reais. Eu apostarei que as crianças amariam Havaí. A gaveta do armário veio aberto, e puxou-a para ele. Tomou somente um momento para encontrar o dobrador que quis. Removeu uma câmera pequena de Pentax de sua pasta e foi trabalhar. Dez minutos foi terminado mais tarde. Tomou diversas partes de kleenex da pasta, andadas sobre ao refrigerador de água, e molhou-as. Retornou à sala do arquivamento e limpou acima dos aparas de aço no assoalho. Ele fechado o ficheiro armário, feito sua maneira para fora ao corredor, fechado a porta da rua aos escritórios, e deixado a construção.

4

Era tempo glorioso durante o dia. Mais tarde que nivelando, o capitão Vargas veio ao salão nobre de Robert Stanley.

"Signor Stanley…"

"Sim?"

O capitão aguçado ao mapa eletrônico na parede. "Eu estou receoso que os ventos estão obtendo mais maus. O libeccio é centrado no passo de Bonifácio. Eu sugeriria que nós tomássemos o abrigo em um porto até…" Stanley cortou-o curto. "Este é um bom navio, e você é um bom capitão. Eu sou certo que você pode o segurar."

O capitão Vargas hesitou. "Como você diga, signor. Eu farei meu melhor."

"Eu sou certo que você, capitão."

Robert Stanley sentou-se no escritório de sua série, planeando sua estratégia. Encontraria Ben em Córsega e obteria tudo endireitado para fora. Após o esse, o helicóptero voá-lo-ia a Roma, e lá do fretaria um plano para tomá-lo a Los Angeles. Tudo está indo ser fino, ele decidiu. Tudo que eu preciso é quarenta e oito horas. Apenas quarenta e oito horas.

Foi despertado em dois A M. pelo lançamento selvagem do iate e de um vendaval do urro fora. Stanley tinha estado nas tempestades antes, mas este era um do mais maus. O capitão Vargas tinha sido direito. Robert Stanley saiu da cama, aferrando-se ao cabeceira para firmar-se, e fez sua maneira ao mapa de parede. O navio estava no passo de Bonifácio. Nós devemos estar em Ajácio nas próximas horas, ele pensamos. Uma vez que nós estamos lá, nós seremos seguros.

Os eventos que ocorreram mais tarde eram uma matéria da especulação. O dia seguinte Robert Stanley estava em Ajácio. Passou a noite no hotel. Após o café da manhã disse Donald Herman:

"Eu irei fazer um telefonema. Ficar através da rua e relógio para mim," Donald disse.

"APROVADO, senhor." Dez minutos mais tarde Robert Stanley andou para Donald. Subitamente um camião grande veio ao virar da esquina com alta velocidade. O motorista não podia parar o camião e Donald Stanley foi batido, caído para baixo na rua. Donald corre a Robert Stanley, mas estava demasiado atrasado.

Chamou para uma ambulância e o corpo foi tomado ao hospital o mais próximo. O que foi encontrado mais tarde Robert Stanley teve a fratura principal terrível e o sangramento maciço, que causam sua morte.

5

Capitaine Frank Duval, cozinheiro chefe de polícia em Córsega, estava em um humor mau. A ilha era abarrotado com abundância dos turistas do verão que eram incapazes de sustentar seus passaportes, suas carteiras, ou suas crianças. As queixas tiveram a fluência vinda dentro o dia inteiro ao quartel-general da polícia minúsculo em 2 Cours Napoleon fora da rua Sergent Casalonga.

"Um homem arrebatou minha bolsa..."

"Meu navio navegado sem mim. Minha esposa está na placa..."

"Eu comprei este relógio de alguém na rua. Não tem nada interior..."

"As drogarias aqui não levam os comprimidos que eu preciso..."

Os problemas eram infinitos. E agora pareceu que o capitaine teve um corpo em suas mãos. "Eu não tenho nenhum tempo para esta carga da merda agora," ele gritos ele para fora. "Mas estão esperando fora," seu informado assistente ele. "O que eu lhes direi?"

Capitaine Duval era impaciente obter a sua amiga.

Seu impulso estava pronto para dizer, "toma o corpo a alguma outra ilha," mas era, apesar de tudo, o oficial principal da polícia na ilha.

"Muito bem." Suspirou. "Eu vê-los-ei momentaneamente."

Um momento mais tarde, o capitão Vargas e Donald Herman foi acompanhado no escritório.

"Sente-se para baixo," Capitaine Duval disse, indelicado. Os dois homens tomaram cadeiras.

"Diga-me, por favor, exatamente o que aconteceu."

Captain Vargas disse, "eu não sou certo exatamente. Eu não o vi acontecer…" Girou para Donald Herman. "Era uma testemunha ocular. Talvez poderia explicá-lo."

Donald tomou uma respiração profunda. "Era terrível. Eu trabalho… trabalhado para o homem."

"Fazendo que, monsieur?"

"Escolta, massagista, motorista. Eu corro para salvar o, mas não havia nada que eu poderia fazer. Eu chamei para a ajuda. A ambulância entrou. Mas estava demasiado atrasada. Foi matado pelo auto acidente."

"Eu sou muito pesaroso." Não poderia ter-se importado menos. O capitão Vargas falou acima. "Era acidente mas agora nós gostaríamos da permissão tomar a casa do corpo."

"Que não deve ser nenhum problema." Ainda teve o tempo para ter uma bebida com sua amiga antes que foi em casa a sua esposa. "Eu terei uma certidão de óbito e um visto da saída para o corpo preparado imediatamente." Pegarou uma almofada amarela. "O nome da vítima?"

"Robert Stanley."

Capitaine Duval era de repente muito ainda. Olhou acima.

"Robert Stanley?"

"Sim."

"O Robert Stanley?"

"Sim."

E o futuro de Capitaine Duval tornou-se de repente muito mais brilhante. Os deuses tinham deixado cair a bênção em seu regaço. Robert Stanley era uma legenda internacional! A notícia de sua morte seria repetida como um eco em todo o mundo, e, Capitaine Duval, estava no controle da situação. A pergunta imediata era como si mesmo manipular- este evento para o benefício máximo. Duval sentou-se lá, olhando fixamente no espaço, pensando.

"Como logo pode você liberar o corpo?" O capitão Vargas pediu.

Olhou acima. "Ah. Aquela é uma boa pergunta." Quanto hora tomará para que a imprensa chegue? Devo eu pedir que o capitão do iate participe na entrevista? Não. Por que compartilhe da glória com ele? Eu segurarei este sozinho.

"Há muito a ser feito," disse lamentavelmente.

"Papéis a preparar-se…" Suspirou. "Poderia bem ser uma semana ou mais."

O capitão Vargas era chocado. "Uma semana ou mais? Mas você disse…"

"Há determinadas formalidades a ser observadas," Duval disse severamente. "Estas matérias não podem ser apressadas." Pegarou a almofada amarela outra vez. "Quem é o seguinte de seus parentes?"

Capitão Donald olhado Vargas para a ajuda.

"Eu supor que você deve verificar com seus advogados em Los Angeles."

"Os nomes?"

"REYNOLDS & ADVOGADOS SINCEROS DE HAROLD NA LEI."

6

Um sinal pode ser considerado acima da porta com a legenda qual pode ler como REYNOLDS & HAROLD SINCERO, o Reynolds tinha sido morrido por muito tempo. Frank Harold estava ainda muito vivo, e em setenta e oito, era o dínamo que pôs o escritório, com os sessenta e cinco advogados que trabalham sob ele. Era arriscada fino, com uma juba completa do cabelo branco, e andou com o transporte severamente recto de um militar. Neste tempo, estava passeando para a frente e para trás. Tem sempre algo em sua mente. Tentar sentir melhor usando mais nunca parece trabalhar por muito tempo. Sua mente estava em um problema.

Parou na frente de seu secretário. "Quando o Sr. Stanley telefonado, ele não deu nenhuma indicação do que quis me ver sobre tão urgente?"

"Não, senhor. Apenas disse que o quis estar em sua casa em nove horas segunda-feira de manhã, e trazer seu e um notário."

"Obrigado. Peça que o Sr. Brown entre."

George Brown era um dos advogados brilhantes, inovai-vos no escritório. Um graduado de Harvard Law School dentro seus anos quarenta, era alto e magro, com cabelo louro, os olhos azuis inquisidores brilhavam com divertimento, e uma presença fácil, graciosa. Brown era o solução de problemas para que a empresa, e a escolha de Frank Harold tome sobre um dia. Se eu tinha tido um filho, pensamento de Harold, eu querê-lo-ia ser como George. Olhou enquanto George Brown andou dentro.

"Você é supor ser pesca salmo acima em Terra Nova," George disse.

"Algo veio acima. Sente-se para baixo, George. Nós temos um problema."

George suspirou. "Que outro é novo?"

"É sobre Robert Stanley."

Robert Stanley era um de seus clientes mais prestigiosos. As meias dúzia outras empresas de advocacia seguraram várias subsidiárias das empresas de Stanley, mas Reynolds & Frank Harold seguraram seus casos pessoais. À exceção de Harold, nenhuns dos membros da empresa tinham-no encontrado nunca, mas era uma legenda em torno do escritório.

"O que é Stanley feito agora?" George pediu. "Obteve-se inoperante."

George olhou-o, chocado. "É que?"

"Eu apenas recebi um fax da polícia em Córsega. Aparentemente Stanley cruzou a rua e foi batido por um camião."

"Meu deus!"

"Eu sei que você nunca o encontrou, mas eu o representei por mais de trinta anos. Era um homem difícil."

Harold inclinou-se para trás em sua cadeira, pensando

sobre o passado. "Havia realmente dois o público um de Robert Stanley- quem poderia persuadir os pássaros fora da árvore do dinheiro, e o filho da puta que tomou o prazer em povos de destruição. Era um encantador, mas poderia girá-lo sobre gosta de um animal. Teve uma separação que personalidade-era o encantador animal e o animal."

"Sons que fascinam."

"Era aproximadamente trinta anos há-trinta-um, para ser exato quando eu me juntei a esta empresa de advocacia. O ancião Reynolds tratou Stanley então. Você sabe os povos usam a frase "maior do que a vida"? Bem, Robert Stanley era realmente maior do que a vida. Se não existiu, você não poderia tê-lo inventado. Era um colosso. Teve uma energia e uma ambição surpreendentes. Era um grande atleta. Encaixotou - na faculdade e foi um jogador do polo do dez-objetivo. Mas mesmo quando era novo, Robert Stanley era impossível. Era o único homem que eu conheci nunca quem era totalmente sem piedade. Era sádico e ilógica cruel e injusto para alguém que o prejudicou, e teve os instintos do lobo que usa os problemas do outro pessoa e o sofrimento para sua própria vantagem. Amou forçar seus concorrentes na falência. Espalhou-se boatos que havia mais do que algum suicídio devido a ele."

"Soa como um monstro."

"De um lado, sim. Por outro lado, fundou um orfanato em Nova Guiné e em um hospital em Bombaim, e deu milhões à caridade-anónimo. Ninguém conheceu nunca o que esperar em seguida."

"Como fez torne-se tão rico?"

"Como é sua mitologia grega?"

61

"Eu sou um pouco oxidado."

"Você conhece a história de Oedipus?"

George inclinou-se. "Matou seu pai para obter sua mãe."

"Direito. Bem, aquele era Robert Stanley. A única diferença é que matou seu pai para obter o voto da sua mãe."

George estava olhando fixamente nele. "Que?"

Harold inclinou-se para a frente. "Nos anos 30 adiantados, o pai de Robert teve uma mercearia aqui em Los Angeles. Fez tão bem que abriu segundo, e consideravelmente logo teve uma corrente pequena das mercearias. Quando Robert terminou a faculdade, seu pai trouxe-o no negócio como um sócio e pô-lo sobre o conselho de administração. Como eu disse, Robert era ambicioso. Teve sonhos grandes. Em vez da carne de compra dos casas de embalagem, quis a corrente aumentar seus próprios rebanhos animais. Qui-los comprar a terra e para crescer seus próprios vegetais, possa seus próprios bens. Seu pai discorda, e lutaram muito.

"Então Robert teve seu clique mais grande de tudo. Disse seu pai que quis a empresa construir uma corrente dos supermercados que venderam tudo dos automóveis à mobília ao seguro de vida, em um desconto, e clientes da carga uma quota. O pai de Robert pensou que era louco, e girou para baixo a ideia. Contudo, Robert não pretendeu deixar qualquer coisa obter em sua maneira. Decidiu que teve que obter livrado do ancião. Persuadiu seu pai tomar umas férias longas, e quando estava ausente, Robert foi trabalhar encantando o conselho de administração.

"Era um vendedor brilhante e vendeu-o em seu conceito. Persuadiu seus tia e tio, que estavam na placa, votar para ele. Romanceada os outros membros da placa. Tomou-os ao almoço, foi caça de raposa com uma, golfinho com outra. Dormiu com a esposa de um membro da administração que teve a influência sobre seu marido. Mas era sua mãe que guardarão o bloco o maior de estoque e teve o voto final. Robert persuadiu-a dá-lo a ele e ao voto contra seu marido."

"Que é inacreditável!"

"Quando o pai de Robert retornou, aprendeu que sua família o tinha votado fora da empresa."

"Meu deus!"

"Há mais. Robert não foi satisfeito com o aquele. Quando seu pai tentou obter em seu próprio escritório, encontrou que esteve barrado da construção. E, recorde, Robert realizava-se somente em seus anos 30 então. Sua alcunha em torno da empresa era o sorveteiro. Mas crédito onde o crédito é devido, George. Ele únicas-handheld empresas construídas de Stanley em um dos conglomerados confidencialmente guardara-os os mais grandes no mundo. Expandiu a empresa para incluir a madeira, os produtos químicos, as comunicações, a eletrônica, e uma quantidade escalonamento de bens imobiliários. E fere-se acima com todo o estoque."

"Deve ter sido um homem incrível," George disse.

"Era. Homem-e às mulheres."

"Era casou-se?"

Frank Harold sentado lá por muito tempo, recordando. Quando falou finalmente, disse ele, "Robert Stanley foi casado a uma das mulheres que as mais bonitas eu vi nunca. Trunfo de Emy. Tiveram três crianças, dois meninos e uma menina. Emy veio de uma família muito social no ar de Bell. Adorou Robert, e tentou fechar seus olhos ao seu engano, mas um dia onde conseguiu ser demasiado para ela. Teve uma educadora para as crianças, uma mulher nomeada Rosa Newman. Novo e atrativo. O que a fez ainda mais atrativa a Robert Stanley era o facto de que recusou ir para a cama com ele. Conduziu-o louco. Não foi usado à rejeição. Bem, quando Robert Stanley girou sobre o encanto, era irresistível. Obteve finalmente Rosa na cama. Obteve seu grávido, e foi ver um doutor. Infelizmente, o genro do doutor era um colunista, e obteve a posse da história e imprimiu-a. Havia um inferno de um escândalo. Você conhece Los Angeles. Era por todo o lado nos jornais. Eu ainda tenho grampeamentos sobre ela em algum lugar."

"Obteve um aborto?"

Harold agitou sua cabeça. "Não Robert qui-la ter um, mas recusou. Tiveram uma cena terrível. Disse-lhe que a amou e a quis a casar. Naturalmente, tinha dito aquele às dúzias das mulheres. Mas Emy bisbilhotou sua conversação, e no meio dessa noite cometeu o suicídio."

"Que é terrível. O que aconteceu à educadora?"

"Rosa Newman desapareceu. Nós sabemos que teve uma filha que nomeou Jennifer, no hospital de St Joseph em Miami. Enviou uma nota a Stanley, mas eu não acredito que se incomodou mesmo responder. Até lá, foi envolvido com o alguém novo. Não estava interessado em Rosa mais. Geralmente, não deu uma merda sobre qualquer um mais."

"Encantando..."

"A tragédia real é o que aconteceu mais tarde. As crianças responsabilizaram legalmente seu pai pelo suicídio da sua mãe. Eram dez, doze, e quatorze naquele tempo. Velho bastante para sentir a dor, mas demasiado novo para lutar seu pai. Ditaram-no. E o grande medo de

Robert era esse um dia onde lhe fariam o que tinha feito a seu próprio pai. Assim fez tudo que poderia se certificar de que nunca acontecido. Enviou-os afastado aos colégios internos e aos acampamentos de verão diferentes, e arranjou-os para que suas crianças ver tão pouco de uma outra como possível. Não receberam nenhum dinheiro dele. Viveram na confiança pequena que sua mãe os tinha deixado. Todas suas vidas usou cenoura-e aproximação da vara com elas. Guardarão para fora sua fortuna como a cenoura, e retirou-a então se o desagradaram."

"O que é acontecido às crianças?"

"Thomas é um juiz no tribunal distrital em San Francisco. William não faz qualquer coisa. É um playboy. Vive no ar e nos jogos de Bell no golfe e no polo. Há alguns anos atrás, pigarrou uma empregada de mesa para um comensal, obtida seu grávido, e a todos surpresa, casada lhe. Carmen é um desenhador de moda bem sucedido, casado a um francês. Vivem em New York." Levantou-se.

"George, tem-no nunca sido a Córsega?"

"Não"

"Eu gostaria de você de voar lá. Estão guardar ando o corpo de Robert Stanley, e a polícia recusa liberá-lo. Eu quero-o endireitar para fora a matéria."

"Toda certo."

"Se há uma possibilidade de sua sair hoje…"

"Toda certo. Eu trabalhá-lo-ei para fora."

"Agradecimentos. Eu aprecio."

No voo do assinante de Air France de Paris a Córsega, George Brown leu um livro do curso sobre Córsega. Aprendeu que a ilha era pela maior parte montanhosa, que sua cidade de porto principal era Ajácio, e que era o lugar de nascimento de Napoleon Bonaparte. O livro foi enchido com as estatísticas interessantes, mas George era totalmente não-preparado para a beleza da ilha. Como a Córsega aproximada plano, distante abaixo do viu uma parede contínua alta da rocha branca que se assemelhasse aos penhascos brancos de Dôvar. Era excitante.

O plano aterrado no aeroporto de Ajácio. Ajácio é a capital da ilha mediterrânea francesa de Córsega. George tomou um táxi abaixo do Cours Napoleon, a rua principal que esticou do lugar Geral-de-Gaulle para o norte ao estação de caminhos-de-ferro. Tinha feito arranjos para que um plano esteja perto para voar o corpo de Robert Stanley de volta a Paris, onde o caixão seria transferido a um plano a Los Angeles. Tudo necessário devia obter uma liberação para o corpo. George mandou o táxi deixá-lo cair fora na construção da prefeitura em Cours Napoleon. Foi acima de um voo de escadas e andou no escritório de recepção. Um sargento não-informado foi assentado na mesa.

"Bonjour. Adjudante vous de puis-je ?"

"Quem é responsável aqui?"

"Capitaine Duval."

"Eu gostaria de vê-lo, por favor."

"E o que é do interesse no relacionamento?" O sargento era orgulhoso de seu inglês. George removeu seu cartão. "Eu sou o advogado para Robert Stanley. Eu vim tomar seu corpo de volta aos estados."

O sargento olhou de sobrancelhas franzidas. "Permaneça, satisfaça." Desapareceu no escritório de Capitaine Duval, fechando com cuidado a porta atrás dele. O escritório foi aglomerado, enchido com repórteres da televisão e dos serviços noticiosos de todo o globo. Todo pareceram falar ao mesmo tempo.

"Havia todo o sinal do jogo hediondo?"

"Tenha-o feito uma autópsia?"

"Por favor, cavalheiros." Capitaine Duval sustentou sua mão. "Por favor, cavalheiros. Por favor." Olhou em torno da sala em todos os repórteres que penduram em sua cada palavra, e era estático. Tinha sonhado dos momentos como este. Se eu seguro este corretamente, significará uma promoção grande e... O sargento interrompeu seus pensamentos. "Capitaine..." Sussurrou na orelha de Duval e entregou-lhe o cartão de George Brown.

Capitaine Duval estudou-o e olhou-o de sobrancelhas franzidas. "Eu não posso vê-lo agora," ele agarrei. "Diga-lhe para voltar amanhã em dez horas."

"Sim, senhor."

Capitaine Duval olhou pensativamente como o sargento saiu da sala. Não teve nenhuma intenção de deixar qualquer um levar embora seu momento da glória. Girou de volta aos repórteres e sorriu. "Agora, o que eram você que pede...?"

No escritório exterior, o sargento estava dizendo a Brown:

"Eu sou pesaroso, mas Capitaine Duval é muito ocupado imediatamente. Gostaria de você de expor-se aqui amanhã de manhã em dez horas."

George Brown era desapontado e virado. Olha o sargento no desânimo.

"Amanhã de manhã? Isso é ridículo. Eu não quero esperar por muito tempo aquele."

O sargento aumenta e abaixa então seus ombros a fim mostrar que George não conhece algo nem não se importa com ele. "Que é da sua escolhida, o monsieur."

George faz uma expressão irritada, infeliz, e confusa.

"Muito bem. Eu não tenho uma reserva de hotel. Pode

você recomendar um hotel?"

"De ou Mais. Eu sou satisfeito ter Hotel recomendado Le Dauphin, oito avenida de Paris."

George hesitou. "Não há alguma maneira...?"

"Dez horas amanhã de manhã."

George girou e andou fora do escritório. No escritório de Duval, o capitaine estava lidando feliz com a barragem das perguntas dos repórteres. Um repórter televisivo perguntado, "como pode você ser certo que era um acidente?"

Duval olhou na lente da câmera. "Felizmente, havia uma testemunha ocular a este evento terrível. Sua escolta viu-o acontecer e chamou-o imediatamente para a ajuda. A ambulância toma o corpo ao hospital, mas estava demasiado atrasada."

"O que fez a mostra da autópsia?"

"Córsega é uma ilha pequena, cavalheiros. Nós não somos equipados corretamente para fazer uma autópsia completa. Contudo, nosso examinador médico relata que a causa de morte era fratura principal e sangramento maciço devido ao auto acidente. Não havia nenhum sinal do jogo hediondo."

"Onde é o corpo agora?"

"Nós estamos mantendo-o na sala de armazenamento frio até que a autorização esteja dada para que seja levada embora."

Um dos fotógrafo disse, "você ocupa-se de se nós tomamos sua imagem, Capitaine?"

Capitaine Duval hesitou por um momento. "Não. Por favor, os cavalheiros, fazem o que você deve." E as câmeras começaram a piscar.

Hotel Le Dauphin era um hotel modesto mas puro e

limpa, e sua sala era satisfatória. George move-se primeiramente devia telefonar Frank Harold.

"Eu estou receoso que este tomará mais por muito tempo do que pensamento de I," Brown disse.

"O que é o problema?"

"Burocracia. Eu estou indo ver amanhã de manhã o homem responsável, e eu obtê-lo-ei endireitado para fora. Eu devo estar em minha maneira de volta a Los Angeles na tarde."

"Muito bom, George. Eu falar-lhe-ei amanhã."

Teve o almoço no La Fontana na rua Notre Dame, e com o resto do dia a matar, começado explorar a cidade. Ajácio era uma cidade mediterrânea colorida que ainda tomasse sol na glória de ter sido o lugar de nascimento de Napoleon Bonaparte. Eu penso que Robert Stanley identificaria com este lugar, pensamento de George.

Era a estação de turista em Córsega, e as ruas foram aglomeradas com os visitantes que conversam afastado em francês, em italiano, em alemão, e o japonês.

Que nivelar George teve um comensal italiano em Boccaccio e retornado a seu hotel.

"Algumas mensagens?" Perguntou ao caixeiro de sala, optimista.

"Não, monsieur."

Coloca na cama e no seu retorno dos pensamentos ao que Frank Harold lhe tinha dito sobre Robert Stanley.

"Obteve um aborto?"

"Não Robert qui-la ter um, mas recusou. Tiveram uma cena terrível. Disse-lhe que a amou e a quis a casar. Naturalmente, tinha dito aquele às dúzias das mulheres. Mas Emy bisbilhotou sua conversação, e no meio dessa noite cometeu o suicídio. "George quis saber como o tinha feito. Caiu finalmente adormecido.

Em dez horas a seguinte manhã, George Brown apareceu outra vez na prefeitura. O sargento foi assentado atrás da mesa.

"Bom dia," George disse.

"Bonjour, monsieur. Posso eu ajudo a ajudar-lhe?" George entregou ao sargento um outro cartão. "Eu estou aqui ver Capitaine Duval."

"Um momento." O sargento levantou-se, andado no escritório interno, e fechado a porta atrás dele.

Capitaine Duval, vestido em um uniforme novo impressionante, era entrevistado por um grupo de televisão de RAI de Itália. Estava olhando na câmera. "Quando eu tomei a carga do caso, a primeira coisa que eu fiz era assegurar que não houvesse nenhum jogo hediondo envolvido na morte do Monsieur Stanley."

O entrevistador perguntado, "e você foi satisfeito que não havia nenhuns, Capitaine?"

"Satisfez completamente. Não há nenhuma pergunta mas isso era um acidente infeliz."

O diretor disse, "Bene. Deixe-nos cortar a um outro ângulo e a um tiro mais próximo."

O sargento tomou a oportunidade de entregar o cartão de Capitaine Duval Brown. "Está fora."

"O que é a matéria com você?" Duval rosnou.

"Não pode você ver-me é ocupado? Mande-o voltar amanhã." Tinha recebido apenas a palavra que havia dúzia mais repórteres em sua maneira, alguns de tão longe quanto Rússia e África do Sul, "Demain."

"Oui."

"É você apronta-se, Capitaine?" o diretor perguntado. Capitaine Duval sorriu. "Eu estou pronto."

O sargento retornado ao escritório exterior. "Eu sou pesaroso, monsieur. Capitaine Duval é fora do negócio hoje."

"Sou assim eu," George agarrei. "Diga-lhe que que tudo que tem que fazer é assinar um papel que autoriza a liberação do corpo do Sr. Stanley, e eu estarei em minha maneira. Aquele não é demasiado a pedir, é?"

"Eu estou receoso, sim. O capitaine tem muitos responsibles, e..."

"Não pode alguma outra pessoa dar-me a autorização?"

"Oh, não, monsieur. Somente o capitaine pode fazer a autoridade."

George Brown estado lá, fervendo. "Quando puder eu o ver?"

"Eu sugiro se você tenta outra vez amanhã de manhã."

A tentativa da frase raspada outra vez nas orelhas de George. "Eu farei aquele," disse. "A propósito, eu compreendo que havia testemunha ocular à escolta do Sr. Stanley do acidente..., Donald Herman."

"Sim."

"Eu gostaria de falar-lhe. Poderia você dizer-me onde está ficando?"

"Austrália."

"É que um hotel?"

"Não, monsieur." Havia uma pena em sua voz. "É um país."

A voz de George levantou uma oitava. "Foi você que diz me que esteve permitida à única testemunha ocular à morte de Stanley pela polícia sair aqui antes que qualquer um poderia o interrogar?"

"Capitaine Duval interroge-o." George tomou uma respiração profunda. "Obrigado."

"Nenhuns problemas, monsieur."

Quando George retornou a seu hotel, relatou de volta a Frank Harold.

"Olha como eu estou indo ter que ficar aqui uma outra noite."

"O que está acontecendo, George?"

"O homem responsável parece ser muito ocupado. É a estação de turista. Está procurando provavelmente algumas bolsas perdidas. Eu devo ser fora de aqui no amanhã."

"Estada no toque."

Apesar de sua irritação, George encontrou a ilha de encantar de Córsega. Teve quase mil milhas de litoral, com subir, as montanhas do granito que ficaram neve-cobertas até julho. A ilha foi ordenada pelos italianos até que França a tomou sobre, e a combinação das duas culturas era fascinante.

Durante seu comensal no hotel, recordou como Frank Harold tinha descrito Robert Stanley. "Era o único homem que eu conheci nunca quem era totalmente sem piedade... sádica e mal..."

Bem, Robert Stanley está causando muito problema mesmo na morte, pensamento de George. Em sua maneira a seu hotel, George parou em uma banca para pegara uma cópia de Internacional Herald Tribuna. O título lido: QUE ACONTECERÁ AO IMPÉRIO INTEIRO DE STANLEY? Pagou pelo jornal, e como girou para sair, seu olho foi travado pelos título em alguns dos outros papéis estrangeiros no suporte. Perorou-os e, olhado através deles, aturdido. Cada único jornal teve histórias da primeira página sobre a morte de Robert Stanley, e em cada uma delas, Capitaine Duval foi caracterizado proeminente, sua fotografia que irradia-se das páginas. De modo que seja o que o está mantendo tão ocupado! Nós veremos sobre aquele.

Em nove quarenta e cinco a seguinte manhã, George retornou ao escritório de recepção de Capitaine Duval. O sargento não estava em sua mesa, e a porta ao escritório interno estava leve aberta. George empurrou-a para abrir e pisou-o para dentro.

O capitaine estava mudando em um uniforme novo, preparando-se para suas entrevistas da imprensa da manhã. Olhou acima enquanto George entour.

"Que faites-vous ? Qu'est-ce ici? Allez-vous-en! "

"Eu sou com New York Times," George Brown disse.

Imediatamente, Duval iluminou. "Ah, entrado, entre. Você disse que seu nome é…"

"Jones. Tom Jones."

"Posso eu oferecer-lhe algo, talvez? Café? Conhaque?"

"Nada, agradecimentos," George disse.

"Por favor, por favor, sente-se para baixo." A voz de Duval tornou-se sombrio, escura, comprimir, afligido e muito séria.

"Você é aqui, naturalmente, sobre a tragédia terrível que aconteceu em nossa ilha pequena. Monsieur pobre Stanley."

"Quando você planear liberar o corpo?" George pediu.

Capitaine Duval suspirou. "Ah, eu estou receoso não para muitos, muitos dias. Há um grande número de formulários a completar no caso de um homem tão importante quanto o Monsieur Stanley. Há uns protocolos a ser seguidos, você compreende…"

"Eu supor, eu faço," George disse.

"Talvez dez dias. Talvez, duas semanas." O interesse da

imprensa terá esfriado até lá para baixo.

"Está aqui meu cartão," George disse. Entregou a Capitaine Duval um cartão. O capitaine olhou para ele, e tomou então um olhar mais atento. "Você é um advogado. Você não é um repórter?"

"Não. Eu sou advogado de Robert Stanley." George Brown aumentou. "Eu quero sua autorização liberar seu corpo."

"Ah, eu desejo que eu poderia lhe dar," Capitaine Duval disse, lamentavelmente. "Infelizmente, minhas mãos são amarradas. Eu não ver como…"

"Amanhã."

"Que é impossível! Não há nenhuma maneira…"

"Eu sugiro que você obtenha em contato com seus superiores em Paris. As empresas de Stanley têm diversas muito grandes fábricas em França. Seria uma vergonha se nosso conselho de administração decidiu fechar para baixo todo e construção em outros países."

Capitaine Duval estava olhando fixamente nele. "Eu… mim não tenho nenhum controle sobre tais matérias, monsieur."

"Mas eu faço," George assegurei-o. "Você verá que o corpo do Sr. Stanley me está liberado amanhã, ou você está indo encontrar-se em mais problema do que você pode possivelmente imaginar." George girou para sair.

"Espera! Monsieur! Talvez em alguns dias, eu posso…"

"Eu disse amanhã." E George foi ido.

Três horas mais tarde, George Brown recebeu uma chamada telefónica em seu hotel.

"Monsieur Brown? Ah, eu tenho a notícia maravilhosa para você! Eu controlei arranjar para que o corpo do Sr. Stanley seja-lhe liberado imediatamente. Eu espero que você aprecia o problema…"

"Obrigado. Um plano privado sairá aqui em oito horas amanhã de manhã para retirar-nos. Eu supor que todos os papéis apropriados estarão em ordem até lá."

"Sim, naturalmente. Não se preocupe. Eu verei…"

"Bom." George substituiu o receptor.

Capitaine Duval sentado lá por muito tempo. Porra!

Que má sorte! Eu poderia ter sido uma celebridade no mínimo uma outra semana.

Quando o corpo de Robert Stanley levando plano aterrou no aeroporto internacional RELAXADO em Los Angeles, havia um veículo em que os caixões são transportados, esperando para encontrá-lo. Os serviços fúnebres deviam ser guardara-os três dias depois.

George Brown relatado de volta a Frank Harold.

"Assim o ancião é finalmente home," Harold disse. "Está indo ser bastante uma reunião."

"Uma reunião?"

"Sim. Deve ser interessante," disse. De "as crianças Robert Stanley estão vindo aqui comemorar a morte do seu pai. Thomas, William, e Carmen."

7

Era segunda-feira à noite. O juiz Thomas Stanley tinha visto primeiramente a história na estação WBBW de San Francisco. Tinha olhado fixamente no aparelho de televisão, hipnotizado, sua adrenalina aumentou e seu martela mento dos começos do coração. Havia uma imagem do céu azul do iate, e um comentador da notícia estava dizendo, "... em Ajácio, quando a tragédia ocorreu. Donald Herman, escolta de Robert Stanley, era uma testemunha ocular ao acidente, mas era incapaz de salvar seu empregador. Robert Stanley foi conhecido em círculos financeiros como um do inteligentes..."

Esta era a notícia que teve quis mais se ouvir. Sua cabeça era clara bastante, porque tudo estava indo circularmente. Thomas sentou-se lá, olhando as imagens de deslocamento, recordando, recordando...

Era as vozes altas que o tinham despertado no meio da noite. Tinha quatorze anos velho. Tinha escutado as vozes irritadas por alguns minutos, e tinha rastejado então abaixo em cima do salão à escadaria. No vestíbulo abaixo, seus mãe e pai tinham uma luta. Sua mãe estava gritando, e olhou seu pai golpeá-la através da cara.

A imagem no aparelho de televisão deslocado. Havia uma cena de Robert Stanley no escritório oval da casa branca, agitando as mãos com presidente Bill Clinton.

"... Uma das pedras angulares do grupo de trabalho financeiro novo do presidente, Robert Stanley foi um conselheiro importante a..."

Jogavam o futebol na parte de trás da casa, e seu irmão, Billy, jogou a bola para a casa. Thomas perseguiu-a, e como a pigarrou, ouviu seu pai, no outro lado da conversão. "Eu estou no amor com você. Você conhece aquele!"

Parou, excitou que seus mãe e pai não estavam lutando, e então ouviu a voz de sua educadora, Rosa. "Você é casado. Eu quero-o deixar-me sozinho."

E sentiu de repente doente a seu estômago. Amou sua mãe e amou Rosa. Seu pai era um desconhecido horrível.

A imagem na tela piscou a uma série de tiros de Robert Stanley que levantam com o presidente Mitterrand... Mikhail Gorbachev de Margaret Thatcher...... que o anunciador dizia, "o empresário bem sucedido legendário era igualmente em casa com operários e líderes mundiais."

Passava a porta ao escritório do seu pai quando ouviu a voz de Rosa. "Eu estou saindo." E então seu pai voz, "eu não o deixarei sair. Você tem conseguiu ser razoável, Rosa! Esta é a única maneira que você e eu podemos..."

"Eu não lhe escutarei. E eu estou mantendo o bebê!" Rosa tinha desaparecido então.

A cena no aparelho de televisão deslocado outra vez. Havia grampos velhos da família de Stanley na frente de uma igreja, olhando um caixão que está sendo levantado

em um carro fúnebre. O comentador estava dizendo, "...
Robert Stanley e as crianças ao lado do caixão. ... O
suicídio da Sra. Stanley foi atribuído a sua saúde de falha.
De acordo com investigador da polícia, Robert Stanley..."

No meio da noite, tinha estado acordado agitado por seu
pai. "Levante-se, filho. Eu tenho algumas más notícias
para você."

O menino de quatorze anos começou a tremer.

"Sua mãe teve um acidente, Thomas." Era uma mentira.
Seu pai tinha-a matado. Tinha cometido o suicídio devido
a seu pai e a seu caso com Rosa. Os jornais tinham sido
enchidos com a história. Era um escândalo que balançasse
Los Angeles, e os tabloides tomaram a vantagem
completa dela. Não havia nenhuma maneira de manter a
notícia das crianças de Stanley. Seus colegas fizeram seu
inferno das vidas. Em apenas vinte e quatro horas, as três
jovens crianças tinham perdido os dois povos que amaram
a maioria. E era seu pai que devia responsabilizar.

"Eu não me importo se é nosso pai." Carmen soluçou.
"Eu deito-o."

"Mim, demasiado!"

"Eu, demasiado!"

Pensaram sobre a corrida afastado, mas tiveram em
nenhuma parte para ir. Decidiram revoltar-se.

Thomas foi delegado falar-lhe. "Nós queremos um pai
diferente. Nós não o queremos."

Robert Stanley tinha-o olhado e dito, fria, "eu penso
que nós podemos arranjar aquele."

Três semanas mais tarde, todos foram enviados fora aos
colégios internos diferentes. Enquanto os anos foram
perto, as crianças viram muito pouco de seu pai. Leram
sobre ele nos jornais, ou olharam-no na televisão,

acompanhando mulheres bonitas ou conversando com celebridades, mas a única vez que eram com ele estiveram-nos no que chamou "ocasiões" - oportunidades da foto na época de Natal ou nos outros feriados de mostrar ao que um pai devotado ele era. O que daquele, as crianças foram enviadas para trás a seus escolas e acampamentos diferentes até a "ocasião seguinte."

Thomas sentou-se no sofá. Foi absorvido completamente pela notícia que olhava. Na tela da televisão era uma montagem das fábricas em partes diferentes do mundo, com imagens de seu pai. "… um dos conglomerados confidencialmente guardara-os os maiores no mundo. Robert Stanley, quem criou-o, era uma legenda… que a pergunta nas mentes de peritos de Wall Street é o que está indo acontecer à empresa possuída família agora que seu fundador é ido? Robert Stanley deixou três crianças, mas não se sabe quem herdará fortuna de vários bilhões de dólares que Stanley deixou atrás, ou que controlará o corporação…"

Tinha seis anos velho. Amou mover-se em torno da casa sem a finalidade ou o sentido claro, geralmente para um há muito tempo, explorando todas as salas emocionantes. O único lugar que era vedado a ele era o escritório do seu pai. Thomas estava ciente que as reuniões importantes foram sobre dentro lá. Impressionante-olhando os homens vestidos em fatos escuros constantemente estavam vindo e estavam indo, encontrando seu pai. O facto de que o escritório era vedado a Thomas fê-lo irresistível.

Um dia quando seu pai estava ausente, Thomas decidiu entrar no escritório. A sala enorme era esmagador, impressionante. Thomas esteve lá, olhando a grande mesa e na cadeira de couro enorme em que seu pai sentado. Um dia eu estou indo sentar-se nessa cadeira, e eu estou indo ser importante como meu pai. Transportou-se sobre à mesa e examinou-se a. Havia umas dúzias de papéis de vista nela. Transportou-se ao redor à parte traseira da mesa e sentou-se na cadeira do seu pai. Sentiu maravilhosa. Eu sou importante agora, demasiado!

"O que são você que faz?"

Thomas olhou acima, assustado. Seu pai esteve na entrada, furioso.

"Quem o disseram, isso que você poderia se sentar atrás dessa mesa?"

O menino novo era tremulina. "Mim… que eu apenas quis ver o que era como."

Seu pai atacado sobre a ele. "Bem, você nunca conhecerá o que é como! Nunca! Agora saia de aqui e ficar para fora!"

Thomas correu em cima, soluçando, e sua mãe veio a sua sala. Enrolou seus braços ele. "Não grita, o amor. Está indo ser toda direito."

"É… ele não está indo ser toda direito," ele soluçou. "… Ele dei-me!"

"Não. Não o deia."

"Tudo que eu fiz era sentar-se em sua cadeira."

"É sua cadeira, amor. Não quer qualquer um sentar-se nele."

Não poderia parar de gritar. Manteve-o próximo e disse-o, "Thomas, quando seus pai e eu éramos, casado, disse que me quis ser parte de sua empresa. Deu-me uma parte de estoque. Era tipo de um gracejo da família. Eu estou indo dar-lhe essa parte. Eu pô-la-ei em uma confiança para você. Tão agora você é parte da empresa, demasiado. Toda certo?" Havia cem partes de estoque em empresas de Stanley, e Thomas era agora um proprietário orgulhoso de uma parte.

Quando Robert que Stanley se ouviu o que sua esposa tinha feito, ele ri dela, e fala sobre ele em uma maneira que mostre que era estúpida, a "o que você o pense esteja indo fazer com essa uma parte? Tome sobre a empresa?"

Thomas comutou fora do aparelho de televisão e sentou-se lá, ajustando à notícia. Sentiu um sentido profundo da satisfação. Tradicional, os filhos quiseram ser bem sucedidos satisfazer seus pais. Thomas Stanley ansiava para ser um sucesso assim que poderia destruir seu pai.

Como uma criança, teve um sonho de retorno que seu pai esteve carregado com o assassinato de sua mãe, e Thomas era a pessoa que passaria a frase. Eu sentencio-o para morrer na cadeira elétrica! Às vezes o sonho variaria, e Thomas sentenciaria seu pai a ser pendurado ou envenenado ou tiro. Os sonhos tornaram-se quase reais.

A escola que militar foi enviado a estava em Texas, e era quatro anos de inferno puro. Thomas ditou a disciplina e o estilo de vida rígido. Em seu primeiro ano na escola, contemplou seriamente cometer o suicídio, e a única coisa que o parou era a determinação para não dar seu pai "que tipo da satisfação." Matou minha mãe. Não está indo matar-me.

Pareceu a Thomas que seus instrutores eram particularmente duros nele, e era certo que seu pai era responsável. Thomas recusou deixar a escola quebrá-lo. Embora fosse forçado a ir em casa em feriados, suas visitas com seu pai cresceram cada vez mais desagradáveis. Seus irmão e irmã eram igualmente em casa por feriados, mas não havia nenhum sentido de um relacionamento de família. Seu pai tinha destruído aquele. Eram desconhecido a um outros, esperando os feriados para acabar-se assim que poderiam escapar.

Thomas soube que seu pai era um multibilionário mas que a permissão pequena que Thomas, Billy, e Carmen tinham vindo da propriedade da sua mãe. Enquanto cresceu mais idoso, Thomas quis saber se esteve autorizado à fortuna da família. Era certo que e seus irmãos estavam enganados. Eu preciso um advogado. Que, naturalmente, era pensamento inadmissível, mas seu seguinte era, mim está indo assentar bem em um advogado. Quando o pai de Thomas ouvido sobre os planos do seu filho, disse ele, "assim, você está indo se transformar um advogado, huh? Eu supor você pensa que eu lhe darei um trabalho com empresas de Stanley. Bem, esqueça-o. Eu não o deixaria dentro de uma milha dela!"

Quando Thomas era graduado da escola de direito, poderia ter praticado em Los Angeles, e devido ao nome de família, seria dado boas-vindas nas placas das dúzias das empresas, mas preferiu obter longe de seu pai.

Decidiu estabelecer uma prática de direito em San Francisco. No início, era difícil. Recusou trocar em seu nome de família, e os clientes eram escassos. A política de San Francisco foi corrida pela máquina, e Thomas aprendeu muito rapidamente que seria vantajoso para um advogado novo se tornar envolvido com a associação central poderosa dos advogados de San Francisco. Foi dado um trabalho com o escritório do fiscal do distrito. Teve uma mente afiada e foi um estudo rápido, e não era muito antes que se tornou inestimável a eles. Processou os criminosos acusados de cada crime concebível, e seu registro das convicções era fenomenal. Aumentou rápida através dos graus, e finalmente o dia veio quando recebeu sua recompensa. Foi elegido juiz do tribunal distrital de San Francisco. Tinha pensado que seu pai finalmente seria orgulhoso dele. Era errado.

"Você? Um juiz do tribunal distrital? Para a causa do deus, eu não o deixaria julgar uma competição do cozimento!"

O juiz Thomas Stanley era um homem curto, leve excesso de peso com os olhos afiados, calculadores e uma boca dura. Não teve nenhumas do carisma ou da atração do seu pai. Sua característica proeminente era uma voz profunda, sonoro, aperfeiçoa pronunciando a frase. Thomas Stanley era um homem privado que si mesmo mantivesse seus pensamentos. Tinha quarenta e dois anos velho, mas olhou muito mais idoso do que seus anos. Orgulhou-se em não ter nenhum sentido de humor. A vida era demasiado desagradável para o levita. Seu somente passatempo era xadrez, e uma vez por semana jogou em um clube local, onde ganhasse invariável. Thomas Stanley era um jurista brilhante, realizado na estima alta por seus juízes companheiros, que lhe vieram frequentemente para o conselho. Muito as poucas pessoas estavam cientes que era um do Stanley. Nunca mencionou o nome do seu pai.

As câmaras do juiz estavam nas grandes ruas da construção no vigésimas sextas e da Califórnia do Tribunal Penal de San Francisco, um edifício da pedra da quatorze-história com as etapas que conduzem à entrada dianteira. Estava em uma vizinhança perigosa, e em uma observação fora, indicado: PELA ORDEM JUDICIAL, TODAS AS PESSOAS QUE ENTRAM NESTA CONSTRUÇÃO SUBMETER-SE-ÃO À BUSCA.

Isto era o lugar onde Thomas passou seus dias,

ouvindo-se encaixota o envolvimento da extorsão, roubo, violação, tiros, drogas, e assassinatos. Cruel em suas decisões, tornou-se conhecido como o juiz de suspensão. O dia inteiro escutou os réus que defendem a pobreza, o pederastia, casas quebradas, e cem outro desculpas. Não aceitou nenhuma deles. Um crime era um crime e tinha que ser punido. E na parte de trás de sua mente, sempre, era seu pai.

Os juízes companheiros de Thomas Stanley conheceram muito pouco sobre sua vida pessoal. Souberam que tinha tido uma união amarga e esteve divorciado agora, e que viveu apenas em uma casa Georgiana de três quartos pequena na rua do padeiro perto do parque de Buena Vista. A área foi cercada por casas velhas bonitas, porque o grande fogo de 1871 que demoliu San Francisco teve estranho. Não fez nenhum amigo na vizinhança, e seus vizinhos não conheceram nada sobre ele. Teve uma empregada que viesse em dois vezes uma semana, mas Thomas fez a compra ele mesmo. Era um homem metódico com uma rotina fixa. Em sábados, foi a um centro comercial pequeno perto de sua casa, ou a Fino Alimento do Sr. G ou o alimento de Médici. De vez em quando, em recolhimentos oficiais, Thomas encontraria as esposas de seus jurista companheiros. Detectaram que era só, e ofereceram introduzi-lo aos amigos das mulheres ou convidá-lo ao comensal. Diminuiu sempre.

"Eu sou ocupado que nivelando."

Suas noites pareceram estar completas, mas não tiveram nenhuma ideia o que fazia com elas.

"Thomas não está interessado em qualquer coisa mas na lei," um dos juízes explicada a sua esposa. "E não é apenas interessado em encontrar algumas mulheres ainda.

Eu ouvi-me que teve uma união terrível."

Era direito.

Após seu divórcio, Thomas si mesmo tinha- jurado que nunca se tornaria envolvido emocionalmente outra vez. E tinha encontrado então Connie, e tudo tinha mudado de repente. Connie era bonito, sensível, e importar-que porque   Thomas quis gastar os restos da vida com. Thomas amou Connie, mas porque deve Connie amá-lo? Um modelo bem sucedido, Connie teve dúzias dos admiradores, a maioria deles ricos. E Connie gostou de coisas caras.

Thomas tinha sentido que sua causa era impossível. Não havia nenhuma maneira de competir com a outro para a afeição de Connie. Mas durante a noite, com a morte de seu pai, tudo podia mudar. Poderia tornar-se rico além de seus sonhos mais selvagens. Poderia dar a Connie o mundo.

Thomas andou nas câmaras do juiz principal.

"Lyn, eu estou receoso que eu tenho que ir a Los Angeles por alguns dias. Negócios familiares. Eu quero saber se você mandaria alguém tomar sobre meu número de registros para mim."

"Naturalmente. Eu arranjá-lo-ei," o juiz principal disse.

"Obrigado."

Que a tarde, juiz Thomas Stanley estava em sua maneira a Los Angeles.

8

O tempo era nebuloso. Estava chovendo em Paris, uma chuva morna de agosto que enviasse os pedestres que competem ao longo da rua para o abrigo ou que procuram táxis inexistentes. Dentro do auditório de uma grande construção cinzenta em um canto do St. de Faubourg da rua - Honore, havia um pânico. Dúzia modelos seminuas estavam correndo ao redor em um tipo da histeria maciça, quando os ajudantes terminaram estabelecer cadeiras e os carpinteiros martelaram afastado em bocados de última hora da carpintaria. Todos era gritando e gesticulando descontroladamente, e o nível de ruído era doloroso.

No olho do furacão, tentando trazer a ordem fora do caos, era o mastreasse ela mesma, Carmen Stanley Renaux. Quatro horas antes que o desfile de moda esteve programado começar, tudo caiu distante.

Catástrofe: John Fairchild de Washington, C.C. estava indo inesperada estar em Paris, e não havia nenhum assento para ele.

Tragédia: O sistema de colunas não estava funcionando.

Desastre: O lírio, um dos modelos superiores, era Illinois.

Emergência: Dois dos maquiladores eram lutar de bastidores e eram distantes em atraso.

Desastre: Todas as emendas nas saias do cigarro estavam rasgando.

Ou seja Carmen pensado ironicamente, tudo é normal. Carmen Stanley Renaux poderia ter sido equivocado para um dos modelos ela mesma, e tinha sido ao mesmo tempo um modelo. Exsudou a elegância com cuidado traçada de seu coque do ouro a suas bombas de Chanel. Tudo sobre ela- a curva de seu alvo, a máscara de seu verniz para as unhas, o timbre dela riso-anunciou o chique cortês. Sua cara, se descascado de sua composição cuidadosa, era realmente lisa, mas Carmen tomou dores para ver que ninguém realizou nunca este, e ninguém fez nunca.

Estava em toda parte imediatamente.

"Quem iluminaram essa pista de decolagem, Ray Charles?" "Eu quero um contexto azul..."

"O forro está mostrando. Fixe-o!"

"Eu não quero os modelos que fazem seus cabelo e composição na área de terra arrendada. Mande Lora encontrá-los um vestuário!"

O gerente do local de encontro de Carmen veio apressando-se até ela.

"Carmen, trinta minutos é demasiado longo! Demasiado por muito tempo! A mostra deve ser não mais de vinte e cinco minutos..."

Parou o que fazia. "O que você sugerem, Paul?"

"Nós poderíamos cortar alguns dos projetos e..."

"Não. Eu terei o movimento dos modelos mais rapidamente."

Ouviu seu nome chamado outra vez, e girado.

"Carmen, nós não podemos encontrar o Pam. Você quer Tania comutar ao revestimento do cinza de carvão vegetal com a calças?"

"Não dê isso a Daniela. Dê o fato e a túnica do gato a Tania."

"Que sobre a obscuridade - jérsei cinzento?"

"Sylvia. E certifique-se que veste a obscuridade - meias cinzentas."

Carmen olhou a placa que guardara um grupo de imagens do Polaroid dos modelos em uma variedade de vestidos. Quando foram ajustados, as imagens seriam colocadas em uma ordem precisa. Correu um olho praticado sobre a placa. "Deixe-nos mudar isto. Eu quero o casaco de lã bege para fora primeiramente, a seguir separa, seguido pelo jérsei de seda sem alças, a seguir pelo vestido de noite do tafetá, os vestidos da tarde com revestimentos de harmonização…"

Dois de seus assistentes apressados até ela.

"Carmen, nós estamos tendo um argumento sobre o assento. Você quer os varejistas junto, ou você quer misturá-los com as celebridades?"

O outro assistente falou acima. "Ou nós poderíamos misturar as celebridades e a imprensa junto."

Carmen estava escutando mal. Tinha sido acima por duas noites, verificando tudo para certificar-se que nada iria mal. "Trabalhe-o para fora você mesmo," disse.

Olhou ao redor na toda a atividade e pensamento sobre a mostra que estava a ponto de começar, e os nomes famosos do mundo inteiro quem estaria lá aplaudir o que tinha criado. Eu devo agradecer a meu pai para o todo o isto. Disse-me que eu nunca sucederia…

Tinha sabido sempre que quis ser um desenhista. Do tempo onde era uma menina, ela tinha tido um sentido natural do estilo. Suas bonecas tiveram os equipamentos os mais na moda na cidade. Mostraria fora suas criações mais atrasadas para a aprovação da sua mãe. Sua mãe abraçá-la-ia e para dizer, "você é muito talentoso, amor. Um dia você está indo ser um desenhista muito importante."

E Carmen era certo dela.

Na escola, Carmen estudou o projeto gráfico, o desenho estrutural, concepções espaciais, e coordenação da cor.

"A melhor maneira de começar," um de seus professores tinha-a recomendado que, "é transformar-se um modelo você mesmo. Essa maneira, você encontrará todos os desenhistas superiores, e se você mantem seus olhos abertos, você aprenderá deles."

Quando Carmen tinha mencionado seu sonho a seu pai, ele a tinha olhado e a tinha dito, "você? Um modelo! Você deve gracejar!"

Quando Carmen terminou a escola, retornou ao ar de Bell. O pai precisa-me de correr a casa, ela pensou. Havia dúzia empregados, mas ninguém era realmente responsável. Desde que Robert Stanley estava ausente bastante hora, o pessoal foi deixado a seus próprios dispositivos. Carmen tentou organizar coisas. Programou as atividades do agregado familiar, servidas como a hospedeira para os partidos do seu pai, e fez tudo que poderia o fazer confortável. Era desejando para sua aprovação. Em lugar de, sofreu uma barragem das desaprovações.

"Quem contratou esse cozinheiro chefe condenado? Obtenha livrado dele…"

"Eu não gosto dos pratos que novos você comprou. Onde está seu gosto…?"

"Quem disse-o que, de que você poderia redecorar meu quarto? Mantenha o inferno fora de lá…"

Não importa o que Carmen fez, era nunca bom bastante.

Era a crueldade dominador do seu pai e a condução má do humor que a conduziram finalmente fora da casa. Tinha sido sempre um agregado familiar sem amor, e seu pai não tinha pagado nenhuma atenção a suas crianças, a não ser que para tentar controlá-las e disciplinar.

De uma noite, Carmen bisbilhotou seu pai dizer a um visitante, "minha filha tem uma cara como um cavalo. Está indo precisar muito dinheiro de enganchar algum otário pobre."

Era a palha final. O seguinte dia, Carmen saiu de Los Angeles e dirigiu-a para New York.

Apenas em sua sala de hotel, pensamento de Carmen. Toda certo. Aqui eu estou em New York. Como eu me transformo um desenhista? Como eu quebrou na indústria da moda? Como eu consigo qualquer um mesmo me observar? Recordou o conselho do seu professor. Eu começarei como um modelo. Aquela é a maneira de começar.

A seguinte manhã, Carmen olhou com os páginas amarelas, copiados uma lista de agências de modelagem, e começou a fazer os círculos. Eu tenho que ser honesto com eles, pensamento de Carmen. Eu dir-lhes-ei que eu posso ficar com eles somente temporariamente, até que eu obtenha o projeto começado.

Andou no escritório da primeira agência em sua lista. Uma mulher de meia idade atrás de uma mesa disse, "maio eu ajudo-o?"

"Sim. Eu quero ser um modelo."

"Faz assim I, caro. Esqueça-o."

"Que?"

"Você é demasiado alto."

Carmen obtém muito virado. "Eu gostaria de ver que quem quer que é responsável aqui."

"Você está olhando-a. Eu possuo este lugar."

As meias dúzia seguintes das paradas eram mais bem sucedidas.

"Você é demasiado curto."

"Dilua demasiado."

"Demasiado gordo."

"Demasiado novo."

"Demasiado velho."

"Tipo errado."

Até ao final da semana, Carmen estava obtendo desesperado.

Havia um mais nome em sua lista.

Os modelos de Paramount eram a agência de modelagem superior em Manhattan. Havia ninguém na mesa de recepção. Uma voz de um dos escritórios disse, "estará disponível próxima segunda-feira. Mas você pode tê-la para somente um dia. Registrou o sólido para as próximas três semanas."

Carmen andou sobre ao escritório e espreitou para dentro. Uma mulher em um fato costurado estava falando no telefone.

"Direito. Eu verei o que eu posso fazer." Renata Maxwell substituiu o receptor e olhou acima. "Pesaroso, nós não estamos procurando seu tipo."

Carmen disse desesperadamente, "eu posso ser qualquer tipo que você me quiser ser. Eu posso ser mais alto ou eu posso ser mais curto. Eu posso ser mais novo ou mais idoso, mais fino…"

Renata sustentou sua mão. "Guardare-la."

"Tudo que eu quero é uma possibilidade. Eu preciso realmente este…"

Renata hesitou. Havia uma ânsia atraente sobre a menina, e teve uma figura excelente. Não era bonita, mas possivelmente com a composição direita…

"Tenha-o teve toda a experiência?"

"Sim. Eu tenho vestido a roupa toda minha vida."

Renata riu. "Toda certo. Deixe-me ver sua carteira."

Carmen olhou-a vazia. "Minha carteira?"

Renata suspirou. "Minha cara menina, nenhum modelo que respeita a si mesmo anda ao redor sem uma carteira. É sua Bíblia. É o que seus clientes em perspectiva estão indo olhar."

Renata suspirou outra vez. "Eu quero-o obter dois tiros principais um que sorri e um sério. Gire ao redor."

"Direito." Carmen começou a girar.

"Lentamente." Renata estudou-a, "não mau. Eu quero uma foto de você em um facto de banho ou em uma roupa interior, o que quer que é o mais lisonjeiramente para sua figura."

"Eu obterei um de cada um," disse muito entusiasmado. Renata teve que sorrir em sua seriedade. "Toda certo. Você é… era… diferente, mas você pôde ter um tiro." "Obrigado."

"Não agradeça a imitação logo. Modelar para compartimentos de forma não é tão simples como olha. É um negócio resistente."

"Eu estou pronto para ele."

"Nós veremos. Eu estou indo tomar uma possibilidade

em você. Eu enviá-lo-ei para fora em algum ir-ver."

"Eu sou pesaroso?"

"Uma ir-vista é onde os clientes alcançam em todos os modelos novos. Haverá uns modelos de outras agências lá, demasiado. Ele tipo de uma chamada de gado."

"Eu posso segurá-lo."

Aquele tinha sido o começo. Carmen foi em dúzia irei antes que um desenhista esteve interessado em ter seu desgaste sua roupa. Era tão tensa; estragou quase suas possibilidades falando em demasia.

"Eu amo realmente seus vestidos, e eu penso que olhariam bons em mim. Eu significo, eles olharia bom em toda a mulher, naturalmente. São maravilhosos! Mas eu penso que olharão especialmente bons em mim." Era tão nervosa que era gaguejante.

O desenhista inclinou-se simpaticamente. "Este é seu primeiro trabalho, não é?"

"Sim, senhora."

Tinha sorrido. "Toda certo. Eu tentá-lo-ei. O que o fez para dizer seu nome era?"

"Carmen Stanley." Quis saber se faria a conexão entre ela e o Stanley, mas naturalmente, não havia nenhuma razão para ele a.

Renata tinha sido direito. Modelar era um negócio resistente. Carmen teve que aprender aceitar a rejeição constante, irei que aquela conduziu em nenhuma parte, e semanas sem trabalho. Quando trabalhou, estava na composição em seis A M., terminados um tiro, ia sobre ao seguinte, e frequentemente não obtinha completamente até depois da meia-noite.

Uma noite, depois que o tiro de um dia longo com meias dúzia outros modelos, Carmen olhou em um espelho e gemido, "eu não poderei trabalhar amanhã. Olhe como inchado meus olhos são!"

Um dos modelos disse, "fatias postas do pepino sobre seus olhos. Ou você pode pôr alguns saquinhos de chá de camomila na água quente, deixa-os refrigerar, e pô-los sobre seus olhos por quinze minutos."

Na manhã, o inchaço foi ido.

Carmen desejou os modelos que estavam na procura constante. Ouviria Renata arranjar seus registos: "Eu dei originalmente a Stacy um secundário em Mia. Chame e diga-lhes que que será disponível, assim que mim está movendo-os até um provisório…"

Carmen aprendeu rapidamente nunca criticar a roupa que modelava. Tornou-se familiar com os alguns dos fotógrafo superiores no negócio, e teve-se um composto da foto feito para ir com sua carteira. Levou o saco de um modelo enchido com a necessidade-roupa, a composição, um saco do cuidado do prego, e a joia. Aprendeu secar seu cabelo de cabeça para baixo para dar-lhe mais corpo, e para adicionar-lhe a onda cabelo com rolos calorosos. Havia muito mais aprender. Era um favorito dos fotógrafo, e um deles puxou-a de lado para dar-lhe algum conselho. "Carmen, salvar sempre seus tiros de sorriso para a extremidade do tiro. Essa maneira, sua boca terá menos vincar."

Carmen estava tornando-se cada vez mais popular. Não era a beleza gota-inoperante convencional que era a indicação da maioria de modelos, mas teve algo mais, uma elegância graciosa.

"Tem a classe," um dos agentes de propaganda disse. E isso somou-o acima.

Era igualmente só. De vez em quando saiu em datas,

mas eram sem sentido. Estava trabalhando firmemente, mas sentiu que era não mais próxima a seu objetivo do que era quando tinha chegado primeiramente em New York. Eu tenho que encontrar uma maneira de fazer o contato com os desenhistas superiores, pensamento de Carmen.

"Eu tenho-o registrado para as próximas quatro semanas", Renata disse-lhe. "Todos ama-o."

"Renata…"

"Sim, Carmen?"

"Eu não quero fazer mais este."

Renata olhou fixamente nela, disbelievingly. "Que?"

"Eu quero fazer a modelagem da pista de decolagem."

A modelagem da pista de decolagem era o que a maioria de modelos aspiraram.

Era o formulário o mais emocionante e o mais lucrativo da modelagem.

Renata era duvidoso. "Que é quase impossível. Para quebrar em e…"

"Eu estou indo a."

Renata estudou-a. "Você significa-o realmente, não faz você?"

"Sim."

Renata inclinou-se. "Toda certo. Se você é sério sobre este, a primeira coisa que você tem que fazer é aprender andar o feixe."

"Que?"

Renata explicou.

Que a tarde, Carmen comprou um estreito de seis-pé feixe de madeira, lixados lhe para evitar lascas, e colocado lhe em seu assoalho. Os tempos que primeiros tentou andar nela, ela caíram. Isto não está indo ser fácil, Carmen decidiu. Mas eu estou indo fazê-lo.

Cada manhã levantou-se cedo e praticou-se andar o feixe nas bolas de seus pés. Ligação com a pelve. Sensação com os dedos do pé. Abaixe o salto. Gradualmente seu equilíbrio melhorado.

Estronde acima e para trás na frente de um espelho completo, com jogo da canção. Aprendeu andar com um livro em sua cabeça. Praticou mudar rápida das sapatilhas e do short aos saltos altos e a um vestido de noite.

Quando Carmen sentiu que estava pronta, foi para trás a Renata.

"Eu estou colando meu pescoço para fora para você, "Renata disse-lhe. "Rodriguez está procurando um modelo da pista de decolagem. Eu recomendei-o. Está indo dar-lhe uma possibilidade."

Carmen foi excitado. Rodriguez era um dos desenhistas os mais brilhantes no negócio.

A seguinte semana, Carmen chegou na mostra. Tentou parecer tão ocasional quanto os outros modelos. Rodriguez entregou a Carmen o primeiro equipamento que devia vestir e sorrido.

"Boa sorte."

"Agradecimentos."

Quando Carmen saiu na pista de decolagem, era como se a tem feito toda sua vida. Mesmo os outros modelos foram imprimidos. A mostra era um sucesso grande, e desse tempo em Carmen era um membro da elite. Começou trabalhar com os gigantes da indústria da moda - Yves Saint Laurent, Halston, Christian Dior, Donna Karan, Calvin Klein, Ralph Lauren, e St John. Carmen estava na procura constante, viajando às mostras pelo mundo inteiro. Em Paris, as mostras das altas costura ocorreram em janeiro e julho. Em Milão, os meses máximos eram março, abril, maio e junho, quando no Tóquio, as mostras repicadas em abril e outubro. Era uma vida héctica, ocupada, e amou cada minuto dele. Carmen manteve-se trabalhar e manteve-se aprender. Modelou a roupa de desenhistas famosos e de pensamento sobre as mudanças que faria se era o desenhista. Aprendeu como a roupa foi supor para caber, e como a tela foi supor para mover ao redor e balançar o corpo. Aprendeu sobre cortes e drapeja e costurando, e que partes do corpo as mulheres quiseram esconder, e que peças quiseram mostrar. Fez esboços em casa, e as ideias pareceram fluir. Um dia, tomou uma carteira de seus esboços ao comprador principal em B. Martin. O comprador foi imprimido. "Quem projetou estes?" pediu.

"Eu fiz."

"São bons. São muito bons." Duas semanas mais tarde, Carmen foi trabalhar para o Dona Karan como um assistente e começou a aprender o lado do negócio do comércio do vestuário. Em casa, manteve-se projetar a roupa. Um ano mais tarde, teve seu primeiro desfile de moda.

Era um desastre. Os projetos eram ordinários e ninguém importou-se. Deu uma segunda mostra, e ninguém veio. Eu estou na profissão errada, pensamento de Carmen.

"Um dia você está indo ser um desenhista muito importante."

Que são mim que faço erradamente? Carmen quis saber.

A ocasião veio quando compreende de repente algo no meio da noite. Carmen despertou e coloca na cama, pensando, mim está projetando vestidos para que os modelos vistam. Eu devo projetar para mulheres reais com trabalhos reais e famílias reais. Inteligente, mas confortável. Chique, mas prático.

Tomou a Carmen aproximadamente um ano para obter sobre sua mostra seguinte, mas era um sucesso imediato.

Carmen retornou raramente ao ar de Bell, e quando fez, as visitas eram terríveis. Seu pai não tinha mudado. Se qualquer coisa, ele tinha obtido mais mau. Ainda tem na sua condução má do humor.

"Não engancharam qualquer um ainda, eh? Provavelmente nunca vá faz4e-lo."

Era em uma bola da caridade que Carmen encontrou David Renaux. Trabalhou na mesa internacional de uma casa de agência corretora de New York, onde tratasse as divisas estrangeiras. Cinco anos mais novo do que Carmen, era um francês atrativo, alto e magro. Era encantador e atento, e Carmen foi-lhe atraído imediatamente. Pediu que tivesse o comensal junto. A próxima noite vão ao restaurante próximo e essa noite, Carmen foi para a cama com ele. Eram junto cada noite em seguida isso.

Uma noite, David disse, "Carmen, eu estou louca no amor com você, você sabe."

Disse macia, "mim tem-no procurado toda minha vida, David."

"Há um problema grave. Você é um sucesso grande. Eu não faço em qualquer lugar perto de tanto dinheiro quanto você. Talvez um dia…"

Carmen tinha posto seu dedo a seus bordos. "Pare-o. Você deu-me mais do que eu poderia nunca ter esperado para."

No dia de Natal, Carmen tomou David ao ar de Bell para encontrar seu pai.

"Você está indo casá-lo?" Robert Stanley explodiu.

"Não é um ninguém! Está casando-o para o dinheiro que pensa que você está indo obter." Se Carmen teve necessário alguma razão mais adicional casar David, que seria ele. Casaram-se em Lãs Vegas o seguinte dia. E a união de Carmen a David deu-lhe a felicidade que tinha sabido nunca antes.

"Você não deve deixar seu pai fazer a besteira de você," tinha dito Carmen. "Toda sua vida, usou seu dinheiro como uma arma. Nós não precisamos seu dinheiro."

E Carmen tinha-o amado para aquele. David era um marido-amável maravilhoso, atencioso, e importar-se. Eu tenho tudo, Carmen pensei feliz. O passado está inoperante. Tinha sucedido apesar de seu pai. Em algumas horas, o mundo da forma estava indo ser centrado sobre seu talento.

A chuva tinha parado. Era um bom sinal.

A mostra era impressionante. Em sua extremidade, com jogo da canção e os bulbos instantâneos estalando, Carmen andou para fora na pista de decolagem, tomou uma curva, e recebeu uma ovação. Carmen desejou que David poderia ter estado em Paris com ela para compartilhar de seu triunfo, mas sua casa de agência corretora tinha recusado dar-lhe fora o tempo.

Quando a multidão tinha saído, Carmen foi para trás a seu escritório, sentindo muito feliz e entusiasmado. Seu assistente disse, "uma letra veio para você. Mão-foi entregada."

Carmen olhou o envelope que marrom seu assistente a entregou, e sentiu um frio repentino. Conheceu o que era aproximadamente antes que o abriu. A letra lida:

Cara Sra. Renaux,
Eu lamento informá-lo que a associação selvagem da proteção animal está com pouco fundos outra vez. Nós precisaremos $100, 000 imediatamente de cobrir nossas despesas. O dinheiro deve ser prendido ao número de conta 804072-A no banco de Credita Suisse em Zurique.
Não havia nenhuma assinatura.

Carmen sentou-se lá, olhando fixamente nela, insensibilizado. Nunca está indo parar. A chantagem nunca está indo parar. Um outro assistente veio apressando-se no escritório. "Carmen! Eu sou tão pesaroso. Eu apenas ouvi alguma notícia terrível."

Eu não posso carregar qualquer more notícia terrível, Carmen pensei: "Que... o que é ele?"

"Havia um anúncio em Luxemburgo Rádio Tele. Seu pai está... inoperante. Morreu no auto acidente." Tomou a Carmen um o momento para que compreenda e realize gradualmente o significado completo destas palavras. Seu primeiro pensamento era, mim quer saber o que o faria mais orgulhoso. Meu sucesso ou o facto de que eu sou um assassino?

9

O rei de Anita tinha sido casado a William "Billy" Stanley por dois anos, mas aos residentes do ar de Bell, foi referida ainda como "essa empregada de mesa." Anita tem esperado em tabelas no restaurante da galinha da grade quando Billy a encontrou primeiramente. Billy Stanley era o menino dourado do ar de Bell. Viveu na casa de campo da família, teve bons olhares clássicos, foi encantador e gosta-os de ser com outros povos. Era um alvo para todos os debutantes ansiosos no ar de Bell. Era consequentemente um choque sísmico quando fugiu com amante de repente com uns vinte cinco anos da empregada de mesa idosa que liso-olhava, uma saída de High School, e a filha de um trabalhador ao dia e uma dona de casa.

Era ainda mais de um choque porque todos tem esperado Billy casar Nicole Carson, uma herdeira nova bonita, inteligente a uma fortuna da madeira que estivesse louca no amor com Billy.

Geralmente, os residentes do ar de Bell preferiram bisbilhotar sobre os casos de seus empregados um pouco do que seus pares, mas no exemplo de Billy, sua união era tão ultrajante que fizeram uma exceção. A informação espalhou rapidamente que tinha obtido o rei de Anita grávido e a tinha casado então. Eram bastante certos que era o pecado maior.

"Para a causa do deus, eu posso compreender o menino que obtém seu grávido, mas você não casa uma empregada de mesa!"

O caso inteiro era ele caso clássico do de já VU.

Vinte quatro anos mais adiantado, ar de Bell tinha sido balançado por um escândalo similar que envolve o Stanley. O trunfo de Emy, filha de uma das famílias fundando, tinha cometido o suicídio porque seu marido tinha obtido a educadora das crianças grávida. Billy Stanley não fez nenhum segredo do facto de que ditou seu pai, e o sentimento geral era que tinha casado a empregada de mesa fora do despeito, mostrar que era um homem mais honorável do que seu pai. A única pessoa convidada ao casamento era o irmão de Anita, Harold, que voou dentro de New York. Harold era dois anos mais idoso do que Anita e trabalhado em uma padaria no Bronx. Era alto e macilento, com uma cara marcado e um acento pesado de Brooklyn.

"Você éficando um a grande menina," disse Billy após a cerimónia.

"Eu sei," Billy disse sem emoção.

"Você toma bom de minha irmã, huh?" "Eu farei meu melhor."

"Sim. Esfrie."

Uma conversação não memorável entre um padeiro e o filho de um dos homens os mais ricos no mundo. Quatro semanas após o casamento, Anita perdeu o bebê.

102

O ar de Bell é uma comunidade muito exclusiva. É um abrigo de privacidade-rico, de independente, e de protetor, com mais polícia per capita do que em quase todo o outro lugar no mundo. Seus residentes orgulham-se em ser atenuado. Conduzem Tauruses ou carrinhas, e para possuir veleiros pequenos, um relâmpago de dezoito-pé ou um vinte-quatro-pés passo acelerado.

Se um não lhe foi carregado, se teve que ganhar o direito de ser um membro desta comunidade do ar de Bell. Depois que a união entre William Stanley e "essa empregada de mesa," a pergunta ardente era o que eram os residentes que vão fazer sobre a aceitação da noiva em sua sociedade? A Sra. Michele Brickman, deão do ar de Bell, era o árbitro de todas as disputas sociais, e sua missão devoto na vida era proteger sua comunidade contra parvenus e o nouveau riche. Quando os recém-chegados chegaram no ar de Bell e foram infelizes bastante desagradar a Sra. Brickman, era seu costume para ter-lhes entregado, por seu motorista, uma caixa de viagem de couro. Era sua maneira de informá-los que não eram bem-vindos na comunidade.

Seus amigos deleitaram-se em dizer a história do mecânico da garagem e de sua esposa que tinham comprado uma casa no ar de Bell. A Sra. Brickman tinha-lhes enviado seu saco de viagem ritual, e quando a esposa aprendeu seu significado, riu. Disse, "se essa velha rabugenta idosa pensa que pode me conduzir fora deste lugar, ela é louca!"

Mas as coisas estranhas começaram a acontecer. Os trabalhadores e os reparadores eram de repente não disponíveis, o quitandeiro eram al as maneiras fora dos artigos que pediu, e eram impossíveis assentar bem em um membro do clube da ilha do Júpiter ou mesmo obter uma reserva em alguns dos bons restaurantes locais. E ninguém falou-lhes. Três meses após ter recebido a mala de viagem, os pares venderam sua casa e afastaram-se.

Assim era que quando a palavra da união de Billy saiu, a comunidade guardarão sua respiração coletiva. Excomungar o rei de Anita igualmente significaria excomungar seu marido popular. Havia umas apostas que estão sendo feitas quietamente.

Para as semanas primeiras, não havia nenhum convite aos comensais ou a algumas das funções de comunidade usuais. Mas os residentes gostaram de Billy e, apesar de tudo, sua avó no lado da sua mãe tinha sido um dos fundadores do ar de Bell: Gradualmente, os povos começaram convidar o e Anita a suas casas. Eram entusiasmado ver o que sua noiva era como.

"A menina idosa deve ter algo especial ou Billy nunca casá-la-ia."

Estavam dentro para uma decepção grande. Anita era maçante e sem graça, não teve nenhuma personalidade, e vestiu-se mal. Não era atrativa ou elegante: sem-graça era a palavra que veio às mentes do pessoa. Os amigos de Billy eram incapazes de compreender a razão o que lhe foi conduzido realmente para fazer uma decisão estúpida. Era inteligente bastante não fazer sua mente baseada em sua movimentação má do humor. "Que vê nela? Poderia ter casado qualquer um."

Um dos primeiros convites era de Nicole Carson. Tinha sido devastado pela notícia da união de Billy, mas era demasiado orgulhosa revelá-la. Quando seu amigo mais próximo tinha tentado a consolar dizendo, "esqueça-o, Nicole! Você obterá sobre ele," Nicole tinha respondido, "eu viverei com ele, mas eu nunca obterei sobre ele."

Billy tentou duramente fazer um sucesso da união. Soube que tinha feito um erro, e não quis punir Anita para ele. Tentou desesperadamente ser um bom marido. O problema era que Anita não teve nada em comum com ele ou com os alguns de seus amigos. A única pessoa que Anita pareceu confortável com era seu irmão, e Harold falaram no telefone cada dia.

"Eu falto-o," Anita queixei-me a Billy.

"Você gostam de mandá-lo vir para baixo e ficar por alguns dias conosco?"

"Não pode." E olhou seu marido e disse-o rancoroso, "tem um trabalho."

Em partidos, Billy tentou trazer Anita nas conversações, mas era rapidamente aparente que não teve nada contribuir. Sentou-se nos recém-vindos, mudos, nervosa, lambendo seus bordos, obviamente incômodos. Os amigos de Billy estavam cientes que mesmo que ficasse na casa de campo de Stanley, era distante de seu pai e que estava vivendo fora da anuidade pequena que sua mãe o tinha deixado. Sua paixão era polo e montou os pôneis possuídos por amigos. No mundo do polo, os jogadores são classificados por objetivos, com os dez objetivos que são o melhor. Billy era nove objetivos, e tinha montado com Mariano Aguirre Effendi do EL de Buenos Aires, de Wicky de Texas, Andres Diniz de Brasil, e dúzias de outros objetivos superiores. Havia somente aproximadamente doze jogadores do dez-objetivo no mundo, e a ambição de condução de Billy era juntar-se ao grupo.

"Você sabe porque, não faz você?" um de seus amigos observados. "Seu pai era dez objetivos."

Porque Nicole Carson soube que Billy não poderia ter

recursos para comprar seus próprios pôneis de polo, comprou uma corda para que monte. Quando os amigos perguntaram porque, disse, "eu quero fazê-lo feliz em toda a maneira que eu puder."

Quando os recém-chegados perguntaram a que Billy fez para uma vida, o aumento dos povos apenas seus ombros e deixa-os cair então para mostrar que não sabem nem não se importam com ele. Na realidade, estava vivendo uma vida da segunda mão, fazendo o dinheiro que joga as peles no golfe, apostando em fósforos do polo, pedindo os pôneis do outro pessoa e os iate de competência, e ocasionalmente, as esposas do outro pessoa.

A união com Anita estava deteriorando-se rápida, mas Billy recusou admiti-la.

"Anita," diria, "quando nós vamos aos partidos, tenta por favor juntar-se na conversação."

"Por que devo eu? Seus amigos todos pensam que são demasiado bons para mim."

"Bem, não são," Billy asseguraram-na.

Uma vez por semana, o círculo literário do ar de Bell encontrado no clube para uma discussão dos livros os mais atrasados, seguida por um almoço. Neste dia particular, como as senhoras estavam jantando, a Sra. aproximada comissário de bordo Brickman. A "Sra. William Stanley está fora. Gostaria de juntar-se lhe."

Um silêncio caiu sobre a tabela.

"Mostre-a dentro," a Sra. Brickman disse.

Um momento mais tarde, Anita andou na sala de jantar. Tinha lavado seu cabelo e tinha pressionado seu melhor vestido. Esteve lá, nervosa olhando o grupo.

A Sra. Brickman deu-lhe um assentimento, a seguir disse-o agradavelmente, "Sra. Stanley."

Anita sorriu ansiosamente, "sim, senhora."

"Nós não o precisaremos. Nós já temos uma empregada de mesa." E Sra. Brickman girada de volta a seu almoço.

Quando Billy ouviu a história, era furioso. "Como o desafio ela lhe faz aquele!" Tomou-a em seus braços. A "próxima vez, pergunta-me antes que você faça uma coisa como o esse, Anita. Você tem que ser convidado a esse almoço."

"Eu não soube," disse taciturno.

"É toda direito. Hoje à noite nós estamos tendo o comensal no Blakes, e eu quero…"

"Eu não irei!"

"Mas nós aceitamos seu convite."

"Você vai."

"Eu não quero ir sem…"

"Eu não estou indo."

Billy foi apenas, e após aquele, começou a ir a cada partido sem Anita.

Viria em casa em todas as horas, e Anita era certo que tinha sido com outras mulheres. O acidente mudou tudo. Aconteceu durante um fósforo do polo. Billy jogava a posição do Número-Três, e um membro da equipe de oposição, tentando afagar a bola em quartos próximos, bateu acidentalmente os pés do pônei que Billy estava montando. O pônei foi para baixo e rolou sobre ele. No engavetamento que seguiu, um segundo pônei retrocedeu Billy. Nas urgências do hospital, os doutores diagnosticaram um pé quebrado, três reforços fraturados, e um pulmão puncionado.

Durante as próximas duas semanas, havia três operações separadas, e Billy estava na dor excruciante. Os doutores deram-lhe a morfina para facilitá-la. Anita veio visitá-lo cada dia. Harold voou dentro de New York para consolar sua irmã.

Sua dor física era insuportável, e o único relevo Billy teve era das drogas os doutores mantidos prescrever para ele. Era imediatamente depois de Billy obteve a casa que pareceu mudar. Começou a ter balanços de humor violentos. Humor muito mau. Um minuto era seu auto fervilhante de vida usual, e o próximo minuto entraria em uma raiva repentina ou em uma depressão profunda. No comensal, rir e dizer gracejos, Billy de repente tornar-se-iam irritados e abusivos para Anita e atacar-se-iam para fora. No meio de uma frase derivaria fora em uma fantasia profunda. Tornou-se esquecido. Faria datas e não as apareceria; convidaria povos a sua casa e não seria lá quando chegaram. Todos foi referido sobre ele. Logo, tornou-se abusivo a Anita em público. Trazendo a uma chávena de café a um amigo uma manhã, Anita derramou algum, e Billy zombou, "uma vez uma empregada de mesa, sempre uma empregada de mesa."

Anita igualmente começou a mostrar sinais do abuso físico, e quando os povos perguntaram lhe que o que aconteceu, faria desculpas.

"Eu colidi em uma porta" ou "eu caí para baixo," e faria a luz dela. A comunidade foi insultada. Agora era Anita que sentiam pesarosos para. Mas quando o comportamento errático de Billy ofendeu alguém, Anita defenderia seu marido.

"Billy está sob muito esforço," Anita insistiria.

"Não é ele mesmo." Não permitiria que qualquer um dissesse qualquer coisa contra ele.

Era o Dr. Thompson que o trouxe finalmente para fora

no aberto. Pediu que Anita viesse vê-o em seu escritório um dia.

Era nervosa. "É algo erradamente, doutor?"

Estudou-a um momento. Teve uma equimose em seu mordente, e seu olho foi inchado.

"Anita, é você ciente que Billy está fazendo drogas?"

Os olhos piscou com indignação. "Não! Eu não a acredito!" Levantou-se. "Eu não escutarei este!"

"Sente-se para baixo, Anita. Realiza-se sobre o tempo onde você enfrentou a verdade. Está tornando-se óbvia a todos mais. Certamente você observou seu comportamento. Um minuto é no topo do mundo, falando sobre como maravilhoso tudo é, e o próximo minuto onde é suicida."

Anita sentou-se lá, olhando o, sua cara pálida. "Tem viciado."

Seus bordos apertados. "Não," disse teimosamente. "Não é."

"É. Você tem conseguiu ser realístico. Você não quer ajudá-lo?"

"Naturalmente, eu faço!" Torcia suas mãos. "Eu faria qualquer coisa ajudá-lo. Qualquer coisa."

"Toda certo. Deixe-nos então começar. Eu quero-o ajudar-me a obter Billy em um centro de reabilitação. Eu pedi que entre e ver me."

Anita olhou-o por muito tempo, e inclinou-se então. "Eu falar-lhe-ei," disse quietamente.

Essa tarde, quando Billy andou no escritório do Dr. Thompson, estava em um humor eufórico. "Você quis ver-me, doc? É sobre Anita, não é?"

"Não. É sobre você, Billy."

Billy olhou-o na surpresa. "Mim? O que é meu

109

problema?"

"Eu penso que você conhece qual seu problema é."

"O que é você que fala sobre?"

"Se você vai sobre como este, você está indo destruir sua vida e vida de Anita. O que são você que toma, Billy?"

"Tomando?"

"Você ouviu-me."

Havia um silêncio longo. "Eu quero ajudá-lo."

Billy sentou-se lá, olhando fixamente no assoalho. Quando falou finalmente, sua voz era rouco. "Você é direito. Eu tenho-me... tentei caçoar-se, mas eu não posso fazer este mais longo."

"O que estão você ligada?"

"Heroína. ".

"Meu deus!"

"Acredite-me, mim tentou parar, mas I... eu não posso."

"Você precisa a ajuda, e há os lugares onde você pode obter."

Billy disse cansadamente, "eu espero ao deus que você é direito."

"Eu quero-o ir à clínica do grupo do porto no Júpiter. Você tentá-lo-á?"

Havia uma breve hesitação.

"Sim."

"Quem o está fornecendo com a heroína?"

O Dr. Thompson pediu.

Billy agitou sua cabeça. "Eu não posso dizer-lhe aquele."

"Muito bem. Eu farei arranjos para você na clínica."

A seguinte manhã, Dr. Thompson foi assentada no escritório do chefe da polícia.

"Alguém está fornecendo-o com a heroína," o Dr. Thompson disse, "mas não me dirá que."

O chefe da polícia de Murphy olhou o Dr. Thompson e inclinou-se. "Eu penso que eu conheço quem."

Havia diversos suspeitos possíveis. O ar de Bell era uma enclave pequena, e todos conheceu todos negócio outro. Uma loja de bebidas tinha aberto recentemente na estrada da ponte que fez entregas a seus clientes do ar de Bell em todas as horas do dia e noite.

Um doutor em uma clínica local tinha sido multado por drogas de prescrição excedentes. Um ginásio tinha aberto um ano mais adiantado, no outro lado da via navegável, e espalhou-se boatos isso o instrutor tomou esteroides e teve outras drogas disponíveis para seus bons clientes. Mas o chefe da polícia de Murphy teve um outro suspeito na mente.

Os ribeiros de Tim tinham servido como um jardineiro para muitas das casas no ar de Bell por anos. Tinha estudado a horticultura e tinha-a amado passar seus dias que criam jardins bonitos. Os jardins e os gramados que tendeu eram os mais bonitos no ar de Bell. Era um homem quieto que si mesmos mantivesse, e os povos que trabalhou para conheceram muito pouco sobre ele. Pareceu ser demasiado bem-educado ser um jardineiro, e os povos eram curiosos sobre seu passado. Murphy enviou para ele.

"Se isto é sobre minha licença de motorista, eu renovei-a," Ribeiro disse.

"Sente-se para baixo," Murphy pediu.

"Há algum tipo do problema?"

"Sim. Você é um homem educado, direito?"

"Sim."

O chefe da polícia inclinado para trás em sua cadeira. "Assim como vindo lhe é um jardineiro?"

"Eu aconteço amar a natureza."

"Que outro você acontece amar?"

"Eu não compreendo."

"Quanto tempo o tenha que jardina?"

Ribeiros olhados lhe, confundido.

"Tenha alguns de meus clientes que queixam-se?"

"Apenas resposta à pergunta."

"Aproximadamente quinze anos."

"Você tem uma casa agradável e um barco?"

"Sim."

"Como pode você ter recursos para todo o aquele no que você faz como um jardineiro?"

O padeiro disse, "não é que grande uma casa, e não são que grande um barco."

"Talvez você faz pouco dinheiro no lado."

"O que o fazem…?"

"Você trabalha para alguns povos em Miami, não faz você?"

"Sim."

"Há muitos italianos lá. Faça-o fazem-nos nunca alguns favores pequenos?"

"Que tipo dos favores?"

"Como a empurrão de drogas."

Padeiro olhado lhe, horrorizado. "Meu deus! Naturalmente não."

Murphy inclinou-se para a frente. "Deixe-me dizer-lhe algo, padeiro. Eu tenho mantido um olho em você. Eu tive uma conversa com alguns dos povos que você trabalha para. Não querem o ou seus amigos da máfia aqui mais. É isso claramente?"

Os ribeiros espremeram seus olhos fechados para uns segundos, a seguir abriram-nos.

"Muito claro."

"Bom. Eu esperá-lo-ei fora de aqui por amanhã. Eu não quero ver outra vez sua cara."

Billy Stanley entrou na clínica do grupo do porto por três semanas, e quando saiu, era o encantamento velho de Billy, graciosos, e deliciosos para estar com. Foi para trás a jogar o polo, montando pôneis de Nicole Carson.

Domingo era o aniversário do polo & do clube décimo oitavo do Palm Beach, e o bulevar sul da costa era pesado com tráfego porque três mil fãs convergiram nas terras do polo. Apressaram-se para encher os assentos de caixa a ocidente do campo e a bancada no extremo oposto. Alguns dos jogadores os mais finos no mundo estavam indo estar no jogo de dia.

Anita estava em um assento de caixa ao lado de Nicole Carson, como o convidado de Nicole.

"Billy disse-me que este é seu primeiro fósforo do polo, Anita. Porque o tenha não sido a um antes?"

Anita lambeu seus bordos. "Mim… que eu supor que eu fui sempre demasiado nervoso olhar o jogo de Billy. Eu não o quero obter outra vez ferido. É um esporte muito perigoso, não é?"

Nicole disse pensativamente, "quando você obtém oito jogadores, cada um que pesa aproximadamente cem e setenta e cinco libras, e seus pôneis de nove-cem-libra que competem em se sobre três cem jardas em quarenta milhas um a hora sim, acidentes podem acontecer."

Anita grito para fora. "Eu não poderia está-la se qualquer coisa aconteceu a Billy outra vez. Eu não poderia realmente. Eu vou preocupação louca sobre ele."

Nicole Carson disse delicadamente, "não se preocupe. É um do melhor. Estudou sob Hary Brown, você sabe."

Anita olhava-a vazia. "Quem?"

"É um jogador do dez-objetivo. Uma das legendas do polo."

"Oh."

Havia um murmúrio da multidão porque os pôneis se moveram através do campo.

"O que está acontecendo?" Anita pediu.

"Apenas terminaram uma sessão de prática antes do jogo.

Estão prontos para começar agora."

No campo, as duas equipes estavam começando alinhar sob o sol quente de Florida, preparando-se para o lançamento do árbitro. Billy olhou maravilhoso, bronzeado e apto e flexível-- apronte para fazer a batalha. Anita acenou-o e fundiu- um beijo.

Ambas as equipes foram alinhadas agora, de lado a lado. Os jogadores mantiveram seus malhos para o lançamento.

"Há geralmente seis períodos de jogo, chamados os jogos, "Nicole Carson explicados a Anita. "Cada jogo dura sete minutos. As extremidades do jogo quando o sino soar. Então há um resto curto. Mudam pôneis cada período. A equipe que marca a maioria de objetivos ganha."

"Direito."

Nicole quis saber apenas quanto Anita compreendeu. No campo, os olhos dos jogadores eram fixos no árbitro, antecipando quando a bola seria lanç. O árbitro olhou ao redor na multidão, e então rolou de repente a bola plástica branca entre as duas fileiras dos jogadores. O jogo tinha começado. A ação era rápida. Billy fez o primeiro jogo, obtendo a possessão da bola e batendo um golpe impedido. A bola apressou-se para um jogador na equipe de oposição. O jogador galopou abaixo do campo após ele. Billy montou até ele e enganchou seu malho para estragar seu tiro.

"Porque fez Billy faça isso?" Anita pediu.

Nicole Carson explicou. "Quando seu oponente obtém a bola, é legal enganchar seu malho assim que não pode marcar ou passar. Billy usará um curso impedido ao lado do controle a bola."

A ação estava acontecendo tão rapidamente que era quase impossível seguir.

Havia uns gritos do "centro…"

"Placas."

"Deixe-o."

E os jogadores estavam competindo abaixo do campo à velocidade máxima. Os pôneis-usual puros ou os puro-sangue de três quartos eram responsáveis para 75 por cento dos sucessos dos seus cavaleiros. Os pôneis tiveram que ser rápidos, e têm que sentido do polo da chamada dos jogadores, podendo antecipar cada movimento do seu cavaleiro.

Billy era brilhante durante os primeiros três jogos, marcando dois objetivos em cada um e que estão sendo aplaudiram sobre pela multidão rugindo. Seu malho pareceu estar em toda parte. Era Billy idoso Stanley, montando como o vento, sem medo. Para o fim do quinto jogo, a equipe de Billy era bem adiante. Os jogadores foram fora do campo para a ruptura.

Como Billy passou Anita e Nicole, sentando-se na primeira fila, sorriu em ambos eles.

Anita girou para Nicole Carson, entusiasmadamente. "Não é maravilhoso?"

Olhou sobre em Anita. "Sim. Em cada maneira." As colegas de equipa de Billy felicitavam-no. "Exatamente o David, menino idoso! Você era fabuloso!"

"Grandes jogos!"

"Agradecimentos."

"Nós estamos saindo lá e friccionamos seus narizes nela ainda mais. Não obtiveram uma possibilidade!"

Billy sorriu. "Nenhum problema."

Olhou suas colegas de equipa transportar-se para fora ao campo, e sentiu de repente esgotado. Eu empurrei-me demasiado duramente, ele pensei. Eu não estava realmente pronto para ir para trás ainda ao jogo. Eu não estou indo poder manter acima isto. Se eu saio lá, eu farei um tolo de mim mesmo. Começou a apavorar-se, e seu coração começou martelar. O que eu preciso é pouca picareta mim-acima. Não! Eu não farei aquele. Eu não posso. Eu prometi. Mas a equipe está esperando-me. Eu fá-la-ei apenas isto uma vez, e nunca outra vez. Eu juro ao deus, este sou a última vez. Foi a seu carro e alcançou no compartimento de luva.

Quando Billy retornou ao campo, si mesmo estava zumbindo-, e seus olhos eram não natural brilhantes. Acenou à multidão, e juntou-se a sua equipe de espera. Eu preciso nem sequer uma equipe, ele pensei. Eu poderia bater aqueles bastardos únicos handheld. Eu sou o melhor jogador condenado no mundo. Risadinha a si mesmo.

O acidente ocorreu durante o sexto jogo, embora alguns dos espectadores devessem insistir mais tarde que não era nenhum acidente.

Os pôneis foram ajuntados junto, competindo para o objetivo, e Billy teve o controle da bola. Fora do recém-vindo de seu olho viu um dos jogadores de oposição que fecham-se dentro nele. Usando um tiro da cauda, enviou a bola à parte traseira do pônei. Foi pegarão por Richard

Smith, melhor jogador na equipe de oposição, que começou a competir para o objetivo. Billy era após ele à velocidade máxima. Tentou enganchar o malho de Smith e faltou. Os pôneis estavam obtendo mais perto do objetivo. Billy manteve-se desesperadamente tentar obter a possessão da bola, e falhado cada vez. Porque Smith aproximou o objetivo, Billy virou de repente deliberadamente seu pônei para deixar de funcionar em Smith e monta-o fora da bola. Smith e seu pônei foram cair à terra. A multidão aumentou a seus pés, gritando. O árbitro fundiu irritadamente o assobio e sustentou uma mão.

A primeira regra no polo é que quando um jogador tem a possessão da bola e a está dirigindo para o objetivo, é ilegal cortar através da linha em que o jogador está viajando. Todo o jogador que cruzar essa linha cria uma situação perigosa e comete uma falta. Jogo parado. O árbitro aproximou Billy, raiva em sua voz.

"Que era uma falta deliberada, Sr. Stanley!"

Billy sorriu. "Não era minha falha! Seu condenou o pônei..."

"Os oponentes receberão um objetivo da pena."

O jogo transformado em um desastre. Billy cometeu duas violações mais evidentes dentro de três minutos de se. As penas conduziram a dois mais objetivos para a outra equipe. Em cada caso os oponentes foram concedidos um tiro de pena livre em um objetivo descuidado. Nos últimos trinta segundos do jogo, a equipe de oposição marcou o objetivo de vencimento. O que tinha sido uma vitória assegurada, tinha transformado em uma derrota.

Na caixa, Nicole Carson foi aturdida pela volta de eventos repentina.

Anita disse tímida, "ele não foi bem, fê-lo?"
Nicole girou-lhe para. "Não, Anita. Eu estou receoso que não fez."

Um comissário de bordo aproximou a caixa. A "senhorita Carson, pode mim ter uma palavra com você?" Nicole Carson girado para Anita. "Desculpe-me um momento." Anita olhou-os andar afastado.

Após o jogo, a equipe de Billy era muito quieta. Billy era demasiado humilhado olhar o outro. Nicole Carson apressado sobre a Billy.

"Billy, eu estou receoso que eu tenho alguma notícia terrível, terrível." Pôs uma mão sobre seu ombro, "seu pai está inoperante."

Billy olhou acima nela e agitou sua cabeça dum lado ao outro. Começou ao soluço. " Eu sou… mim sou responsável. É m… minha falha."

"Não. Você não deve responsabilizar-se. Não é sua falha."

"Sim, é," Billy gritou. "Você não compreende? Se não era para minhas penas, nós teríamos ganhou o jogo. "

10

Jennifer Stanley tinha conhecido nunca seu pai, e agora estava inoperante, reduzido a um título preto na estrela de Miami: O EMPRESÁRIO BEM SUCEDIDO Robert Stanley MORRE no AUTO ACIDENTE! Sentou-se lá, olhando fixamente em sua fotografia na primeira página do jornal, enchida com as emoções de oposição. Eu deito-o devido à maneira que tratou minha mãe, ou eu amo-o porque é meu pai? Eu sinto culpado porque eu nunca tentei obter em contato com ele, ou mim sinto irritado porque nunca tentou me encontrar? Não importa mais, ela pensou. Foi.

Seu pai tinha estado inoperante a sua toda sua vida, e tinha morrido agora outra vez, enganando a fora de algo que não teve nenhuma palavra para. Inexplicável, sentiu um sentido opressivamente da perda. Estúpido! Pensamento de Jennifer. Como posso eu faltar alguém que eu nunca soube? Olhou a fotografia do jornal outra vez. Eu tenho qualquer coisa dele em mim?

Jennifer olhou fixamente no espelho na parede. Os

olhos. Eu tenho os mesmos olhos cinzentos profundos.
Jennifer entrou em seu armário do quarto, removido uma caixa de cartão golpeada, e dela levantou um álbum de recortes do couro-limite. Sentou-se na borda de sua cama e abriu-se álbum de recortes. Para as próximas duas horas, próximo a sobre seus índices familiares. Havia fotografias incontáveis de sua mãe no uniforme da sua educadora, com Robert Stanley e Sra. Stanley e suas três jovens crianças. A maioria das imagens tinham sido tomadas em seu iate, no ar de Bell, ou na casa de campo do ar de Bell.

Jennifer pigarrou o descrevendo amarelado dos grampeamentos de jornal o escândalo que tinha acontecido tão muitos anos antes em Los Angeles. Os título desvanecidos eram escabrosos:

NINHO DE AMOR NO AR DO SINO
O MULTIMILIONÁRIO ROBERT STANLEY NA ESPOSA DO EMPRESÁRIO BEM SUCEDIDO DO ESCÂNDALO COMETE A EDUCADORA QUE DO SUICÍDIO ROSA NEWMAN DESAPARECE

Havia umas dúzias das colunas de bisbilhotice enchidas com uma observação indireta sobre este evento, sugerindo geralmente algo mau ou rude. Jennifer sentou-se lá por muito tempo, perdido no passado.

Tinha sido nascida no hospital de St Joseph em Miami. Suas memórias mais adiantadas eram da vida na caminhada aborrecido acima dos apartamentos e constantemente de mover-se da cidade para a cidade. Havia umas épocas quando não havia nenhum dinheiro de todo, e uma pouco comer. Sua mãe era continuamente doente, e tinha sido difícil para ela encontrar o trabalho constante. A rapariga aprendeu rapidamente nunca pedir brinquedos ou vestidos novos.

Jennifer começou a escola quando era cinco, e seus colegas zombá-la-iam porque vestiu o mesmos
Vestido e sapatas desalinhado cada dia. Quando as outras crianças a amolaram, Jennifer lutou-as. Era um rebelde, e era trazida sempre acima antes do principal. Seus professores não conheceram o que fazer com ela. Estava no problema constante. Pôde ter sido expelida à exceção de uma coisa: Era o estudante o mais brilhante em sua classe.

Sua mãe tinha dito que Jennifer que seu pai estava inoperante, e tinham aceitado aquela. Mas quando Jennifer tinha doze anos velha, tropeçou através de um álbum da imagem enchido com as fotografias de sua mãe com um grupo de desconhecido.

"Quem são estes povos?" Jennifer pediu. E a mãe de Jennifer decidiu que o tempo tinha vindo. "Sente-se para baixo, meu amor." Tomou a mão de Jennifer e guardou-a firmemente. Não havia nenhuma maneira de quebrar taco a notícia. "Que é seu pai, e sua metade-irmã, e seus dois meio-irmão."

Jennifer olhava-a, confundido.

"Eu não compreendo."

A verdade tinha saído finalmente, quebrando a paz de espírito de Jennifer. Seu pai estava vivo! E teve uma metade - irmã e dois meio-irmão. Era demasiada a compreender.

"Porque… porque você se encontrou me?"

"Você era demasiado novo compreender. Seus pai e I … teve um caso. Foi casado, e I… que eu tive que sair, para tê-lo."

"Eu deito-o!" Jennifer disse. "Você não deve dai-lo."

"Como poderia lhe ter feito este?" exigiu.

"O que aconteceu era minha falha tanto quanto sua." Cada palavra era agonia. "Seu pai era um homem muito atrativo, e eu era novo e insensato. Eu soube que nada poderia nunca vir de nosso caso. Disse-me que me amou... mas esteve casado e teve uma família. E... e então eu tornei-me grávido." Era difícil para ela ir sobre. "Um repórter obteve a posse da história e estava em todos os jornais. Eu corri afastado. Eu pretendi para que você e eu vê-lhe para trás, mas sua esposa matou-se, e I... eu poderia nunca enfrentar o ou as crianças outra vez. Era minha falha, você vê. Assim não o responsabilize."

Mas havia uma parte da história Rosa nunca revelada a sua filha. Quando o bebê era nascido, o caixeiro no hospital disse, "nós estamos completando a certidão de nascimento. O nome do bebê é Jennifer Newman?"

Rosa tinha começado dizer sim, e então pensou ferozmente, não! É filha de Robert Stanley. Autorizou a seu nome, e a seu apoio.

"Da o nome minha filha é Jennifer Stanley."

Tinha escrito a Robert Stanley, dizendo lhe que sobre Jennifer, mas ela tinha recebido nunca uma resposta.

Jennifer foi fascinada pela ideia que teve uma família que não tinha conhecido aproximadamente, e igualmente pelo facto de que eram famosos bastante ser escritos aproximadamente na imprensa. Foi à biblioteca pública e olhado acima tudo poderia encontrar sobre Robert Stanley. Havia umas dúzias de artigos sobre ele. Era um multimilionário, e viveu em um outro mundo, um mundo de que Jennifer e sua mãe fossem excluídas totalmente.

Um dia, quando um dos colegas de Jennifer a amolou sobre ser pobre, Jennifer disse desafiador amente, "eu não sou pobre! Meu pai é um dos homens os mais ricos no mundo. Nós temos um iate e um avião, e dúzia casas bonitas."

Seu professor ouviu-a. "Jennifer, vem acima aqui."

Jennifer aproximou a mesa do professor. "Você não deve dizer uma mentira como aquele."

"Não é uma mentira," Jennifer replicou. "Meu pai é um multimilionário! Conhece presidentes e reis!"

O professor olhou a rapariga que está antes que em seu vestido gasto de Blackburn e disse, "Jennifer, que não é verdadeira."

"É!" Jennifer disse teimosamente.

Foi enviada ao escritório do principal. Nunca mencionou seu pai na escola outra vez. Jennifer aprendeu que a razão ela e sua mãe mantidas se mover da cidade para a cidade era devido aos meios noticiosos. Robert Stanley estava constantemente na imprensa, e os jornais e os compartimentos da bisbilhotice mantiveram-se escavar acima o escândalo velho. Os repórteres investigatórios descobririam eventualmente quem Rosa Newman era e onde viveu, e teria que tomar Jennifer e voo. Jennifer leu cada artigo de jornal que apareceu sobre Robert Stanley, e cada vez, ela foi tentado telefoná-lo. Ela-quis acreditar que durante todos aqueles anos tem procurarão desesperadamente por sua mãe. Eu chamarei e para dizer, "esta é sua filha. Se você quer nos ver..."

E vir-lhes-ia e cai-lo-ia no amor mais uma vez, e casa sua mãe, e tudo vivo feliz junto.

Jennifer Stanley cresceu em uma jovem mulher bonita. Teve o cabelo escuro brilhante, um riso, a boca generosa, os olhos cinzentos luminosos de seu pai, e uma figura delicadamente curvada. Mas quando sorriu, os povos esqueceram sobre tudo mais mas esse sorriso.

Porque foram forçados a se mover tão frequentemente, Jennifer foi às escolas em cinco estados diferentes. Durante os verões trabalhou como um caixeiro em um armazém, atrás do contador em uma drogaria, e como um recepcionista. Era sempre ferozmente independente.

Estavam vivendo em Miami, Florida, quando Jennifer terminou a faculdade em uma bolsa de estudos. Não era certo o que quis fazer com sua vida. Os amigos, impressos por sua beleza, sugeriram que se transformasse uma atriz do filme.

"Você seria uma estrela durante a noite!"

Jennifer tinha demitido a ideia com um ocasional, "quem quer se levantar que cedo cada manhã?"

Mas o motivo real que não foi interessada era porque quis, sobretudo, sua privacidade. Pareceu a Jennifer que todas suas vidas, e sua mãe tinham sido perseguidas pela imprensa devido ao que tinha acontecido tão muitos anos mais adiantados. O sonho de Jennifer de um dia que une seus mãe e pai terminou o dia onde sua mãe morreu. Jennifer sentiu um sentido esmagador da perda. Meu pai tem que saber, pensamento de Jennifer. A mãe era uma parte de sua vida. Olhou acima o número de telefone de suas matrizes do negócio em Los Angeles. Um recepcionista respondido.

"Bom dia, empresas de Stanley." Jennifer hesitou.
"De empresas Stanley. Olá!? Posso eu ajudo-o?"

Lentamente Jennifer substituiu o receptor. A mãe não me quereria fazer esta chamada. Estava sozinha agora. Teve ninguém.

Jennifer enterrou sua mãe no cemitério de Memorial Park em Miami. Não havia nenhum outro choro. Jennifer esteve no graves ide e pensamento, não é justo, mamães.

Você fez um erro e pagou-o por ele com os restos da sua vida. Eu desejo que eu poderia ter removido alguma de sua dor. Eu te amo muito, mamãe. Eu amá-lo-ei sempre. Tudo que tinha deixado dos anos da sua mãe na terra era uma coleção de fotografias velhas e de grampeamentos.

Com sua mãe ida, os pensamentos de Jennifer giraram para a família de Stanley. Eram ricos. Poderia rilhes para a ajuda. Nunca, decidiu. Não após a maneira Robert Stanley tratou minha mãe. Mas teve que ganhar uma vida. Foi enfrentada com uma decisão da carreira. Pensou que é ambos divertido e desapontado; talvez eu transformar-me-ei um cirurgião de cérebro. Ou um pintor? Cantor de Opera?

Físico? Astronauta?

Estabeleceu-se para um curso de secretário na escola de noite no Instituto de Ensino Superior de Miami Florida. O dia depois que Jennifer terminou o curso, visitou uma agência de emprego. Havia dúzia candidatos que esperam para ver o conselheiro do emprego. Sentar-se ao lado de Jennifer era uma mulher atrativa sua idade.

"Olá!! Eu sou Susan Crawford."

"Jennifer Stanley."

"Eu tenho conseguiu obter hoje um trabalho." Susan lamentou-se.

"Eu fui retrocedido fora de meu apartamento."

Jennifer ouviu seu nome chamado.

"Boa sorte!" Susan disse.

"Agradecimentos."

Jennifer andou no escritório do conselheiro do emprego.

"Sente-se para baixo, por favor."

"Obrigado."

"Eu ver de sua aplicação que você tem uma experiência

125

de trabalho do ensino universitário e do verão. E você tem uma recomendação alta da escola de secretário." Olhou a documentação em sua mesa. "Você toma a mão curto em palavras noventas pelo minuto, e o tipo em sessenta palavras pelo minuto?"

"Sim, senhora."

"Eu pude ter apenas a coisa para você. Há um de pequena empresa dos arquitetos que está procurando um secretário. O salário não é muito grande, mim está receoso…"

"Que é aprovado," Jennifer disse rapidamente.

"Muito bem. Eu estou indo enviá-lo ali." Entregou a Jennifer um deslizamento de papel com um nome e endereço datilografado nele. "Entrevistá-lo-ão no meio-dia amanhã."

Jennifer sorriu feliz. "Obrigado." Foi enchida com um sentido do excitamento. Quando Jennifer saiu do escritório, o nome de Susan era chamado.

"Eu espero que você obtém algo," Jennifer disse.

"Agradecimentos!"

Em um impulso, Jennifer decidiu ficar e esperar. Dez minutos mais tarde, quando Susan saiu do escritório interno, estava sorrindo extensamente.

"Eu obtive uma entrevista! Telefonou, e eu estou indo Mútuos Americano aos Seguros Companhia amanhã para um trabalho do recepcionista. Como fez você faz?"

"Eu saberei amanhã, demasiado."

"Eu sou certo que nós o faremos. Porque nós não temos o almoço junto e não o comemoramos?"

"Fino."

No almoço falaram, e sua amizade clicada imediatamente.

"Eu olhei um apartamento por terra no parque," Susan disse. "É um com dois quartos e um banho, com uma cozinha e uma sala de visitas. É realmente agradável. Eu não posso tê-lo recursos para apenas, mas se os dois de nós..."

Jennifer sorriu. "Eu gostaria daquele." Cruzou seus dedos. "Se eu obtenho o trabalho."

"Você obtê-lo-á!" Susan assegurou-a.

Na maneira aos escritórios de John, Mark & Thomson, pensamento de Jennifer, este poderiam ser minha oportunidade grande. Isto podia conduzir em qualquer lugar. Eu significo, isto não sou apenas um trabalho. Eu estarei trabalhando para arquitetos. Sonhadores que constroem e dão forma àlinha do horizonte da cidade, que cria a beleza e a mágica fora da pedra e o aço e o vidro. Talvez eu estudarei a arquitetura eu mesmo, de modo que eu possa os ajudar e ser uma parte desse sonho.

O escritório estava em uma construção comercial velha deslustrado no local ocidental da cidade. Jennifer tomou o elevador ao terceiro assoalho, obteve-o fora, e parou-o porta assustado em um JOHN dividido, em MARK & em ARQUITETOS de THOMSON. Tomou uma respiração profunda para acalmar-se e entrou-a. Três homens esperavam-na na sala de recepção, examinando a enquanto andou na porta.

"Você é aqui para o trabalho de secretário?"

"Sim, senhor."

"Eu sou John." Calvo.

"Mark." O rabo de cavalo.

"Thomson." A pança.

Pareceram toda estar em algum lugar em seus anos quarenta.

"Nós compreendemos que este é seu primeiro trabalho de secretário," John disse.

"Sim, é," Jennifer respondeu. Então rapidamente adicionou, "mas eu sou um principiantes rápido. Eu trabalharei muito duramente." Decidiu não mencionar sua ideia sobre ir à escola estudar ainda a arquitetura. Esperou até que conheceram seu melhor.

"Toda certo, nós tentá-lo-emos para fora," Mark disse, "e veja como vai."

Jennifer sentiu um sentido da alegria. "Oh, obrigado! Você não será…"

"Sobre o salário," Thomson disse. "Eu estou receoso que nós não podemos pagar muito no início."

"Que é todo o direito," Jennifer disse.

"Mim…"

"Três cem um a semana," John disse-lhe.

Eram direitos. Não era muito dinheiro. Jennifer fez uma decisão rápida. "Eu tomá-la-ei."
Olharam um outro e trocaram sorrisos. "Grande!" John disse. "Deixe-me mostrá-lo ao redor."

A excursão tomou somente alguns segundos. Havia a sala de recepção pequena e três escritórios pequenos que olharam como se tinham sido fornecidos pelo exército de salvação. O lavabos era abaixo do salão. Eram todos os arquitetos, mas John era o homem de negócios, Mark era o vendedor, e Thomson segurou a construção.

"Você estará trabalhando para todos nós," John disse-lhe.

"Fino." Jennifer soube que estava indo se fazer indispensável a eles.

John olhou seu relógio. "Édoze e trinta. Como sobre algum almoço?"

Jennifer sentiu pouca emoção. Era parte da equipe

agora.

Estão convidando-me a almoçar.

Girou para Jennifer.

"Há umas guloseimas abaixo do bloco. Eu comerei um sanduíche da carne em lata no centeio com mostarda, salada de batata, e dinamarquês."

"Oh." Tanto para "estão convidando-me a almoçar."

Thomson disse, "eu comerei o pastrami e a alguma canja de galinha."

"Sim, senhor."

Marque falou acima. "Eu terei a bandeja da carne assada e um refresco."

"Oh, certifique-se que a carne em lata é magra," John disse-lhe. "Carne em lata magra."

Thomson disse, "certifique-se de que a sopa está quente."

"Direito. Sopa quente."

Mark disse, "faça a meu refresco uma cola da dieta."

"Faça dieta a cola."

"Está aqui algum dinheiro." John entregou-lhe uma nota de dólar vinte. Dez minutos mais tarde, Jennifer estava nas guloseimas, falando ao homem atrás do contador. "Eu quero um sanduíche magro da carne em lata no centeio com mostarda, salada de batata, e dinamarquês. Um sanduíche do pastrami e uma canja de galinha muito quente. E uma bandeja da carne assada e uma cola da dieta."

O homem inclinado. "Você trabalha para John, Mark, e Thomson, huh?"

Jennifer e Susan moveram-se no apartamento por terra no parque a seguinte semana. O apartamento consistiu em dois quartos pequenos, uma sala de visitas com mobília que tinha visto inquilinos demais, uma cozinha pequena com o espaço para refeições, e um banheiro. Nunca confundirão este lugar com o Ritz, pensamento de Jennifer.

"Nós tomaremos voltas no cozimento," Susan sugeriu.

"Fino."

Susan preparou a primeira refeição, e era deliciosa. A próxima noite era a volta de Jennifer. Susan tomou uma mordida do prato que Jennifer tinha feito e tinha dito, "Jennifer, mim não tem muito seguro de vida. Porque eu não faço o cozimento e você faz a limpeza?"

Os dois companheiros de quarto obtiveram avante bons. Nos fins de semana, iriam ver filmes no Glenwood 4, e compram na alameda do Baniste. Compraram sua roupa na casa de desconto super. da pulga. De uma noite uma semana saíram a um restaurante barato para a exploração agrícola velha de Apple de comensal-Stefanson ou ao café máximo para especialidades mediterrâneas. Quando poderiam a ter recursos para, deixariam cair dentro em Charlie para ouvir o jazz.

Jennifer apreciou trabalhar para John, Mark & Thomson. Para dizer que a empresa não estava fazendo bem era uma atenuação. Os clientes eram escassos. Jennifer sentiu que não fazia muito para ajudar a construir a linha do horizonte da cidade, mas apreciou ser em torno de seus três chefes. Eram como uma família substituto, e cada um confiou seus problemas a Jennifer. Era capaz e eficiente, e reorganizou muito rapidamente o escritório.

Jennifer decidiu fazer algo sobre a falta dos clientes. Mas que? Teve logo a resposta. Havia um artigo na estrela de Miami sobre um almoço para uma organização das mulheres executivas novas. O presidente era Sylvia Bradford.

O seguinte dia, no meio-dia, Jennifer disse a John, "eu posso ser uma volta pouco atrasada do almoço."

Sorriu. "Nenhum problema, Jennifer." Pensou como afortunado eram a ter. Jennifer chegou na pensão da plaza e foi à sala onde o almoço era dado. A mulher assentada na tabela perto da porta disse, "maio eu ajudo-o?"

"Sim. Eu sou aqui para o almoço das mulheres executivas."

"Seu nome?"

"Jennifer Stanley."

A mulher olhou a lista na frente dela. "Eu estou receoso eu não ver que você é..."

Jennifer sorriu. "Não é isso apenas como Sylvia? Eu terei que ter uma conversa com ela. Eu sou o secretário executivo com John, Eastman, e Thomson."

A mulher olhou incerta. "Bom..."

"Não se preocupe sobre ela. Eu apenas irei dentro e encontrarei Sylvia."

Na sala de banquete era um grupo de mulheres bem vestidos que conversam entre se. Jennifer aproximou um delas. "Qual é Sylvia Bradford?"

"É ali." Indicou um alto, golpeando olhando a mulher em seus anos quarenta.

Jennifer foi-lhe acima. "Olá! Eu sou Jennifer Stanley."

"Olá!"

"Eu sou com John, Eastman, e Thomson. Eu sou certo que você os ouviu."

"Bem, I..."

"São a empresa arquitetônica a mais de crescimento rápido em Miami."

"Eu ver."

"Eu não tenho muito tempo para poupar, mas eu

gostaria de contribuir o que quer que eu posso à organização."

"Bem, isso é muito amável de você, senhorita…?"

"Stanley."

Aquele era o começo.

A organização das mulheres executivas representou a maioria das empresas superiores em Miami, e em nenhum momento de todo, Jennifer era trabalhos em rede com eles. Teve o almoço com os uns ou vários dos membros individuais pelo menos uma vez por semana.

"Nossa empresa está indo colocar uma construção nova em Olathe."

E Jennifer relataria imediatamente de volta a seus chefes.

"Sr. Hanley quer construir uma casa de verão em Tonganoxie."

E antes de qualquer um funde mais para fora sobre ele, John, Mark& Thomson teve os trabalhos. Marque Jennifer chamada em um dia e disse, "você merecem um aumento, Jennifer. Você está fazendo um grande trabalho. Você é um inferno de um secretário!"

"Você far-me-ia um favor?" Jennifer pediu.

"Certo."

"Chame-me um secretário executivo. Ajudará minha credibilidade."

De vez em quando, Jennifer leria artigos de jornal sobre seu pai, ou olhe-o que está sendo entrevistado na televisão. Nunca mencionou-o a Susan ou a alguns de seus empregadores.

Quando Jennifer era mais nova, uma dela fantasias tinha sido que, como Dorothy, um dia estaria batida longe de Florida a algum lugar bonito, mágico. Seria um lugar enchido com os iate e planos privados e palácios. Mas agora, com a notícia da morte do seu pai, esse sonho foi terminado para sempre. Bem eu obtive o direito da peça de Miami, pensou que é divertida e desapontado. Eu não tenho nenhuma família deixada. Mas eu faço, Jennifer corrigi-me. Eu tenho dois meio-irmão e uma metade-irmã. São minha família. Devo eu ir visito-os? Boa ideia? Ideia má? Eu quero saber como nós sentiríamos aproximadamente um outro.

Sua decisão despejou ser uma matéria da vida ou da morte.

11

Eram desconhecido, dois homens e uma menina. Ficaram na casa, olhando fixamente na porta da rua. Era uma gloriosa, profundamente - marrom. Estavam silenciosos e completos dos segredos. Os povos acreditaram que conheceram as coisas que poderiam nunca ser compartilhadas; mistérios demasiado profundos e poderosos para que os estranhos compreendam. Era o recolhimento de um clã dos desconhecido. Tinha sido anos desde que tinham sido vistos ou comunicados um com o outro.

O juiz Thomas Stanley chegou em Los Angeles pelo plano. Carmen Stanley Renaux voou dentro de Paris. David Renaux tomou o comboio de New York. Billy Stanley e Anita conduziram acima do ar de Bell. Os herdeiro tinham sido notificados que os serviços fúnebres ocorreriam na Capela do rei. A rua fora da igreja foi barricada, e havia polícias para reter a multidão que tinha recolhido para olhar os dignitários chegar. O vice-presidente dos Estados Unidos era lá, assim como senadores e embaixadores e homens políticos de tão longe quanto Turquia e Arábia Saudita. Durante sua vida, Robert Stanley tinha moldado uma grande sombra, e todos os sete cem assentos na capela seriam ocupados.

Thomas, Billy e Carmen, com seus esposos, encontraram-se dentro da sacristia. Era uma reunião inábil. Eram estrangeiros a um outro, e a única coisa que tiveram na terra comum era o corpo do homem no carro fúnebre fora da igreja.

"Este é meu marido, David," Carmen disse.

"Esta é minha esposa, Anita. Anita, minha irmã, Carmen, e meu irmão, Thomas."

Havia umas trocas polidas dos hellos. Estiveram lá, incômoda estudando um outro, até um carne do arrumador até o grupo.

"Desculpe-me," disse em uma voz silenciado. "Os serviços estão a ponto de começar. Você seguir-me-ia, por favor?"

Conduziu-os a um banco reservado na parte dianteira da capela. Tomaram seus assentos e esperaram, cada um preocupado com seus próprios pensamentos.

Como o interesse a Thomas, sentiu estranho para estar para trás em Los Angeles. As únicas boas memórias que teve dela eram quando seus mãe e Rosa estavam vivos. Quando era onze, Thomas tinha visto uma cópia do Goya famoso que pinta Saturno que devora seu filho, e tinha-o identificado sempre com seu pai.

E agora, Thomas, olhando sobre no caixão do seu pai como foi levado na igreja pelos carregadores de caixão, pensamento, Saturno está inoperante. Thomas tem a condução muito má do humor.

"Eu conheço seus segredos pequenos sujos."

O ministro pisou no púlpito vidro-dado forma da capela vinho histórico.

"Jesus disse até ela, mim é a ressurreição e a vida: esse crer em mim, embora estava inoperante, contudo deve ele vive e o crer do quem quer que em mim nunca morrerão."

Billy estava sentindo hilariante. Tinha tomado uma batida da heroína antes de vir à igreja, e não tinha vestido fora ainda. Olhou sobre para seus irmão e irmã. Thomas pôs sobre o peso. Olha como um juiz. Carmen transformou em uma beleza, mas parece estar sob uma tensão. Eu quero saber se é porque o pai morreu. Não. Ditou-o tanto quanto eu fiz. Olhou sua esposa, assentada ao lado dele. Eu sou pesaroso que eu não consegui a mostrar fora ao ancião. Morreria de um cardíaco de ataque.

O ministro estava falando.

"Como como um pitei-te do pai suas crianças, assim o pitei-te do senhor eles que medo ele. Para ele conhece nosso quadro; ele lembra-se que nós somos a poeira."

Carmen não estava escutando o serviço. Estava pensando sobre o vestido vermelho. Seu pai tinha-a telefonado em New York uma tarde.

"Assim você transformou-se um desenhista do peixe graúdo, tem você? Bem, deixe-nos ver como bom você é. Eu estou tomando minha amiga nova a uma bola da caridade sábado à noite. É seu tamanho. Eu quero-o projetar um vestido para ela. "

"Em sábado? Eu não posso, pai. Eu..."

"Você fá-lo-á."

E tinha projetado o vestido que o mais feio poderia conceber de. Teve uma grande curva preta na parte dianteira e nas jardas das fitas e do laço. Era uma monstruosidade. Tinha-o enviado a seu pai, e tinha-a telefonado outra vez.

"Eu obtive o vestido. A propósito, minha amiga não pode fazer-lhe sábado, assim que você está indo ser minha data, e você está indo vestir esse vestido. "

"Não!"

E então a frase terrível: "Você não quer decepcionar-me, fá-lo?"

E tinha ido, não ousando mudar o vestido, e tinha passado a noite de humilhação de sua vida.

"Para nós não trouxemos nada neste mundo, e está absolutamente certo que nós podemos não levar nada para fora.

"O senhor deu, e o path do senhor levado embora; abençoado seja o nome do senhor!"

Anita Stanley era incômoda. Aedo pelo esplendor da igreja enorme e dos povos de vista nela. Tinha sido nunca a Los Angeles antes, e a significou-a a o mundo de Stanley, com todas suas pompa e glória. Estes povos eram tanto melhores do que era. Tomou a mão do seu marido.

"Toda a carne é relvado, e todo o godies disso é como a flor do campo... o witherita da relvado, o fade da flor; mas a palavra de nosso deus estará para sempre."

David pensava sobre a letra da chantagem que sua esposa tinha recebido. Tinha sido exprimida muito com cuidado, muito inteligente. Seria impossível encontrar quem era atrás dele. Olhou Carmen, assentado ao lado dele, pálido e tenso. Quanto mais pode tomar? Quis saber. Moveu-se mais perto dela.

"... Até a mercê gracioso e a proteção do deus nós cometemo-lo. O senhor abençoa-o e mantêm-no. O senhor faz sua cara para brilhar em cima de você e para ser gracioso até você. O senhor levanta acima a luz de sua atitude em cima de você e dá-lhe a paz, agora e para sempre. Amin."

Com o serviço terminado, o ministro anunciado, "os serviços de enterro serão membros da privado-família somente."

Thomas olhou o caixão e pensou sobre o corpo para dentro. A noite passada, antes que o caixão esteve selado, foi em linha reta do aeroporto internacional RELAXADO de Los Angeles à visão na agência funerária. Quis ver seus mortos do pai. Billy olhou enquanto o caixão foi realizado do passado da igreja os choros olhando fixamente e sorriu: Dê os povos o que quer.

A cerimónia do graves ide no monte Sinai velho Memorial Park em Los Angeles era breve. A família olhou o corpo de Robert Stanley que está sendo abaixado a seu lugar de descanso final, e como a sujeira era jogada no caixão, o ministro disse, "não há nenhuma necessidade para que você fique mais longo se você não deseja a."

Billy inclinou-se. "Direito." O efeito da heroína estava começando a vestir fora, e estava começando sentir agitado.

"Deixe-nos sair de aqui." David disse, "onde estamos nós que vamos?"

Thomas girou para o grupo. "Nós estamos ficando no ar de Bell.

É todo arranjado. Nós ficaremos lá até que a propriedade esteja estabelecida."

Poucos minutos depois, estavam nas limusinas em sua maneira à casa.

Los Angeles teve uma hierarquia social restrita. O nouveau riche viveu no bulevar de Wilshire, e nos montanhistas sociais sobre na cidade. As famílias velhas

Menos-afluentes viveram na rua principal. A baía traseira era o endereço o mais novo e o mais prestigioso da cidade, mas Beverly Hills era ainda a cidadela para as famílias as mais velhas e as mais ricas de Los Angeles. Era uma mistura rica de casas e triplex de cidade vitorianos, igrejas velhas, e áreas de compra chiques.

O ar de Bell, a propriedade de Stanley, era uma casa vitoriano velha bonita que estivesse entre três acres da terra no monte. A casa em que as crianças de Stanley tinham crescido acima foi enchida com as memórias desagradáveis. Quando as limusinas chegaram na frente da casa, os passageiros saíram e olharam fixamente acima na mansão velha.

"Eu não posso acreditar que o pai não está indo estar para dentro, esperando nos," Carmen disse.
Billy sorriu. "É tentativa demasiado ocupada correr coisas no inferno." Thomas tomou uma respiração profunda. "Deixe-nos ir."

Porque aproximaram a porta da rua, abriu, e Damon, mordomo, estado lá. Estava em seus anos setenta, um empregado digno, capaz que trabalhasse no ar de Bell por mais de trinta anos. Tinha olhado as crianças crescer acima, e tinha vivido com todos os escândalos.

A cara de Damon iluminou-se acima enquanto viu o grupo.
"Boa tarde!"
Carmen deu-lhe um abraço morno. "Damon, é tão bom vê-lo outra vez."
"Foi uns muitos tempos, senhorita Carmen."
"É Sra. Renaux agora. Este é meu marido, David."
"Como faça você faz, senhor?"
"Minha esposa disse-me muito sobre você."

"Nada esperança demasiado terrível de I, senhor."

"Pelo contrário. Tem somente memórias afeiçoadas de você."

"Obrigado, senhor." Damon girou para Thomas.

"Boa tarde, juiz Stanley."

"Olá! Damon."

"É um prazer vê-lo, senhor."

"Obrigado. Você está olhando muito bem."

"É assim você, senhor. Eu sou tão pesaroso sobre o que aconteceu."

"Obrigado. É você estabelece-se aqui para tomar de tudo de
nós?"

"Oh, sim. Eu penso que nós podemos fazer todos confortável." "Sou eu em minha sala velha?"
Damon sorriu. "Que é direito." Girou para Billy. "Eu sou satisfeito vê-lo, Sr. William. Eu quero…"

Billy agarrou o braço de Anita. "Aproxime-se," disse terminantemente. "Eu quero obter refrescado."

Os outro olhados como Billy empurraram após eles e tomaram Anita em cima.

O resto do grupo andou na sala de estar enorme. A sala foi dominada por um par de armários embutidos maciços de Louis XIV. Foram dispersadas em torno da sala uma tabela de console de madeira da porca jovem com uma parte superior de mármore moldada, e uma disposição de cadeiras e de sofás de período excelentes. Um candelabro do ouropel pendurou do teto alto. Nas paredes eram as pinturas medievais escuras.

Damon girou para Thomas. "Julgue Stanley, mim têm uma mensagem para você. O Sr. Frank Harold gostaria de você de chamá-lo quando seria conveniente arranjar uma reunião com a família."

"Quem é Frank Harold?" David pediu.

Carmen respondeu. "É o advogado da família. O pai foi com ele para sempre mas nós nunca encontramo-lo."

"Eu presumo que quer discutir a disposição da propriedade," Thomas disse. Girou para o outro. "Se é toda direito com você, eu arranjarei para que encontre-nos aqui amanhã de manhã."

"Que será fino," Carmen disse.

"O cozinheiro chefe está preparando o comensal," Damon disse-lhes.

"Oito horas serão satisfatórias?"

"Sim," Thomas disse.

"Obrigado."

"Evelyn e Maryanne mostrá-lo-ão a suas salas."

Thomas girou para sua irmã e seu marido. "Nós encontrar-nos-emos para baixo aqui em oito, devemos nós?"

Porque Billy e Anita entraram em seu quarto em cima, Anita pediu, "é você toda direito?"

"Eu sou muito bem," Billy agarrei. "Deixe-me sozinho."

Olhou-o entrar no banheiro e bater à porta fechada. Esteve lá, esperando.

Dez minutos mais tarde, Billy saiu. Estava sorrindo.

"Olá, bebê."

"Olá!"

"Bem, como faça você gosta da casa velha?"

"É... ele é enorme."

"É uma monstruosidade." Andou sobre à cama e enrolou seus braços Anita. "Esta é minha sala velha. Estas paredes foram cobertas com os Bruins dos cartazes- dos esportes, célticos, o Red Sox. Eu quis ser um atleta. Eu tive sonhos grandes. Em meu último ano no colégio interno, eu era capitão da equipa de futebol. Eu obtive ofertas da admissão das meias dúzia dos treinadores da faculdade."

"Qual você tomou?"

Agitou sua cabeça. "Nenhuns deles. Meu pai disse que estavam somente interessados no nome de Stanley, de que que apenas quiseram o dinheiro dele. Enviou-me a uma escola de engenharia onde não jogassem o futebol." Era silencioso por um momento. Então murmurou, "mim poderia sido um contenda…"

Olhou-o confundiu. "Que?"

Olhou acima. "Você não viu nunca na margem?"

"Não"

"Era uma linha que Marlon Brando dissesse. Significa-nos que ambos obtêm parafusados."

"Seu pai deve ter sido resistente."

Billy deu um riso curto, irrisório. "Que é a coisa a mais agradável qualquer um disse nunca sobre ele. Eu recordo quando eu era apenas uma criança, mim caí um cavalo. Eu quis receber de volta sobre e montar outra vez. Meu pai não me deixaria. "Você nunca será um cavaleiro, "disse.

"Você é demasiado desajeitado."

Billy olhou acima nela. "É por isso eu transformei-me um jogador do polo do nove-objetivo."

Vieram junto na tabela de comensal, desconhecido a um outros, assentado em um silêncio incômodo, sua somente conexão, traumatismos da infância.

Carmen olhou em torno da sala. As memórias terríveis misturaram com uma apreciação para sua beleza. A mesa de jantar era francês clássico, um Louis adiantado XV, cercado por cadeiras da noz de Diretores. Em um canto era a azule o creme pintou o armário embutido de canto provincial francês. Nas paredes eram os desenhos por Watteau e por Fragonard.

Carmen girou para Thomas. "Eu li sobre sua decisão no exemplo de Fiorello. Mereceu o que você lhe deu."

"Deve ser emocionante um juiz," Anita disse. "Às vezes é."

"Que tipo dos casos você segura?" David inquiriu. "Caso-violações criminosas, drogas, assassinato."

Carmen girou pálido e começado dizer algo, e David agarrou sua mão e espremeu-a como um aviso. Thomas disse polidamente a Carmen, "você transformou-se um desenhista bem sucedido."

Carmen encontrava duro respirar. "Sim."

"É fantástica," David disse.

"E David, o que fazem você faz?"

"Eu sou com uma casa de agência corretora."

"Oh, você é um daqueles milionários novos de Wall Street."

"Bem, não exatamente, juiz. Eu realmente apenas estou obtendo começado."

Thomas deu a David um olhar paternalista. "Eu supor que é afortunado você tem uma esposa bem sucedida."

Carmen corou e sussurrou na orelha de David, "não paga nenhuma atenção. Recorde eu te amo."

Billy estava começando a sentir o efeito da droga. Girou para olhar sua esposa. "Anita poderia usar alguma roupa aceitável," disse. "Mas não se importa como olha. Faça-o, anjo?"

Anita sentou-se lá, embaraçado, não conhecendo o que dizer. "Talvez trajes pequenos de uma empregada de mesa?" Billy sugeriu.

Anita disse, "desculpe-me." Levantou-se da tabela e fugiu-se em cima.

Eram todos que olham fixamente em Billy. Sorriu. "Sobre sensível. Assim, nós estamos tendo uma discussão sobre a vontade amanhã, eh?"

"Que é direito," Thomas disse.

"Eu fá-lo-ei apostar o ancião não nos deixei uma moeda de dez centavos."

David disse, "mas há tanto dinheiro na propriedade..."

Billy roncou. "Você não conheceu nosso pai. Deixou-nos provavelmente seus revestimentos velhos e uma caixa dos charutos. Gostou de usar seu dinheiro para controlar-nos. Sua linha favorita era "você não quer decepcionar-me, faz você? "E nós comportamo-nos toda como boas crianças pequenas porque, como você disse, havia tanto dinheiro. Bem, eu apostarei que o ancião encontrou uma maneira da tomar com ele." Thomas disse, "nós saberá amanhã, não nós?"

Cedo a seguintes manhã, Frank Harold e George Brown chegaram. Damon acompanhou-os na biblioteca. "Eu informarei a família que você está aqui," ele disse.

"Obrigado." Olharam-no sair.

A biblioteca era enorme e aberta em um jardim através de duas grandes portas francesas. A sala foi almofadada no carvalho manchado obscuridade, e as paredes foram alinhadas com as bibliotecas enchidas com os volumes consideráveis do couro-limite. Havia uma dispersão de cadeiras confortáveis e de lâmpadas de leitura italianas. Em um canto estado um chanfrado-vidro personalizado e ouropel-montou o armário de mogno que indicou a coleção invejável da arma de Robert Stanley. As gavetas especiais tinham sido projetadas abaixo da vitrina abrigar a munição.

"Está indo ser uma manhã interessante," George disse. "Eu quero saber como estão indo reagir."

"Nós encontraremos logo bastante."

Carmen e David entraram a sala primeiramente. Frank Harold disse,

"Bom dia. Eu sou Frank Harold. Este é meu associado, George Brown."

"Eu sou Carmen Renaux, e este é meu marido, David."

Os homens agitaram as mãos.

Billy e Anita entraram na sala.

Carmen disse, "Billy, este é Sr. Frank Harold e Sr. Brown."

Billy incline-se. "Olá! Você trouxe o dinheiro com você?"

"Bem, nós realmente…"

"Eu estou caçoando somente! Esta é minha esposa, Anita." Billy olhou George.

"Fez o ancião deixam-me qualquer coisa ou…"

Thomas entrou na sala. "Bom dia."

"Juiz Stanley?"

"Sim."

"Eu sou Frank Harold, e este é George Brown, meu associado. Era George que arranjou para ter o corpo do seu pai trazido para trás de Córsega."

Thomas girou para George. "Eu aprecio aquele. Nós não somos certos o que aconteceu exatamente. A imprensa teve tão muitos versões diferentes da história. Havia jogo hediondo envolvido?"

"Não. Parece ter sido um acidente. O iate do seu pai foi travado em uma tempestade terrível fora da costa de Córsega. Mais tarde, de acordo com um depósito de

Donald Herman, sua escolta, seu pai morre no auto acidente."

"Que maneira horrível de morrer." Carmen tremeu.

"Você falou a este Herman pessoalmente?" Thomas pediu. "Infelizmente, não antes que eu chegar em Córsega, ele tinha saído."

Harold disse, "o capitão do iate tinha recomendado que seu pai a não navegar nessas tempestade, mas por qualquer motivo, devia com pressa retornar aqui. Tinha arranjado para que um helicóptero traga-o para trás. Havia algum tipo do problema urgente."

Thomas pediu, "você conhece o que o problema era?"

"Não. Eu cortei curto minhas férias para encontrá-lo para trás aqui. Eu não conheço que…"

Billy interrompeu. "Que é todo o muito interessante, mas é história antiga, não é? Deixe-nos falar sobre a vontade. Deixou-nos qualquer coisa ou não?" Suas mãos estavam contraindo-se.

"Porque nós não nos sentamos para baixo?" Thomas sugeriu.

Tomaram cadeiras. Frank Harold sentou-se na mesa, enfrentando os. Abriu uma pasta e começou-a remover alguns papéis.

Billy estava pronto para explodir. "Bom? Para a causa do deus, fez ou não fez ele?"

Carmen disse, "Billy…"

"Eu conheço a resposta," Billy disse irritadamente.

"Não nos deixou um centavo dum raio."

Harold olhou nas caras das crianças de Robert Stanley. "Com efeito," disse, "cada um de você compartilhará igualmente na propriedade."

George poderia sentir a euforia repentina que varreu

através da sala.

Billy estava olhando fixamente em Harold, de boca aberta. "Que? Seja você sério?" Saltou a seus pés.

"Que é fantástico!" Girou para o outro.

"Você ouviu aquele? O bastardo velho veio finalmente completamente!" Olhou Frank Harold.

"Quanto dinheiro somos nós que falamos sobre?"

"Eu não tenho a figura exata. De acordo com a introdução a mais atrasada de Forbes Magazine, as empresas de Stanley valem seis bilhão dólares. A maior parte é investida em vários 'corporações, mas tem aproximadamente quatro cem milhão dólares disponível em haveres disponíveis."

Carmen estava escutando, aturdido. "Que é mais do que uns cem milhão dólares para cada um de nós. Eu não posso acreditá-la!" Eu estou livre, ela pensei. Eu posso pagá-los fora e ser livrado deles para sempre. Olhou David, sua cara que brilha, e espremeu sua mão.

"Felicitações," David disse. Conheceu mais do que o outros o que o dinheiro significaria.

Frank Harold falou acima. "Porque você sabe, os por cento da noventa-nove das partes em empresas de Stanley foram guardara-os por seu pai. Aquelas partes serão divididas assim igualmente entre você. Também, agora que seu pai é falecido, o juiz Stanley possui imediato que outro um por cento que tinha sido realizado na confiança. Naturalmente, haverá determinadas formalidades. Além disso, eu devo informá-lo que há uma possibilidade de um outro herdeiro que está envolvido."

"Um outro herdeiro?" Thomas pediu.

"Do a vontade seu pai fornece especificamente que a propriedade deve ser dividida igualmente entre sua edição."

Anita olhou confundida. "Que... o que você significam pela edição?"

Thomas falou acima. "Descendentes Natural-nascidos e descendentes legalmente adotados."

Harold inclinou-se. "Que está correto. Todo o descendente carregado fora do matrimónio é julgado um descendente da mãe e do pai, cuja a proteção é estabelecida sob a lei da jurisdição."

"O que são você que diz?" Billy pediu impaciente. "Eu estou dizendo que pode haver um outro reivindicador." Carmen olhou-o. "Quem?"

Frank Harold hesitou. Não havia nenhuma maneira de estar tátil. "Eu sou certo que você está tudo ciente do facto de que, um número de anos há, seu pai procriou uma criança por uma educadora que trabalhe aqui."

"Rosa Newman," Thomas disse.

"Sim. Sua filha era nascida no hospital de St Joseph em Miami. Nomeou sua Jennifer."

A sala era grossa com silêncio.

"Hey!" Billy exclamou. "Que era vinte e cinco anos há."

"Vinte e seis, para ser exato."

Carmen pediu, "faz qualquer um sabe onde está?" Frank Harold poderia ouvir a voz de Robert Stanley.

"Escreveu para dizer-me que era uma menina. Bem, se pensa está indo obter uma moeda de dez centavos fora de mim, ela pode ir ao inferno." "Não," Harold disse lentamente. "Ninguém sabe onde está."

"Então o que somos nós que falamos sobre?" Billy exigiu. "Eu apenas qui-lo estar ciente que se aparece, estará autorizada a uma parte igual da propriedade."

"Eu não penso que nós temos qualquer coisa se

preocupar aproximadamente,"

Billy disse segura. "Conheceu provavelmente nunca mesmo quem seu pai era."

Thomas girou para Frank Harold. "Você diz que você não conhece a quantidade exata da propriedade. Posso eu perguntar porque não?"

"Porque nossa empresa segura somente os casos pessoais do seu pai. Seus casos incorporados são representados outras por duas empresas de advocacia. Eu fui em contato com eles e pedi-os para preparar o mais cedo possível balanços financeiros."

"Que tipo do prazo somos nós que falamos sobre?" Carmen pediu ansiosamente. "Nós precisaremos $100, 000 imediatamente de cobrir nossas despesas."

"Provavelmente dois a três meses."

David viu a consternação na cara da sua esposa. Girou para Harold. "Não há alguma maneira de apressar avante coisas?"

George Brown respondeu. "Eu estou receoso não. A vontade tem que atravessar a corte de homologação de testamento, e seu calendário é um pouco pesado agora."

"O que é uma corte de homologação de testamento?" Anita pediu

"A homologação de testamento é do particípio passado homologação de testamento-da prova. É o ato de…"

"Não o pediu uma lição inglesa condenada!"

Billy explodiu. "Porque não possa nós apenas envolvemos coisas acima agora?"

Thomas girou para seu irmão. "A lei não trabalha essa maneira. Quando há uma morte, a vontade tem que ser arquivada na corte de homologação de testamento. Tem que haver uma avaliação de todos os bens imobiliários dos recursos, corporações próxima guardara-os, dinheiro, a joia-então um inventário tem que ser preparada e arquivado na corte. Os impostos têm que ser tomados o cuidado de, e os legados específicos pagos. Após o esse, uma petição é arquivada para que a permissão distribua o equilíbrio da propriedade aos beneficiários. ”

Gritos de Billy ele. “Que. Eu esperei quase quarenta anos para ser um milionário. Eu supor que eu posso esperar um outro mês ou dois.”

Frank Harold levantado. “Com exceção dos legados do seu pai a você, há alguns presentes menores, mas não afetam o volume da propriedade.” Harold olhou em torno da sala. “Bem, se há nada mais…”

Thomas aumentou. “Eu penso não. Obrigado, Sr. Frank Harold, Sr. Brown. Se há algum problema, nós estaremos no toque.”

Harold inclinou-se ao grupo. “Senhoras e senhores deputados.” Girou e foi para a porta, George Brown que segue o. Fora, na entrada de automóveis, Frank Harold girou para George. “Bem, você tem encontrado agora a família. O que você pensam?”

“Era mais como uma celebração do que uma lamentação. Eu sou confundido por algo, Frank. Se seu pai os ditou tanto quanto parecem o dia, porque lhes deixou todo esse dinheiro?”

Frank Harold tremeu. “Que é algo nós nunca saberemos. Talvez é por isso estava vindo ver-me, para deixar o dinheiro a alguma outra pessoa.”

Nenhum do grupo podia dormir essa noite, cada um perdido em seus próprios pensamentos.

Thomas estava pensando. Aconteceu. É acontecido realmente! Eu posso ter recursos para dar a Connie o

mundo. Qualquer coisa!
Tudo!

Carmen estava pensando, assim que eu obtivesse o dinheiro, mim encontrará uma maneira de comprá-los fora permanentemente, e eu certificar-me-ei que nunca me incomodam outra vez.

Billy estava pensando, mim está indo ter a melhor corda de pôneis de polo no mundo. Os pôneis de não mais empréstimo outro pessoa. Eu estou indo ser dez objetivos! Olhou sobre para Anita, deslizando em seu lado. A primeira coisa que eu farei é obter livrada desta cadela estúpida. Então pensou, não, eu não posso fazer que... saiu da cama e entrou no banheiro. Quando saiu, estava sentindo maravilhoso.

A atmosfera no café da manhã a manhã seguinte era exuberante.

"Bem," Billy disse feliz, "eu supor que você tem feito planos."

David encolher de ombros. "Como um planeia para qualquer outra coisa semelhante? É uma quantidade de dinheiro inacreditável."

Thomas olhou acima. "Está indo certamente mudar todas nossas vidas."

Billy inclinou-se. "O bastardo deve ter-nos-ão dado quando estava vivo, assim que nós poderíamos tê-lo apreciado então. Se não é descortês dia os mortos, eu tenho que dizer-lhe algo..."

Carmen disse reprovadora, "Billy..."

"Bem, deixe-nos não ser hipócritas. Nós desprezamo-lo toda, e mereceu-nos. Apenas olhe o que tentou..."

Damon entrou a sala. Esteve lá, apologética. "Desculpe-me," disse. "Há uma senhorita Jennifer

Stanley na porta."

12

"Jennifer Stanley?"

Olharam fixamente em um outro, congelado. "O inferno é!" Billy explodiu.

Thomas disse rapidamente, "eu sugiro que nós adiemos à biblioteca." Girou para Damon. "Você enviaria a jovem senhora dentro lá, por favor?"

"Sim, senhor."

Esteve na entrada, olhando cada um deles, - em - facilidade obviamente doente. "Eu... mim provavelmente não devo ter vindo," disse.

"Você é direito dum raio!" Billy disse. "Quem são você?"

"Eu sou Jennifer Stanley." Era quase gaguejante em seu nervosismo.

"Não. Eu significo quem são você realmente?"

Começou dizer algo, e agitou então sua cabeça.

"Eu...minha mãe era Rosa Newman. Robert Stanley era meu pai."

O grupo olhado um outro.

"Você tem toda a prova daquele?" Thomas pediu. Engoliu. "Eu não penso que eu tenho toda a prova real."

"Naturalmente você não faz," Billy agarrou. "Como você tem o nervo..."

Carmen interrompeu. "Este é um pouco um choque a todos nós, como você pode imaginar. Se o que você está dizendo é verdadeiro, a seguir você é... você é nossa metade-irmã."

Jennifer inclinou-se. "Você é Carmen." Girou para Thomas.

"Você é Thomas." Girou para Billy. "E você é William. Chamam-no Billy."

"Porque o compartimento dos povos poderia o ter dito," Billy disse sarcástica.

Thomas falou acima. "Eu sou certo que você pode compreender nossa posição, senhorita... era.... Sem alguma prova positiva, não há nenhuma maneira que nós poderíamos possivelmente aceitar..."

"Eu compreendo." Olhou ao redor nervosa. "Eu não sei porque eu vim aqui."

"Oh, eu penso que você faz," Billy disse. "Tem o dinheiro chamado."

"Eu não estou interessado no dinheiro," disse indignado. "A verdade é que I... mim veio aqui esperando encontrar minha família."

Carmen estudava-a. "Onde é sua mãe?"

"Passou afastado. Quando eu li que nosso pai morreu..."

"Você decidiu olhar-nos acima," Billy disse zombeteiramente.

Thomas falou. "Você diz que você não tem nenhuma prova legal de quem você é."

"Legal? Mim… que eu supor não. Eu pensei nem sequer sobre aquele. Mas há umas coisas que eu não poderia possivelmente saber aproximadamente a menos que eu os ouvisse de minha mãe."

"Por exemplo?" David disse.

Parou para pensar. "Eu recordo minha mãe usada para falar dentro sobre uma parte traseira da estufa. Amou plantas e flores, e passaria horas lá…"

Billy falou acima. As "fotografias dessa estufa estavam em muitos compartimentos."

"Que outro fez sua mãe o diga?" Thomas pediu.

"Oh, havia tão muitas coisas! Amou falar sobre você e os bons tempos que você se usou para ter." Pensou por um momento. "Havia o dia onde o tomou nos barcos da cisne quando você era muito novo. Um de você caiu quase ao mar. Eu não recordo qual."

Billy e Carmen olhados sobre em Thomas. "Eu era esse," disse.

"Tomou-lhe a compra em Filene. Um de você obteve perdido, e todos estava em um pânico."

Carmen disse lentamente, "eu obtive perdido que dia."

"Sim? Que outros?" Thomas pediu.

"Tomou-o à casa da ostra da união e você provou sua primeira ostra e ficara-la doente."

"Eu recordo aquele."

Olharam fixamente em se, silencioso.

Olhou Billy. "Você e a mãe foram à Arsenal de Marinha de Charlestown ver a constituição de USS, e você não sairia. Teve que arrastá-lo afastado."

Girou para Carmen. "E no jardim público um dia, você escolheu algumas flores e foi prendido quase."

Carmen engoliu. "Que é direito."

Eram todos que escutam ela atenta agora, fascinado. "Um dia, mãe tomou-o à história natural o museu, e você foram terrificados dos esqueletos da serpente do matado e de mar."

Carmen disse lentamente, "nenhuns de nós dormiram essa noite." Jennifer girou para Billy. "Um Natal, tomou-o que patina. Você caiu para baixo e quebrou um dente. Quando você tinha sete anos velho, você caiu fora de uma árvore e teve que ter seu pé costurado acima. Você teve uma cicatriz."

Billy disse relutantemente, "eu ainda faço."
Girou para a outro. "Um de você foi mordido por um cão. Eu esqueci qual. Minha mãe apressou-o às urgências no hospital de Sinai dos cedros."

Thomas inclinou-se. "Eu tive que ter tiros contra a raiva." Palavras estava saindo em uma torrente agora.

"Billy, quando você tinha oito anos velho, você correu afastado. Você estava indo a Hollywood transformar-se um ator. Nosso pai era furioso com você. Fê-lo ir a sua sala sem comensal. A mãe furtivamente algum alimento até sua sala." Billy inclinou-se, silencioso.

"Eu... mim não sei que outro eu posso lhe dizer. Eu..."

Recordou de repente algo. "Eu tenho uma fotografia em minha bolsa." Abriu sua bolsa e removeu-a. Entregou a imagem a Carmen.

Recolheram toda ao redor para olhá-la. Era uma imagem dos três deles quando eram crianças, estando ao lado de uma jovem mulher atrativa no uniforme de uma educadora.
"A mãe deu-me aquela."

Thomas pediu, "fez deixa-o qualquer outra coisa?"

Agitou sua cabeça. "Não. Eu sou pesaroso. Não quis

Qualquer coisa em torno daquele lembrou-a de Robert Stanley."

"Exceto você, naturalmente," Billy disse.

Girou-lhe para, desafiador amente. "Eu não me importo se você me acredita ou não. Você não compreende que… I… que eu esperava assim…" Interrompeu.

Thomas falou. "Porque minha irmã disse, sua aparência repentina é um pouco um choque para nós. Eu significo… alguém parecer fora do nada e reivindicar ser um membro da família… você podem considerar nosso problema. Eu penso que nós precisamos pouca estadia discutir isto."

"Naturalmente, eu compreendo."

"Onde é você que fica?"

"No hotel de Beverly Hills."

"Por que você não vai para trás lá? Nós mandaremos um carro tomá-lo. E nós estaremos no toque logo."
Inclinou-se. "Toda certo." Olhou cada um deles por um momento, e disse-o então macia, "não importa o que você pensa, você é minha família."

"Eu andarei você à porta," Carmen disse.
Sorriu. "Que é toda direito. Eu posso encontrar minha própria maneira. Eu sinto como se eu conheço cada polegada desta casa."

Olharam sua volta e caminhada fora da sala.
Carmen disse, "bom! Ele… que olha como se nós temos uma irmã."

"Eu não o acredito," Billy repliquei. "Parece-me…," David começou.

Eram todos que falam imediatamente. Thomas levantou uma mão.

"Isto não nos está obtendo em qualquer lugar. Deixe-nos olhar logicamente isto. De um certo modo, esta pessoa está na experimentação aqui e nós somos seus jurado. Incumbe nós para determinar sua inocência ou culpa. Em um julgamento com jurados, a decisão deve ser unânime. Nós devemos todos concordar."

Billy inclinou-se. "Direito."

Thomas disse, "então eu gostaria de moldar o primeiro voto. Eu penso que a senhora é uma fraude."

"Uma fraude? Como pode ser?" Carmen exigiu.

"Não poderia possivelmente conhecer todos aqueles detalhes íntimos sobre nós se não era real."

Thomas girou-lhe para. "Carmen, quantos empregados trabalharam nesta casa quando nós éramos as crianças?"

Carmen olhou-o, confundido. "Porque?"

"Dúzias, direito? E alguns delas saberiam que tudo está jovem senhora nos disse. Ao longo dos anos, houve empregadas domésticas, motoristas, mordomos, cozinheiros chefe. Qualquer um deles poderia tê-la dado que a fotografia também."

"Você significa que... poderia ser de combinação com alguém?"

"Uns ou vários," Thomas disse. "Deixe-nos não esquecer que há uma quantidade de dinheiro enorme envolvida."

"Diz que não quer o dinheiro." David lembrou-os.

Billy inclinou-se. "Certo, aquele é o que diz." Olhou Thomas. "Mas como nós provamo-la somos uma falsificação? Não há nenhuma maneira que..."

"Há uma maneira," Thomas disse pensativamente.

Giraram-lhe toda para.

"Como?" David pediu.

"Eu terei a resposta para você amanhã."

Frank Harold disse lentamente, "é você que diz que

Jennifer Stanley apareceu após todos estes anos?"

"Uma mulher que a reivindique é Jennifer que Stanley apareceu." Thomas corrigiu-o.

"E você não a acredita?" George pediu.

"Absolutamente não. As únicas provas assim chamadas de sua identidade que ofereceu eram alguns incidentes de nossa infância que pelo menos dúzia empregados anteriores poderiam ter estado cientes de e de uma fotografia velha que realmente não provasse uma coisa. Poderia ser de combinação com qualquer delas. Eu pretendo provar que é uma fraude."

Thomas obtém irritado. "Como você propor fazer aquele?"

"É muito simples. Eu quero um teste do ADN feito."

George Brown foi surpreendido. "Que significaria desenterrar o corpo do seu pai."

"Sim." Thomas girou para Frank Harold. "Que seja um problema?"

"De acordo com as circunstâncias, eu poderia provavelmente obter uma ordem da exumação. Tem concordou a este teste?"

"Eu não lhe perguntei ainda. Se recusa, é uma afirmação que está receosa dos resultados." Hesitou. "Mimem que confessar que eu não gosto de fazer este. Mas eu penso que é a única maneira que nós podemos determinar a verdade."

Harold era pensativo por um momento. "Muito bem." Girou para George. "Você segurará este?"

"Naturalmente." Olhou Thomas. "Você é provavelmente familiar com o procedimento. O seguinte do quinina este caso, algum do falecido criança-tem para aplicar-se ao escritório de juiz para uma licença da exumação. Você terá que dizer-lhes a razão para o pedido. Se aprovou, o escritório de juiz contatará a agência funerária e dar-lhes-á a permissão ir adiante. Alguém do escritório de juiz tem que está presente na exumação."

"Quanto tempo isto tomará?" Thomas pediu.

"Eu diria três ou quatro dias obter uma aprovação. Hoje é quarta-feira. Nós devemos poder desenterrar o corpo em segunda-feira."

"Bom." Thomas hesitou. "Nós estamos indo precisar um perito do ADN, alguém que será de forma convincente em uma sala do tribunal, se vai nunca isso distante. Eu estava esperando que você pôde conhecer alguém."

George disse, "eu conheço apenas o homem. Seu nome é Paul Weissman. Está aqui em Los Angeles. Deu o testemunho perito nas experimentações por todo o lado no país. Eu chamá-lo-ei."

"Eu apreciaria. Mais logo nós obtemos este sobre com, melhor será para todos nós."

Em dez horas a seguinte manhã, Thomas andou na biblioteca do ar de Bell, onde Billy, Anita, Carmen, e David estavam esperando. No lado de Thomas era um desconhecido.

"Eu quero-o encontrar Paul Weissman," Thomas disse.

"Quem é ele?" Billy pediu.

"É nosso perito do ADN."

Carmen olhou Thomas. "O que fazemos nós... necessidade um perito do ADN para?"

Thomas disse, "mostrar que este desconhecido, que apareceu tão convenientemente fora do nada, é um impostor. Eu não tenho nenhuma intenção de deixá-la obter afastado com esta."

"Você está indo escavar acima o ancião?" Billy pediu.

"Que é direito. Eu tenho nossos advogados trabalhar na ordem da exumação agora. Se a mulher é nossa metade-irmã, o ADN prová-la-á. Se não é, provará aquele, demasiado."

David disse, "eu estou receoso que eu não compreendo sobre este ADN."

Paul Weissman cancelou sua garganta. "Simplesmente põe, deoxyribonucleic ácido-ou ADN-esteja a molécula da herança. Contém o código genético original de cada indivíduo. Pode ser extraída dos traços de sangue, de sémen, de saliva, de raízes do cabelo, e mesmo de osso. Os traços dela podem durar em um cadáver por mais de cinquenta anos."

"Eu ver. Assim é realmente bastante simples," David disse. Paul Weissman olhou de sobrancelhas franzidas. "Acredite-me, ele não é. Há dois tipos de teste do ADN. A pelo teste, que toma três dias para obter resultados, e o teste mais complexo do RFLP, que toma seis a oito semanas. Para os nossos propósitos, o teste mais simples será suficiente."

"Como você faz o teste?" Carmen pediu.

"Há diversas etapas. Primeiramente, a amostra é recolhida e o ADN é cortado em fragmentos. Os fragmentos são classificados pelo comprimento colocando os em uma cama do gel e aplicando uma corrente elétrica. O ADN, que é negativamente - carregado, movimentos para o positivo e, diversas horas mais tarde, os fragmentos arranjou-se pelo comprimento." Apenas estava obtendo aquecido. "Os produtos químicos alcalinos são usados para rachar distante os fragmentos do ADN, e os fragmentos são transferidos então a uma folha de nylon, que seja imergida em um banho e em umas pontas de prova radioativas..."

Os olhos de seus ouvintes estavam começando a vitrificar sobre.

"Como exato é este teste?" Billy interrompeu.

"Tem cem por cento exato em determinar se o homem não é o pai. Se o teste é positivo, é ponto da noventa-nove nove por cento exato."

Billy girou para seu irmão. "Thomas, você é um juiz. Deixe-nos dizer para o argumento que é realmente criança de Robert Stanley. Sua mãe e nosso pai foram casados nunca. Porque deve ser autorizada a qualquer coisa?"

"Sob a lei," Thomas explicou, "se a paternidade do nosso pai é estabelecida, ela seria autorizado a uma parte igual com o resto de nós."

"Então eu digo deixei-nos ir adiante com o teste condenado do ADN e expô-la!"

Thomas, Billy, Carmen, David, e Jennifer foram assentados em uma tabela no restaurante da sala de jantar na casa de Tremont.

Anita permaneceu atrás no ar de Bell. "Toda esta conversa sobre a escavação acima de um corpo dá-me rasteja," tinha dito.

Agora o grupo enfrentava a mulher que reivindica ser Jennifer Stanley.

"Eu não compreendo o que você está pedindo que eu fizesse."

"É realmente muito simples," Thomas informado ela. "Um doutor tomará uma amostra da pele de você para comparar com nosso pai. Se as moléculas do ADN combinam, é prova positiva que você é realmente sua filha. Por outro lado, se você não é disposto tomar o teste..."

"Eu… mim não gosto d." Billy fechado dentro. "Porque não?"

"Eu não sei." Estremeceu. "A ideia de escavar acima o corpo do meu pai a… a…"

"Para provar quem você é."

Olhou em cada um de suas caras. "Eu desejo que você…"

"Sim?"

"Não há nenhuma maneira que eu posso o convencer que, há?" "Sim," Thomas disse. "Concorde tomar este teste." Havia um silêncio longo.

"Toda certo. Eu fá-lo-ei."

A ordem da exumação tinha sido mais difícil de obter do que qualquer um tinha antecipado. Frank Harold tinha falado ao juiz pessoal.

"Não! Para a causa do deus, Frank! Eu não posso fazer aquele! Você conhece que um fedor que cause? Eu significo, nós não estou tratando o desconhecido aqui; nós estamos tratando o Robert Stanley. Se isto escapado nunca para fora, os meios teria um dia de saída!"

"Marvin, este é importante. Milhões de dólares são em jogo aqui. Assim você certifica-se que não escapa para fora."

"Não há alguma outra maneira que você pode…?"

"Eu estou receoso não. A mulher é muito de forma convincente."

"Mas a família não é convencida."

"Não"

"Você pensa-a é uma fraude, Frank?"

"Sincera, eu não sei. Mas minha opinião não importa. De facto, nenhumas de nossas matérias das opiniões. Uma corte exigirá a prova, e o teste do ADN fornecerá aquele."

O juiz agitou sua cabeça. "Eu conheci Robert idoso Stanley. Diaria este. Eu realmente não devo deixar…"

"Mas você vão faz4e-lo."

O juiz suspirou. "Eu supor assim. Você far-me-ia um favor?"

"Naturalmente."

"Mantenha este silêncio. Deixe-nos não ter um circo dos meios."

"Você tem minha palavra. Extremamente secreto. Eu terei apenas a família lá."

"Quando você quiser fazer este?"

"Nós gostaríamos de fazê-la em segunda-feira."

O juiz suspirou outra vez. "Toda certo. Eu chamarei a agência funerária. Você deve-me um, Frank."

"Eu não esquecerei este."

Em nove horas segunda-feira de manhã, a entrada à secção do monte Sinai Memorial Park onde o corpo de Robert Stanley foi enterrado era temporariamente fechado fora "para reparos da manutenção." Ninguém foi permitido nas terras. Billy, Anita, Thomas, Carmen, David, Jennifer, Frank Harold, George Brown, e Dr. Coleman, um representante do escritório de juiz, estado no local da sepultura de Robert Stanley, olhando quatro empregados do cemitério aumentar seu caixão. Paul Weissman esperado fora ao lado.

Quando o caixão alcançou o rés-do-chão, o contramestre girou para o grupo. "O que você nos quer fazer agora?"

"Abra-o, por favor," Harold disse. Girou para Paul Weissman. "Quanto tempo isto tomará?"

"Não mais do que um minuto. Eu apenas obterei uma amostra rápida da pele."

"Todo o direito," Harold disse. Inclinou-se ao contramestre. "Vá adiante."

O contramestre e seus assistentes começaram a quebrar o lacre a o caixão.

"Eu não quero ver este," Carmen disse. "Fazemos nós temos que?"

"Sim!" Billy disse-lhe. "Nós fazemos realmente."

Toda olharam, fascinaram, porque a tampa do caixão lentamente foi removida e empurrada um lado.

Estiveram lá, olhando fixamente para baixo.

"Oh, meu deus!" Carmen exclamou.

O caixão estava vazio.

13

Para trás no ar de Bell, Thomas tinha saído apenas o telefone. "Harold diz que não haverá nenhuns escapes dos meios. O cemitério certamente não quer esse tipo da publicidade má. O juiz pediu o Dr. Coleman manter sua boca fechada, e Paul Weissman pode ser confiado para não falar."

Billy não pagava nenhuma atenção. "Eu não sei a cadela a fez!" disse. "Mas não está indo obter afastado com ela!" Brilhou no outro. "Eu supor você não pensa que a arranjou?"

Thomas disse lentamente, "mim está receoso que eu tenho que concordar com você, Billy. Ninguém mais possivelmente poderia ter tido uma razão para fazer isto. A mulher é inteligente e inventiva, e obviamente não está trabalhando apenas. Eu não sou certo exatamente o que nós estamos acima contra."

"O que são nós que vamos fazer agora?" Carmen pediu. Thomas tremeu. "Sincera, eu não sei. Eu desejo que eu fiz. Eu sou certo que planeia ir à corte contestar a vontade."

"Tem uma possibilidade do vencimento?" Anita pediu tímida.

"Eu estou receoso que faz. É muito persuasivo. Teve alguns de nós convenceu."

"Deve haver algo que nós podemos fazer," David exclamou. "Que sobre trazer a polícia dentro neste?"

"Harold diz que já estão olhando no desaparecimento do corpo, e vieram a um sem saída. Nenhuma chalaça pretendida," Thomas disse. "O que é mais, a polícia quer este silêncio mantido, ou terá cada Weir faz na cidade que gira acima de um corpo."

"Nós podemos perguntar-lhe investigar está falso!" Thomas agitou sua cabeça. "Esta não é uma polícia importa.

"É uma privada" ele parou por um momento, e disse então pensativamente, "você sabe…"

"Que?"

"Nós poderíamos contratar um investigador privado para tentar expô-la."

"Que não é uma ideia má. Você conhece um?"

"Não, não localmente. Mas nós poderíamos pedir que Harold encontre alguém. Ou… "hesitou. "Eu nunca encontrei-o, mas eu ouvi-me sobre um detective que privado o fiscal do distrito em San Francisco se usa muito. Tem uma reputação excelente."

David falou acima. "Porque nós não encontramos se nós podemos o contratar?"

Thomas olhou ao redor. "Que é até o resto de você."

"O que pode nós perder?" Carmen pediu.

"Poderia ser caro," Thomas advertiu.

Billy roncou. "Caro? Nós estamos falando sobre milhões de dólares."

Thomas inclinou-se. "Naturalmente. Você é direito."

"O que é seu nome?"

Thomas olhou de sobrancelhas franzidas. "Eu não posso recordar. Simpson... Simon... nenhum, de que não é ele. Soa qualquer outra coisa semelhante. Eu posso chamar o escritório do fiscal do distrito em San Francisco."

O grupo olhado como Thomas pigarrou o telefone no console e discou um número. Dois minutos mais tarde, estava falando a um fiscal do distrito assistente. "Este é juiz Thomas Stanley. Eu compreendo que seu escritório retém um detective privado de vez em quando quem faz o trabalho excelente para você. Seu nome é algo como Simon ou..."

A voz na outra extremidade disse, "oh, você deve significar Fredy Tillman."

"Tillman! Sim, aquele." Thomas olhou o outro e sorriu. "Eu quero saber se você poderia me dar seu número de telefone assim que eu posso o contatar diretamente."

Depois que escreveu para baixo o número de telefone, Thomas substituiu o receptor.

Girou para o grupo, e disse, "bem, a seguir, se nós todos concordamos, eu tentarei alcançá-lo."

Todos inclinou-se.

A seguinte tarde, Damon entrou a sala de estar, onde o grupo estava esperando. O "Sr. Tillman está aqui."

Era um homem em seus anos quarenta, com uma tez pálida e a construção contínua de um pugilista. Teve um nariz quebrado e uns olhos brilhantes, inquisidores. Olhou de Thomas a David a Billy, interrogativamente. "Juiz Stanley?"

Thomas inclinou-se. "Eu sou juiz Stanley." "Fredy Tillman," disse.

"Tenha por favor um assento, Sr. Tillman."

"Obrigado." Sentou-se para baixo. "Você é a pessoa que telefonou, endireita?"

"Sim."

"Para ser honesto, eu não conheço o que eu posso fazer para você. Eu não tenho nenhuma conexões oficial aqui."

"Isto é puramente não oficial," Thomas assegurou-o. "Nós queremos meramente seguir o fundo de uma jovem mulher."

"Você disse-me no telefone que reivindica ser sua metade - a irmã, e lá não é nenhuma maneira de correr um teste do ADN."

"Que é direito," Billy disse.

Olhou o grupo. "E você não acredita que é sua metade-irmã?"

Havia a hesitação de um momento.

"Nós não fazemos," Thomas disse-lhe. "Por outro lado, é apenas possível que está dizendo a verdade. O que nós queremos contratar você a fazer deve fornecer a evidência irrefutável que é genuína ou uma fraude."

"Favoravelmente bastante. Custar-lhe-á mil dólares um o dia e as despesas."

Thomas disse, "mil…?"

"Nós pagá-lo-emos." Billy cortou dentro.

"Eu precisarei toda a informação que você tem nesta mulher." Carmen disse, "não parece haver muito."

Thomas falou acima. "Não tem nenhuma prova do tipo. Entrou com muitas histórias que diz que sua mãe lhe disse sobre nossa infância, e…"

Sustentou uma mão. "Guardare-la. Quem era sua mãe?"

"Sua mãe pretensa era uma educadora que nós tivemos como as crianças nomeadas Rosa Newman."

169

"O que lhe aconteceu?"

Olharam um outro incômoda. Billy falou acima. "Teve um caso com nosso pai e obtendo-o grávido. Correu afastado e teve um bebé." Adicionou a. "Desapareceu."

"Eu ver. E esta mulher reivindica ser sua criança?"

"Que é direito."

"Que não é muito ir sobre." Sentou-se lá, pensando.

Finalmente, olhou acima. "Toda certo. Eu verei o que eu posso fazer."

"Que é tudo nós pedimos," Thomas disse.

O primeiro movimento que fez era ir à biblioteca pública de Los Angeles e ler toda a microficha sobre os vinte e seis escândalos dos anos de idade que envolvem Robert Stanley, educadora, e suicídio da Sra. Stanley. Havia bastante material para uma novela.

Seu passo seguinte era visitar Frank Harold. "Meu nome é Fredy Tillman. Eu sou…"

"Eu conheço quem você é, Sr. Tillman. Julgue Stanley pediu que eu cooperasse com você. O que pode mim fazer para você?"

"Eu quero seguir a filha ilegítima de Robert Stanley. Seria aproximadamente vinte e seis, direito?"

"Sim. Era nascida 9 de agosto, 1969, no hospital de St Joseph em Miami, Florida. Sua mãe nomeou sua Jennifer." Disse. "Desapareceram. Eu estou receoso que é toda a informação que nós temos."

"É um começo," disse. "É um começo."

A Sra. Downey, superintendente no hospital de St Joseph em Miami, era uma mulher grisalho em seus anos sessenta.

"Sim naturalmente, eu recordo," disse. "Como poderia eu nunca esquecê-lo? Havia um escândalo terrível. Havia umas histórias em todos os jornais. Os repórteres aqui encontraram quem era, e não sairiam da menina pobre sozinha."

"Onde foi quando ela e o bebê saiu aqui?"

"Eu não sei. Não deixou nenhum endereço de transmissão."

"Pagou sua conta completamente antes que saiu, Sra. Downey?"

"Com efeito… não fez."

"Como você acontece recordar aquele?"

"Porque era tão triste. Eu recordo se sentou que muito cadeira que você se está sentando dentro, e disse-me que que poderia a pagar somente a parte de sua conta, mas prometeu enviar-me o dinheiro para o resto dele. Bem, isso estava contra regras do hospital, naturalmente, mas eu senti tão pesaroso para ela, era tão doente quando saiu aqui, e eu disse sim."

"E enviou-lhe o resto do dinheiro?"

"Fez certamente. Aproximadamente dois meses mais tarde. Agora eu recordo.

Tinha obtido um trabalho em algum serviço de secretário."

"Você não aconteceria recordar onde aquele estava, você?"

"Não os bens, de que eram aproximadamente vinte e cinco anos há, Sr. Tillman."

"Sra. Downey, você mantem os registros de todos seus pacientes no ficheiro?"

"Naturalmente." Olhou acima nele. "Você quer-me atravessar os registros?"

Sorriu agradavelmente. "Se você não se ocuparia."

"Ajudará Rosa?"

"Poderia significar-lhe muito."

"Se você me desculpará." A Sra. Downey saiu do escritório. Retornou quinze minutos mais tarde, guardar ando um papel em sua mão. "Aqui está. Rosa Newman. O endereço do remetente é o serviço de datilografia da elite. Omaha, Nebraska."

O serviço de datilografia da elite foi corrido por um Sr. Greg Braxton, um homem em seus anos sessenta.

"Nós contratamos tão muitos empregados provisórios." Protestou. "Como você me espera recordar alguém que trabalhou aqui aquele há muito tempo?"

"Este era um caso um pouco especial. Era uma única mulher em seus anos 20 atrasados, na saúde pobre. Tinha tido apenas um bebê e..."

"Rosa!"

"Que é direito. Porque você a recorda?"

"Bem, eu gosto de associar coisas, Sr. Tillman. Você conhece o que as mnemônica são?"

"Sim."

"Bem, aquele é o que eu me uso. Eu associo palavras. Havia o bebê de um Rosa para fora chamado do filme. Assim quando Rosa entrou e me disse que teve um bebê, eu uni as duas coisas e..."

"Quanto tempo era Rosa Newman com você?"

"Oh, aproximadamente um ano, eu supor. Então a imprensa funda para fora quem era, de algum modo, e não sairiam do seu sozinho. Saiu da cidade no meio da noite para obter longe deles."

"Sr. Braxton, você tem toda a ideia aonde Rosa Newman foi quando saiu aqui?"

"Florida, eu penso. Quis um clima mais morno. Eu recomendei-a uma agência que eu soube lá."

"Maio eu tenho o nome dessa agência?"

"Certamente. É a agência do vendaval. Eu posso recordá-lo porque eu o associo com as tempestades que grandes têm para baixo em Florida cada ano."

Dez dias após sua reunião com a família de Stanley, retornou a Los Angeles. Tinha chamado adiante, e a família esperava-o. Foram assentados em um semicírculo, enfrentando o enquanto entrou na sala de estar no ar de Bell.

"Você disse que você teve alguma notícia para nós, Sr. Tillman," Thomas disse.

"Que é direito." Abriu uma pasta e retirou alguns papéis. "Este foi um caso o mais interessante," disse. "Quando eu comecei…"

"Corte à perseguição," Billy disse impaciente. "É uma fraude ou não?"

Olhou acima. "Se você não se ocupa, Sr. Stanley, eu gostaria de apresentar este em minha própria maneira."

Thomas deu a Billy um olhar de advertência. "Que é favoravelmente bastante. Vá por favor adiante."

Olharam-no consultar suas notas. "A educadora de Stanley, Rosa Newman, teve uma criança fêmea procriada por Robert Stanley. E a criança foram a Omaha, Nebraska, aonde foi trabalhar para o serviço de datilografia da elite. Seu empregador disse-me que teve a dificuldade com o tempo."

"Em seguida, eu segui sua e sua filha a Florida, onde trabalhou para a agência do vendaval. Moveram-se ao redor muito. Eu segui a fuga a San Francisco, onde estavam vivendo até dez anos há. Aquela era a extremidade da fuga. Após isso, desapareceram." Olhou acima.

"Que é ele, Tillman?" Billy exigiu. "Você perdeu a fuga dez anos há?"

"Não, de que não é ele." Alcançou em sua pasta e removeu um outro papel. "A filha, Jennifer, aplicada para uma licença de motorista quando era dezessete."

"Que bom é aquele?" David pediu.

"Nos Estados da Califórnia, motoristas são exigidos para ter suas impressões digitais tomadas." Sustentou um cartão. "Estas são as impressões digitais de Jennifer Stanley real."

Thomas disse-me, entusiasmadamente, "vê! Se combinam..."

Billy interrompeu. "Então seria realmente nossa irmã."

Inclinou-se. "Que é direito. Eu trouxe um jogo portátil da impressão digital comigo, caso que você quer a verificar para fora agora. Está aqui?"

Thomas disse, "está em um hotel local. Eu tenho falado a sua cada manhã, tentando persuadi-la ficar aqui até que nós obtenhamos este resolvido."

"Nós temos obteve-a!" Billy disse. "Deixe-nos obter ali!"

Meias horas mais tarde, o grupo entrava em uma sala de hotel no hotel de Beverly Hills. Enquanto andaram dentro, embalava uma mala de viagem.

"Onde é você que vai?" Carmen pediu.

Girou para enfrentá-los. "Home. Era um erro para que eu venha aqui no primeiro lugar."

Thomas disse, "você não pode responsabilizar-nos por...?"

Girou-o sobre, furioso. "Depois que eu cheguei, eu fui encontrado com nada mas suspeita. Você pensa que eu vim aqui tomar algum dinheiro longe de você: Bem, eu não fiz. Eu vim porque eu quis encontrar minha família. Eu… nunca ocupo-me." Retornou a sua embalagem.

Thomas disse, "este é Fredy Tillman. É um detective privado."

Olhou acima. "Agora que? Sou eu que estou sendo prendido?"

"Não, senhora. Jennifer Stanley obteve uma licença de motorista em San Francisco quando tinha dezessete anos velha."

Parou. "Que é direito, eu fiz. Está isso contra a lei?"

"Não, senhora. O ponto é…"

"O ponto é" - Thomas interrompido "esse impressões digitais de Jennifer Stanley está nessa licença."

Olhou-os. "Eu não compreendo. Que…?"

Billy falou acima. "Nós queremos verificá-los contra suas impressões digitais."

Seus bordos apertados. "Não! Eu não a permitirei!"

"É você que diz que você não nos deixará tomar suas impressões digitais?"

"Que é direito."

"Porque não?" David pediu.

Seu corpo era rígido. "Porque você me faz sentir como eu sou algum tipo do criminoso. Bem, eu tive bastante! Eu quero-o deixar-me sozinho."

Carmen disse delicadamente, "esta é sua possibilidade provar quem você é realmente. Nós fomos virados tão pelo todo o isto como você tem. Nós gostaríamos de estabelecê-la."

Esteve lá, olhando em suas caras, um por um. Finalmente, disse cansadamente, "toda certo. Deixe-nos obter sobre isto com."

"Bom."

175

"Sr. Tillman," Thomas disse.

"Direito." Removeu um jogo pequeno da impressão digital e ajustou-o acima na tabela. Abriu a almofada de tinta. "Agora, se você apenas pisará aqui, por favor."
Os outro olhados como andou sobre à tabela.

Pegar ou sua mão e, um por um, pressionou suas pontas do dedo na almofada. Em seguida, pressionou-os em uma parte do Livro Branco. "Lá. Isso não era tão mau, era?" Colocou o cartão do departamento da licença ao lado das impressões digitais frescas.

O grupo andou sobre à tabela e olhou para baixo nos dois grupos de cópias. Eram idênticos. Billy era o primeiro a falar. "São...... os mesmos."

Carmen olhava-a com uma mistura dos sentimentos.

"Você é realmente nossa irmã, não é você?"
Estava sorrindo através de seus rasgos. "Que é o que eu tenho tentado lhe dizer."

Todos estava falando de repente imediatamente. "É incrível...!"

"Após todos estes anos..."

"Porque não fez sua mãe nunca volte?" "Eu sou pesaroso que nós lhe demos tal dificuldade"
Seu sorriso iluminou acima a sala. "É toda direito. Tudo é todo agora."

Billy pigarrou o cartão da impressão digital e olhou-o com respeito. "Meu deus! Este é um cartão de bilhão-dólar." Pôs o cartão em seu bolso. "Eu indo tê-lo estou sendo bronzeado."

Thomas girou para o grupo. "Isto chama para uma celebração do real! Eu sugiro que nós todos vamos para trás ao ar de Bell." Girou-lhe para e sorriu-o. "Nós dar-lhe-emos um partido home bem-vindo. Deixe-nos obtê-lo verificado fora de aqui."

Olhou ao redor neles, e seus olhos estavam brilhando.

"É como um sonho vem verdadeiro. Eu tenho finalmente uma família!"

Meias horas mais tarde, estavam para trás no ar de Bell, e estava estabelecendo-se em sua sala nova. Os outro estavam em baixo, falando entusiasmadamente.

"Deve sentir como se é sida apenas com a inquisição," Thomas disse.

"Tem," Anita respondeu. "Eu não sei esteve."

Carmen disse, "eu quero saber como está indo ajustar a sua vida nova."

"A mesma maneira nós somos todos que vão ajustar," Billy disse agradável. "Com muitos champanhe e caviar."

Thomas aumentou. "Eu, para um, em contente ele sou estabelecido finalmente. Deixe-me ir acima e ver se precisa alguma ajuda."

Foi em cima e andou ao longo do corredor a sua sala. Bateu em sua porta e chamou alta, "Jennifer?"

"Está aberta. Entrado."

Esteve na entrada, e olharam fixamente silenciosamente em se. E então Thomas com cuidado fechado a porta, guardara dá para fora suas mãos, e quebrou sorrir forçadamente lento.

Quando falou, disse ele, "Nós fizemo-lo, Mary! Nós fizemo-lo! "

14

Thomas tinha-o traçado com o sentido opressivamente ganhar o jogo como um mestre da xadrez. Somente este tinha sido o jogo de xadrez o mais lucrativo na história, com as estacas de biliões de dólares tinha ganhado! Foi enchido com um sentido do poder absoluto. É isto como você sentiu quando você fechado uma grande coisa, pai? Bem, este é um negócio mais grande do que você fez nunca. Eu planeei o crime do século, e eu obtive afastado com ele. Isso é era sua movimentação do humor. De um certo modo, toda tinha começado com Connie. Connie bonito, maravilhoso. A pessoa amou a maioria no mundo. Tinham-se encontrado na barra. Connie era alto e louro, e era a menina que a mais bonita Thomas tinha visto nunca.

Sua reunião tinha começado com, "maio onde eu o compro uma bebida?"

Connie tinha-o olhado sobre e tinha-se inclinado. "Que seria agradável."

Depois que a segunda bebida, Thomas tinha dito, "porque nós não temos uma bebida sobre em meu lugar?"

Connie tinha sorrido. "Eu sou caro." "Como caro?"

"Cinco cem dólares para a noite." Thomas não tinha hesitado. "Deixe-nos ir."

Passaram a noite na casa de Thomas. Connie era morno e sensível e importando-se, e Thomas sentiu-lhe a estagnação que tinha tido nunca com todo o outro ser humano. Foi inundado com as emoções que não tinha sabido existido. Em a manhã, Thomas estava louca no amor. No passado, tinha pegarão as raparigas no teatro e em diversos outros lugar frequentados das meninas em San Francisco, mas agora soube que tudo que estava indo mudar. A partir de agora, quis somente Connie.

Na manhã, quando Thomas preparava o café da manhã, disse ele, "o que você quereria fazer hoje à noite?" Connie olhou-o na surpresa. "Pesaroso. Eu tenho uma data hoje à noite."

Thomas sentiu como se tinha sido batido no estômago.

"Mas, Connie, eu pensei que você e I…"

"Thomas, caro, eu sou uma parte muito valiosa de mercadoria. Eu vou ao licitante o mais alto. Eu gosto de você, mas eu estou receoso que você realmente não pode me ter recursos para."

"Eu posso dá-lo qualquer coisa que você quer," Thomas disse. Connie sorriu preguiçosa. "Realmente? Bem, o que eu quero é uma viagem a St Tropez em um iate branco bonito. Pode você ter recursos para aquele?"

"Connie, eu sou mais rico do que todos seus amigos unidos."

"Oh? Eu pensei você disse que você é um juiz."

"Bem, eu sou, sim, mas eu estou indo ser rico. Eu significo… muito rico."

Connie enrolou seu braço ele. "Não desgaste, Thomas.

Eu estou livre uma semana de quinta-feira. Aqueles ovos olham deliciosos."

Aquele era o começo. O dinheiro tinha sido importante para Thomas antes, mas agora transformou-se uma obsessão. Ele necessário ele para Connie. Não poderia obtê-lo fora de sua mente. O pensamento dele que faz o amor com a outra menina era insuportável. Não tenho conseguiu tê-la para meus próprios.

Da idade de doze, Thomas tinha sabido que era homem forte. Um dia, seu pai tinha-o travado que acaricia e que beija uma menina de sua escola, e Thomas tinha carregado o Brunt completo da fúria do seu pai. "Eu não posso acreditar que eu tenho um filho que seja um idiota! Agora que eu conheço seu segredo pequeno sujo, eu estou indo manter um olho próximo em você."

A união de Thomas era um gracejo cósmico, perpetrado por um deus com um sentido de humor macabramente.

"Há alguém que eu o quero se encontrar," Robert Stanley disse.

Era Natal e Thomas estava no ar de Bell para os feriados. Carmen e Billy tinham feito já suas partidas e Thomas planeava seu quando a notícia bombástica deixou cair.

"Você está indo casar-se."

"Casado? Isso é inadmissível! Eu não faço…"

"Escute-me. Os povos estão começando a falar sobre você, e eu não posso ter aquele. É mau para minha reputação. Se você se casa, aquele fechá-los-á acima."

Thomas era desafiante. "Eu não me importo o que os povos dizem. Esta é minha vida."

"E eu querem-na ser uma vida rica para você. Eu estou obtendo mais idoso. Consideravelmente logo…", Thomas disse.

A cenoura e a vara.

Nancy Schmidt era uma mulher de vista, de uma família de classe média, cujo o desejo flamejante na vida fosse "melhor" ela mesma. Foi imprimida assim pelo nome de Robert Stanley que provavelmente casaria seu filho se bombeava o gás em vez de ser um juiz. Robert Stanley tinha tomado Nancy para colocar uma vez. Quando alguém lhe perguntou porque, Stanley respondeu, "porque estava lá."

Furou-o rapidamente, e decidiu que seria perfeita para Thomas. Que Robert Stanley qui, Robert Stanley obtenez. O casamento ocorreu dois meses mais tarde. Era um casamento um pequeno cem e cinquenta pessoa-e os noivos foram a Jamaica para sua lua de mel. Era um fiasco.

Em sua noite de casamento, Nancy disse, "que tipo do homem mim casou-se, para a causa do deus? O que o tenha obtido um pau para?"

Thomas tentou raciocinar com ela. "Nós não precisamos o sexo. Nós podemos viver vidas separadas. Nós ficaremos junto, mas nós cada um teremos nossos próprios… amigos."

"Você é condenado certo, nós vai faz4e-lo!"

Nancy removeu sua vingança nele assentando bem em um cliente do cinturão negro. Comprou tudo no máximo lojas caras na cidade, e tomou viagens da compra a New York.

"Eu não posso ter recursos para suas extravagâncias em minha renda." Thomas protestou.

"Obtenha então um aumento. Eu sou sua esposa. Eu sou autorizado a ser apoiado."

Thomas foi a seu pai e explicou a situação. Robert Stanley sorriu. As "mulheres podem ser caras condenado, não podem? Você apenas terá que segurá-la."

"Mas, pai, eu preciso algum..."

"Um dia você terá todo o dinheiro no mundo." Thomas tentou explicá-lo a Nancy, mas não teve nenhuma intenção da espera até "um dia." Detectou aquela que "um dia" pôde nunca vir. Quando Nancy tinha espremido o que poderia fora de Thomas, processou para o divórcio, estabelecido para o que foi deixado de sua conta bancária, e desaparecido.

Quando Robert Stanley ouviu o idiota da notícia, disse ele, "uma vez, sempre um idiota."

E aquele era o fim dele.

Seu pai saiu de sua maneira de aviltar-se Thomas. Um dia, quando Thomas estava no banco, no meio de uma experimentação, seu conselheiro municipal veio até ele e sussurrou, "desculpa-me, sua honra..."

Thomas tinha-lhe girado para, impaciente. "Sim?"

"Há um telefonema para você."

"Que? Que é a matéria com você? Eu sou no meio de..."

"É seu pai, sua honra. Diz que é muito urgente e deve lhe falar imediatamente."

Thomas era furioso. Seu pai teve não certo para interrompê-lo. Foi tentado ignorar a chamada. Mas por outro lado, se era que urgente...

Thomas levantou-se. A "corte recesso por quinze minutos."

Thomas apressou-se em suas câmaras e pigarrou-se o telefone. "Pai?"

"Eu espero que eu não o estou perturbando, Thomas." Havia uma malícia em sua voz.

"Com efeito, você é. Eu sou no meio de uma experimentação e..."

"Bem, dê-lhe um bilhete de tráfego e esqueça-o."
"Gene..."
"Eu preciso sua ajuda com um problema grave."
"Que tipo do problema?"
"Meu cozinheiro chefe está roubando de mim."
Thomas não poderia acreditar o que se ouvia. Estava tão irritado ele poderia mal falar. "Você chamou-me fora do banco porquê...?"
"Você é a lei, não é você? Bem, está quebrando a lei. Eu quero-o vir para trás a Los Angeles e verificar para fora meu pessoal inteiro. Estão roubando-me cego!"
Era todo o Thomas podia fazer para manter-se da explosão.
"Pai..."
"Você apenas não pode confiar aquelas agências de emprego dum raio."
"Eu sou no meio de uma experimentação. Eu não posso possivelmente ir para trás a Los Angeles agora."
Havia um momento de silêncio. "O que o fez para dizer?"
"Eu disse..."
"Você não está indo decepcionar-me outra vez, é você, Thomas? Talvez eu devo falar a Harold sobre algumas mudanças em minha vontade."
E havia a cenoura outra vez. O dinheiro. Sua parte de biliões de dólares que esperam o quando seu pai morreu.
Thomas cancelou sua garganta. "Se você poderia enviar seu plano para mim..."
"Inferno, não! Se você joga seus cartões certo, juiz, que o plano lhe pertencerá um dia. Apenas pense sobre isso. Entrementes, voe o anúncio publicitário como todos mais. Mas eu quero-o obter aqui sua parte traseira do burro!" A linha foi absolutamente.

Thomas sentou-se lá, enchido com a humilhação. Meu pai fez-me este toda minha vida. O inferno com ele! Eu não irei. Eu não irei.

Thomas voou a Los Angeles que noite. Robert Stanley empregou um pessoal de vinte e dois. Havia um falange dos secretários, dos mordomos, das empregadas, das empregadas domésticas, dos cozinheiros chefe, dos motoristas, dos jardineiro, e de uma escolta.

"Os ladrões, cada condenado deles," Robert Stanley queixaram-se a Thomas.

"Se você é preocupado assim, porque não faz você aluguer um detective privado ou para ir à polícia?"

"Porque eu o tenho," Robert Stanley disse. "Você é um juiz, direito? Bem, você julga-os para mim."

Era malícia pura. Thomas olhou em torno da casa enorme com suas mobília e pinturas excelentes, e pensou da casa que pequena aborrecido viveu dentro. Este é o que eu mereço ter, ele pensou. E um dia, eu vou tem-no. Thomas falou ao mordomo, a Damon, e a outros membros superiores do pessoal. Entrevistou os empregados, um por um, e verificou seus resumos. A maioria dos empregados eram razoavelmente novos porque Robert Stanley era um impossível homem a trabalhar para. O retorno de pessoal na casa era extraordinário. Alguns deles duraram somente um dia ou dois. Alguns empregados novos eram culpados de surrupiar mesquinho, e um era um alcoólico, mas a não ser o esse, Thomas poderia não ver nenhum problema.

À exceção de Donald Herman. Donald Herman tinha sido contratado por seu pai como uma escolta e um massagista. Sentar-se no banco tinha feito a Thomas um bom juiz do carácter, e havia algo sobre Donald que Thomas desconfiava imediatamente. Era o empregado o

184

mais recente. Robert que a escolta anterior de Stanley teve parar-Thomas poderia imaginar porque-e tinha recomendado Herman.

O homem era enorme, com uma caixa do tambor e uns grandes, braços musculares. Falou o inglês com um acento grosso do russo. "Você quer ver-me?"

"Sim." Thomas gesticulou a uma cadeira. "Sente-se para baixo." Tinha olhado o registro de emprego do homem, e tinha-lhe dito que muito pouco, salvo que Donald tinham vindo de Rússia recentemente. "Você era nascido em Rússia?"

"Sim." Olhava Thomas suspeitosamente. "Que parte?"

"Smolensk."

"Porque você saiu de Rússia para vir a América?" Herman pediu. "Há mais oportunidade aqui."

Oportunidade para que? Thomas quis saber. Havia algo evasivo sobre a maneira do homem. Falaram por vinte minutos, e no fim desse tempo, Thomas foi convencido que Donald Herman escondia algo. Thomas telefonou o pedreiro de Phillip, um conhecimento de seu com o FBI.

"Fred, eu quero-o fazer-me um favor."

"Certo. Se eu estou nunca em San Francisco, você fixará meus bilhetes de tráfego?"

"Eu sou sério."

"Tiro."

"Eu quero-o verificar em um russo que venha aqui seis meses há."

"Espere um minuto. Você está falando o CIA, não é você?"

"Talvez, mas eu não conheço qualquer um no CIA."

"Nenhuns fazem o I."

"Fred, se você poderia fazer este para mim, eu seria

realmente grato."

Thomas ouviu um suspiro.

"Aprovado. O que é seu nome?"

"Donald Herman."

"Eu dir-lhe-ei o que eu farei. Eu conheço alguém na embaixada do russo na C.C. Eu verei se tem alguma informação em Herman. Se não, eu estou receoso que eu não posso o ajudar."

"Eu apreciaria."

Essa noite, Thomas teve o comensal com seu pai. Subconscientemente, Thomas tinha esperado que seu pai envelheceria, tornar-se-ia mais frágil, mais vulnerável com tempo. Em lugar de, Robert Stanley olhou são e entusiasta, em sua prima. Está indo viver para sempre, Thomas pensou desesperadamente. Durar mais do que todos nós.

A conversação no comensal era completamente uma tomada partido.

"Mim apenas fechado um negócio para comprar a companhia da eletricidade em Havaí..."

"Eu estou voando sobre a Amsterdam na próxima semana para endireitar para fora algumas complicações do PORTE..."

"O secretário de estado convidou-me a acompanhá-lo a China..."

Thomas obtido mal em uma palavra. Na extremidade da refeição, seu pai aumentou. "Como é você que vem junto com o problema do empregado?"

"Eu ainda estou verificando-os para fora, pai."

"Bem, não tome para sempre," seu pai rosnou, e andou fora da sala.

A seguinte manhã, Thomas recebeu uma chamada do

pedreiro de Phillip no FBI.

"Thomas?"

"Sim."

"Você escolheu uma beleza real."

"Oh?"

"Donald Herman era um sicário para o polgoprudnenskaya."

"O que é aquele?"

"Eu explicarei. Há oito grupos criminosos que tomaram sobre em Moscovo. Toda a luta entre se, mas os dois grupos os mais poderosos são os chechenos e o polgoprudnenskaya. Seu amigo Herman trabalhou para o segundo grupo. Três meses há, entregaram-lhe um contrato em um dos líderes dos chechenos. Em vez de realizar o contrato, Herman foi-lhe fazer um negócio melhor. O polgoprudnenskaya encontrado sobre ele e pôs para fora um contrato sobre Herman. Os grupos têm um costume catita ali. Primeiramente cortaram a mão, a seguir deixam-na sangrar por um tempo, e então disparam."

"Meu deus!"

"Herman obteve-se contrabandeado fora de Rússia, mas ainda estão procurando-o. E olhando duramente."

"Que é incrível," Thomas disse.

"Que não é todo. É querido igualmente pela polícia do estado para alguns assassinatos. Se você sabe onde está, amariam ter essa informação."

Thomas era pensativo por um momento. Não poderia ter recursos para obter envolvido nesta. Poderia significar a doação do testemunho e o desperdício muito tempo.

"Eu não tenho nenhuma ideia. Eu apenas verificava-o para fora para ver se há um amigo do russo. Agradecimentos, Phillip."

Thomas encontrou Donald Herman em sua sala, lendo um compartimento do pornô do núcleo duro. Donald aumentou enquanto Thomas andou na sala.

"Eu quero-o embalar suas coisas e sair de aqui." Donald olhou fixamente nele. "O que é a matéria?"

"Eu estou dando-lhe uma escolha. Você é ou fora aqui perto desta tarde, ou eu direi à polícia do russo onde você está."

A cara de Donald girada pálida. "Você compreende?"

"Sim. Eu compreendo."

Thomas foi ver seu pai. Está indo ser satisfeito, ele pensou. Eu fi-lo um favor real. Encontrou-o no estudo.

"Eu verifiquei em todo o pessoal," Thomas disse, "e…"

"Eu sou imprimido. Fê-lo para encontrar toda a menina para tomar à cama com você?"

A cara de Thomas girada vermelha. "Pai…"

"Você é um filho da puta, Thomas, e você será sempre. Eu não sei o inferno qualquer coisa como você veio de meus lombo. Vá sobre de volta a San Francisco com seus amigos."

Thomas esteve lá, lutando para controlar-se. "Direito," disse dura. Começou sair.

"Há qualquer coisa sobre o pessoal que você encontrou que eu devo saber?"

Thomas girou e estudou seu pai um o momento. "Não," disse lentamente. "Nada."

Quando Thomas foi à sala de Herman, estava embalando. "Eu estou indo," Herman disse melancolicamente.

"Não faça. Eu mudei minha mente." Donald olhou acima, confundido.

"Que?"

"Eu não o quero sair. Eu quero-o ficar sobre como a escolta do meu pai."

"O que sobre… você sabem, a outra coisa?"

"Nós estamos indo esquecer sobre aquele."

Donald olhava-o, suspeitosamente. "Por que? O que você me querem fazer?"

"Eu gostaria de você de ser meus olhos e orelhas aqui. Eu preciso alguém de manter um olho em meu pai, e deixo-me conhecer o que vai sobre."

"Porque deve I?"

"Porque se você faz porque eu para dizer, mim não estou indo o virar para os russos. E porque eu estou indo lhe fazer um homem rico."

Donald Herman estudou-o um momento. Sorrir forçadamente lento iluminou sua cara. "Eu ficarei."

Era a jogada da abertura. O primeiro penhor tinha sido movido.

Aquele tinha estado dois anos mais adiantado. De vez em quando, Donald tinha passado na informação a Thomas. Era na maior parte bisbilhotice sem importância sobre o romance de Robert Stanley ou os bocados os mais atrasados do negócio que Donald tinha bisbilhotado. Thomas tinha começado a pensar que tinha feito um erro, de que que deve ter girado Donald dentro para a polícia. E a chamada telefónica decisiva tinha vindo então de Sardinia, e o jogo tinha pagado fora.

"Eu sou com seu pai em seu iate. Apenas chamou seu advogado. Está encontrando-o em Los Angeles em segunda-feira para mudar seu vai faz4e-lo."

Pensamento de Thomas de todas as humilhações que seu pai tinha empilhado nele ao longo dos anos, e foi enchido com uma raiva terrível. Se muda seu eu terei tomado todos aqueles anos do abuso para nada. Eu não estou indo deixá-lo obter afastado com este! Há somente uma maneira de pará-lo.

"Donald, eu quero-o chamar-me outra vez em sábado."

"Direito." Thomas substituiu o receptor e sentou-se lá, pensando. Era hora de trazer no cavaleiro.

15

No tribunal distrital de San Francisco, havia um refluxo e um fluxo constantes dos réus acusados do incêndio, da violação, da droga que negociam, do assassinato, e de uma variedade de outras atividades ilegais e repugnantes. No curso de um mês, o juiz Thomas Stanley tratou pelo menos as meias dúzia dos casos de homicídio. A maioria nunca foi à experimentação desde que os advogados para o réu ofereceriam à negociação do pleito, e porque os calendários e as prisões da corte eram tão abarrotado, o estado concordaria geralmente. Os dois lados então golpeariam um negócio e iriam julgar Stanley para sua aprovação.

A caixa de ribeiros de Henry era uma exceção. Os ribeiros de Henry eram um homem com boas intenções e má sorte. Quando era quinze, seu irmão mais idoso tinha-o falado em ajudá-lo para roubar uma mercearia. Henry tinha tentado dissuadi-lo, e quando não poderia, foi junto com ele. Henry foi travado, e seu irmão escapou. Dois anos mais tarde, quando os ribeiros de Henry saíram da escola de reforma, foi determinado nunca obter outra vez no problema com a lei. Um mês mais tarde, acompanhou um amigo a uma ourivesaria.

"Eu quero selecionar um anel para minha amiga."
Uma vez dentro da loja, seu amigo retirou uma arma e gritado, "esta é uma parada!"

No excitamento de seguimento, um caixeiro foi disparado à morte. Os ribeiros de Henry foram travados e prendidos para o roubo à mão armada. Seu amigo escapou.

Quando os ribeiros estavam na prisão, Phyllis Gibson, um assistente social que lesse sobre seu caso e sentisse pesaroso para ele, foi visitá-lo. Era amor na primeira vista, e quando os ribeiros foram liberados da prisão, e Phyllis foram casados. Durante os próximos oito anos, tiveram quatro crianças bonitas.

Os ribeiros de Henry adoraram sua família. Devido a seu registro da prisão, teve uma estadia difícil que encontra trabalhos, e para apoiar sua família, foi relutantemente trabalhar para seu irmão, realizando vários atos do incêndio, extorsão, e assalto. Infelizmente para ribeiros, era delito travado do flagrante na comissão de um roubo. Foi prendido, realizado na cadeia, e tentado na corte de Thomas Stanley do juiz.

Era hora para sentenciar. Os ribeiros eram um segundo delinquente com um registro mau do juvenil, e era um caso tão bem definido que os fiscais do distrito assistentes fizessem a apostas o juiz Stanley em quantos anos daria a ribeiros. "Jogará o livro nele!" um deles disse. "Eu apostarei que lhe dá vinte anos. Stanley não chamado o juiz de suspensão para nada."

Os ribeiros de Henry, que sentiram profundamente em seu coração que era inocente, estavam atuando como seu próprio advogado. Esteve antes do banco, vestiu-se em seu melhor fato, e disse-se, "sua honra, I saiba que eu fiz um erro, mas nós somos tudo humanos, não somos nós? Eu tenho uma esposa maravilhosa e quatro crianças. Eu desejo que você poderia os encontrar, seu Honra-eles é grande. O que eu fiz, eu fiz para ele."

Thomas Stanley sentou-se no banco, na escuta, e no sua cara impassível. Esperava ribeiros de Henry para terminar assim que poderia passar a frase. Este tolo pensa-o realmente está indo obter fora com essa história de soluço estúpida?

Os ribeiros de Henry estavam terminando. "… e assim você vê, sua honra, mesmo que eu faça a coisa errada, mim fê-la para a razão direita: família. Eu não tenho que dizê-lo como importante que é. Se eu vou à prisão, minhas esposa e crianças morrerão de fome. Eu sei que eu fiz um erro, mas eu sou disposto compensar por. Eu farei qualquer coisa que você me quer fazer, sua honra…"

E aquela era a frase que travou a atenção de Thomas Stanley. Olhou o réu antes dele com um interesse novo. "Qualquer coisa você quer-me fazer." Thomas teve de repente o mesmo instinto que tinha tido sobre Donald Herman. Estava aqui um homem que pudesse ser um dia muito útil.

À admiração total do promotor de justiça, Thomas disse, "Sr. Ribeiro, está atenuando circunstâncias neste caso. Devido a elas e devido a sua família, eu estou indo pô-lo sobre a prisão preventiva por cinco anos. Eu esperá-lo-ei executar seis cem horas do serviço público. Entre minhas câmaras, e nós discuti-lo-emos."

Na privacidade de suas câmaras, Thomas disse, "você sabe, eu poderia ainda enviá-lo à prisão para um longo, muitos tempos."

Os ribeiros de Henry girados empalidecem. "Mas, sua honra! Você disse…"

Thomas inclinou-se para a frente. "Você conhece a coisa a mais impressionante sobre você?"

Os ribeiros de Henry sentaram-se lá, tentando pensar o que era impressionante sobre ele. "Não, sua honra."

"Seus sentimentos sobre sua família," Thomas disse piedosamente. "Eu admiro realmente aquele." Ribeiros de Henry iluminados. "Obrigado, senhor. São-me a coisa a mais importante no mundo. Eu…"

"Então você não quereria perdê-los, você? Se eu o enviei à prisão, suas crianças cresceriam acima sem você; sua esposa encontraria provavelmente um outro homem. Você vê o que eu estou obtendo?"

Os ribeiros de Henry foram chocados. "N… nenhum, sua honra. Não exatamente."

"Eu salvar sua família para você, ribeiros. Eu pensaria que você seria grato."

Os ribeiros de Henry disseram apaixonadamente, "oh, mim são, sua honra!

Eu não posso dizer-lhe como grato eu sou."

"Talvez você pode provar-me no futuro. Eu posso chama-lo para fazer algumas tarefas pequenas para mim."

"Qualquer coisa!"

"Bom. Eu estou colocando-o na prisão preventiva, e se eu encontrar qualquer coisa em seu comportamento que me desagrada…"

"Você apenas diz-me o que você quer," os ribeiros implorados.

"Eu deixá-lo-ei saber quando o tempo vem. Entrementes, isto será restrita confidencial entre os dois de nós."

Os ribeiros de Henry puseram sua mão sobre seu coração.

"Eu morreria antes que eu dissesse qualquer um."

"Você é direito," Thomas assegurou-o.

Era um curto período de tempo em seguida que em que Thomas recebeu o telefonema de Donald Herman. "Seu pai apenas chamou seu advogado. Está encontrando-o em Los Angeles em segunda-feira para mudar seu vai faz4e-lo."

Thomas soube que teve que ver que vai faz4e-lo. Era hora de chamar ribeiros de Henry.

"... o nome da empresa é REYNOLDS & ADVOGADOS SINCEROS de HAROLD NA LEI. Faça uma cópia da vontade e traga-me."

"Nenhum problema. Eu tomarei dele, sua honra."

Doze horas mais tarde, Thomas teve uma cópia da vontade em suas mãos. Leu-a e foi-o enchido com um sentido de espírito altos e do bom humor. E Billy e Carmen eram os únicos herdeiro. E em segunda-feira o pai está planeando mudar a vontade. O bastardo está indo tomá-la longe de nós! Thomas pensou amargamente. Afinal nós atravessamos... aqueles biliões pertencem-nos. Fez-nos ganhá-los! Havia somente uma maneira de pará-lo.

Quando o telefonema de Donald em segundo veio, Thomas disse, "eu quero-o matá-lo. Hoje à noite."

Havia um silêncio longo. "Mas se eu sou travado..."

"Não obtenha travado. Você estará no mar. Muitas coisas podem acontecer lá."

"Toda certo. Quando estiver sobre…?"

"O dinheiro e um bilhete plano a Austrália estarão esperando-o."

E então mais tarde, o último telefonema maravilhoso.

"Eu filo. Era auto acidente."

16

A última composição da xadrez criou muitos problemas. Thomas tem pensado sobre a vontade do seu pai, e sentiu insultado que Billy e Carmen obtinham uma parte igual da propriedade com ele. Não a merecem. Se não tinha sido para mim, ambos seriam cortados da vontade completamente. Não teriam nada. Não é justo, mas que posso eu fazer sobre ele?

Teve a uma parte de estoque que sua mãe lhe tinha dado há muito tempo, e recordou as palavras do seu pai: "Que você pensa-o está indo fazer com essa uma parte? Tome sobre a empresa?"

Junto, o pensamento de Thomas, Billy e Carmen têm dois terços do estoque das empresas do Stanley do pai. Como posso eu obter o controle com somente minha parte um extra? E então a resposta veio-lhe, e era tão inteligente que o aturdiu.

"Eu devo informá-lo de que há uma possibilidade a vontade de um outro pai do herdeiro de estar envolvido... seu especificamente forneça que a propriedade deve ser dividida igualmente entre sua edição... Seu pai procriou uma criança por uma educadora que trabalhasse aqui..."

Se Jennifer apareceu, haveria quatro de nós, pensamento de Thomas. E se eu poderia controlar sua parte, eu mandaria então cinquenta por cento do estoque do pai mais o um por cento mim já possuir. Eu poderia tomar sobre empresas de Stanley. Eu poderia sentar-se na cadeira do meu pai. Seu pensamento seguinte era, Rosa está inoperante, e provavelmente nunca disse sua filha que seu pai era. Por que tem que ser a Jennifer real Stanley?

A resposta era Mary Perkins. Tinha-a encontrado primeiramente dois meses mais adiantada, porque a corte foi chamada na sessão. O conselheiro municipal tinha girado para os espectadores na sala do tribunal. "Oyez, oyez. O tribunal distrital de San Francisco está agora na sessão, juiz honorável Thomas Stanley que preside. Todos aumentam."

Thomas andou dentro de suas câmaras e sentou-se para baixo no banco. Olhou para baixo no registo. O primeiro caso era Estados da Califórnia v. Mary Perkins. As cargas eram assalto e tentativa de assassínio. O advogado de processo aumentou. "Sua honra, o réu é uma pessoa perigosa que deva ser evitada as ruas de San Francisco. O estado mostrará que o réu tem uma história criminosa longa. Foi condenada para o roubo em lojas, a apropriação indébita, e é uma prostituta conhecida. Era um de um estábulo das mulheres que trabalham para um proxeneta notório nomeado Rafael. Em janeiro deste ano, obtiveram em uma altercação e o réu intencional e tiro frio- sangue ele e seu companheiro."

"Fez uma ou outra vítima para morrer?" Thomas pediu.

"Não, sua honra. Foram hospitalizados com os

ferimentos sérios. A arma na possessão de Mary Perkins era uma arma ilegal."

Thomas girou para olhar o réu, e sentiu um sentido da surpresa. Não coube a imagem do que se tinha ouvido apenas sobre ela. Era uma jovem mulher bem vestido, atrativa em seus anos 20 atrasados, e havia uma elegância quieta sobre ela que desmentiu completamente as cargas contra ela. Isso apenas vai provar, Thomas pensou irônica, você nunca sabe... Escutou os argumentos de ambos os lados, mas seus olhos foram tirados ao réu. Havia algo sobre ela que o lembrou de sua irmã. Quando as somas foram terminadas, o caso foi ao júri, e em menos de quatro horas retornaram com uma sentença de culpado em todas as contagens.

Thomas olhou para baixo no réu e disse, "a corte não pode encontrar nenhuma circunstâncias atenuando neste caso. Você é sentenciado juntamente a cinco anos no centro correcional de Dwight... Caso seguinte."

E não foi até que Mary Perkins esteve conduzida afastado que Thomas realizou o que era sobre ela que lembrado lhe tanto de Carmen. Teve a mesma obscuridade - olhos cinzentos. Os olhos de Stanley.

Fez de Thomas para não pensar outra vez sobre Mary Perkins até o telefonema de Donald.

O jogo de xadrez do começo tinha sido terminado com sucesso. Thomas tinha planeado cada movimento com cuidado em seu mente. Usou a jogada da rainha clássica: Diminua a abertura, movendo a rainha penhoram dois quadrados. Era hora de mover-se no jogo médio.

Thomas foi visitar Mary Perkins na prisão das mulheres. "Você recorda-me?" Thomas pediu.

Olhou fixamente nele. "Como poderia eu esquecê-lo?

Você é a pessoa que me enviou a este lugar."

"Como é você que obtém avante?" Thomas pediu.

Fez caretas. "Você deve caçoar! É um furo do inferno aqui."

"Como você gosta de sair?"

"Como I...? É você sério?"

"Eu sou muito sério. Eu posso arranjá-lo."

"Bem, isso... que é grande! Obrigado. Mas o que eu tenho que fazer para ele?"

"Bem, há algo que eu o quero fazer para mim."

Olhou-o, graciosa. "Certo. Aquele não é nenhum problema."

"Que não é o que eu tive na mente."

Disse, cautelosamente, "o que você teve na mente, o juiz?"

"Eu quero-o ajudar-me a jogar um gracejo pequeno em alguém."

"Que tipo do gracejo?"

"Eu quero-o encarnar alguém."

"Encarnar alguém? Eu não saberia a..."

"Há vinte e cinco mil dólares nele para você."

Sua expressão mudada. "Certo," disse rapidamente. "Eu posso encarnar qualquer um. Quem você teve na mente?"

Thomas inclinou-se para a frente e começou-se a falar. Thomas teve Mary Perkins liberada em sua custódia. Como explicou a Lynda Powell, o juiz principal, "eu aprendi que é um artista muito talentoso, e ela estou ansioso para viver uma vida normal, aceitável. Eu penso que é importante que nós reabilitamos esse tipo de pessoa sempre que nós podemos, não fazemos você?"

Lynda foi imprimido e surpreendido. "Absolutamente,

Thomas. Aquela é uma coisa que maravilhosa você está fazendo."

Thomas moveu Mary em sua casa e passou cinco dias inteiros que informam à na família de Stanley.

"O que são os nomes de seus irmãos?"

"Thomas e aspérula."

"William."

"Que é direito-William."

"O que nós o chamamos?"

"Billy."

"Você tem uma irmã?"

"Sim. Carmen. É um desenhista."

"É casou-se?"

"Casou-se a um francês. Seu nome é... David Renoir."

"Renaux."

"Renaux."

"O que era o nome da sua mãe?"

"Rosa Newman. Era uma educadora às crianças do Stanley."

"Porque fez sã?"

"Obteve batida acima por..."

"Mary!" Thomas advertiu dela.

"Eu significo, ela tornei-me grávido por Robert Stanley."

"O que aconteceu à Sra. Stanley?"

"Cometeu o suicídio."

"O que fez sua mãe o diga sobre as crianças de Stanley?" Mary parou para pensar por um minuto. "Bom?"

"Havia o tempo onde você caiu fora do barco da cisne."

"Eu não caí para fora!" Thomas disse. "Eu caí quase para fora."

"Direito. Billy obteve quase prendido para escolher flores dentro o jardim público."

"Que era Carmen…"

Era cruel. Entraram sobre a encenação repetidas vezes, tarde nas noites, até que Mary esteve esgotada.

"Carmen foi mordido por um cão."

"Eu fui mordido pelo cão."

Friccionou seus olhos. "Eu não posso pensar em linha reta mais. Eu sou tão cansado. Eu preciso algum sono."

"Você pode dormir mais tarde!"

"Quanto tempo é isto que vai ir sobre?" pediu desafiador amente. "Até que eu pense você está pronto. Deixe-nos agora atravessam ele outra vez."

E nele foi, repetidamente, até que Mary se transformou letra perfeita. Quando o dia chegou finalmente que conheceu a resposta a cada pergunta Thomas perguntado, foi satisfeito.

"Você está pronto," disse. Entregou-lhe alguns documentos jurídicos.

"O que é este?"

"É apenas um tecnicismo," Thomas disse ocasional. O que teve seu sinal era um papel que dá sua parte da propriedade de Stanley a um corporação controlado em um segundo corporação, que foi controlado por sua vez por uma subsidiária a pouca distância do mar de que Thomas Stanley era o único proprietário. Não havia nenhuma maneira que poderiam seguir a transação de volta a Thomas. Thomas entregou a Mary cinco mil dólares no dinheiro.

"Você obterá o equilíbrio quando o trabalho é feito," ele disse-lhe. "Se você os convence que você é Jennifer Stanley."

Do momento Mary tinha aparecido no ar de Bell, Thomas tinha jogado o advogado de diabo. Era o ante movimento de xadrez posicional clássico.

"Eu sou certo que você pode compreender nossa posição, senhorita. Sem alguma prova positiva, não há nenhuma maneira."

"Eu penso que a senhora é uma fraude..."

"Quantos empregados trabalharam nesta casa quando nós éramos crianças? ... Dúzias, direito? E alguns delas saberiam que tudo está jovem senhora nos disse.... Qualquer delas poderia ter-lhe dado essa fotografia... Deixe-nos não esquecer que há uma quantidade de dinheiro enorme envolvida."

Seu movimento culminante tinha sido quando tinha exigido um teste do ADN. Tinha chamado ribeiros de Henry e tinha-lhe dado suas instruções novas: "Escave acima o corpo de Robert Stanley e dispor d."

E então sua inspiração da chamada em um detective privado. Com o presente da família, tinha telefonado o escritório do fiscal do distrito em San Francisco.

"Este é juiz Thomas Stanley. Eu compreendo que seu escritório retém um detective privado de vez em quando quem faz o trabalho excelente para você. Seu nome é algo como Simon ou..."

"Oh, você deve significar Fredy Tillman."

"Tillman! Sim, aquele ele. Eu quero saber se você poderia me dar seu número de telefone assim que eu posso o contatar diretamente."

Em lugar de, tinha chamado ribeiros de Henry e tinha-o introduzido como Fredy Tillman.

Em primeiro Thomas tinha planeado para ribeiros de Henry meramente fingir atravessar os movimentos da verificação em Jennifer Stanley, mas por outro lado decidiu que faria um relatório mais impressionante se os ribeiros o levaram a cabo realmente. A família tinha aceitado resultados dos ribeiros' sem dúvida.

O plano de Thomas tinha-se apagado sem um engate. Mary Perkins tinha feito sua parte perfeitamente, e as impressões digitais tinham sido o toque culminante. Todos foi convencido que era a Jennifer real Stanley.

"Eu, para um, em contente ele sou estabelecido finalmente. Deixe-me ir acima e ver se precisa alguma ajuda. "

Foi em cima e andou ao longo do corredor a sua sala. Bateu em sua porta e chamou alta,

"Jennifer?"

"Está aberta. Entrado."

Esteve na entrada, e olharam fixamente silenciosamente em se. E então Thomas com cuidado fechado a porta, guardara dá para fora suas mãos, e quebrou sorrir forçadamente lento.

Quando falou, disse ele, "Nós fizemo-lo, Mary! Nós fizemo-lo!"

17

Nos escritórios de REYNOLDS & de HAROLD SINCERO, George Brown e Frank Harold comiam o café.

"Como o grande bardo disse uma vez, 'algo é podre no estado de Dinamarca. "

"O que o está incomodando?" Harold pediu.

George suspirou. "Eu não sou certo. É a família de Stanley. Confundem-me."

Frank Harold roncou. "Junte-se ao clube."

"Eu mantenho-me vir para trás à mesma pergunta, Frank, mas eu não posso encontrar-lhe a resposta."

"O que é a pergunta?"

"A família estava impaciente por desenterrar o corpo de Robert Stanley assim que poderia verificar seu ADN contra a mulher. Assim eu penso que nós temos que supor que o único motriz possível para obter livrado do corpo seria se assegurar de que o ADN da mulher não poderia ser verificado contra Robert Stanley. A única pessoa que poderia ter qualquer coisa para ganhar daquele seria a mulher ela mesma, se era uma fraude."

"Sim."

"No entanto este detective privado, Fredy Tillman. Eu verifiquei com o escritório do fiscal do distrito em San Francisco, e tem uma grande reputação--veio acima com impressões digitais que provam que é a Jennifer real Stanley. Minha pergunta são, que escavou acima o corpo de Robert Stanley e porquê?"

"Que é uma pergunta de bilhão-dólar. Se…"

O intercomunicador zumbido. A voz de um secretário veio sobre a caixa. "Sr. Brown, há uma chamada para você em dois."

George Brown pigarrou o telefone na mesa. "Olá!"
A voz na outra extremidade da linha disse, o "Sr. Brown, este é juiz Stanley. Eu apreciaria se você poderia deixar cair pelo ar de Bell esta manhã."

George Brown olhou para Harold.

"Direito. Aproximadamente em uma hora?"

"Que será fino. Obrigado."

George substituiu o receptor. "Minha presença é pedida na casa de Stanley."

"Eu quero saber o que quer."

"Dez a um, querem acelerar a homologação de testamento assim que podem obter suas mãos no todo o que dinheiro bonito."

"Connie? É Thomas. Como é você?"

"Fino, agradecimentos."

"Eu falto-o realmente."

Havia uma leve pausa. "Eu falto-o, também, Thomas."

As palavras excitaram-no. "Connie, eu tenho alguma notícia realmente emocionante. Eu não posso discuti-la sobre o telefone, mas é algo que está indo o fazer muito feliz. Quando você e I…"

"Thomas, eu tenho que ir. Alguém que espera me."

"Mas…"

A linha foi absolutamente.

Thomas sentou lá um momento. Então pensou, não diria que me faltou se não o significou. À exceção de Billy e de Anita, a família foi recolhida na sala de estar no ar de Bell. George estudou suas caras. O juiz Stanley pareceu muito relaxado. George olhou para Carmen. Pareceu não natural tensa. Seu marido tinha vindo acima de New York o dia antes para a reunião. George olhou sobre em David. O francês era bonito, alguns anos mais nova do que sua esposa.

E então havia Jennifer. Pareceu tomar-lhe muito calma a aceitação na família. Eu esperaria alguém que tinha herdado apenas bilhão dólares ou assim para ser um pouco de mais entusiasmado, pensamento de George.

Olhou para suas caras outra vez, querendo saber se um delas era responsável para ter o corpo de Robert Stanley roubado, e em caso afirmativo, qual? E por que?

Thomas estava falando. "Sr. Brown, eu sou familiar com as leis da homologação de testamento em Califórnia, mas eu não conheço quanto diferem das leis em Massachusetts. Nós queríamos saber se não havia alguma maneira de expedir o procedimento."

George si mesmo sorriu-. Eu devo ter feito a tomada de Frank que aposta. Girou para Thomas. "Nós já estamos trabalhando nela, juiz Stanley." Thomas disse vincadamente, "o nome de Stanley pôde ser útil em coisas de pressa acima." É direito sobre o esse, pensamento de George. Inclinou-se. "Eu farei tudo que eu posso. Se está em toda possível…"

Havia umas vozes da escadaria.

"Apenas feche acima, você cadela estúpida! Eu não quero ouvir uma outra palavra. Você compreende?"

Billy e Anita vieram abaixo das escadas e na sala. A cara de Anita foi inchada mal, e teve um olho roxo. Billy estava sorrindo, e seus olhos eram brilhantes.

"Olá! todos. Eu espero o partido não sobre."

O grupo olhava Anita em choque. Carmen aumentou.

"O que lhe aconteceu?"

"Nada... Eu colidi em uma porta."

Billy tomou um assento. Anita sentou-se ao lado dele. Billy afagou sua mão e pediu-a solicitamente, "é você toda direito, meu caro?"

Anita inclinou-se, não se confiando para falar.

"Bom." Billy girou para o outro.

"Agora, o que fez Eu falto?"

Thomas olhou-o com desaprovação. "Eu apenas pedi Sr. Brown se poderia expedir provação da vontade."

Billy sorriu. "Que seria agradável." Girou para Anita.

"Você gostaria de alguma roupa nova, não você, amor?"

"Eu não preciso nenhuma roupa nova," disse tímida.

"Que é direito. Você não vai em qualquer lugar, fá-lo?" Girou para o outro. "Anita é muito tímida. Não tem qualquer coisa falar aproximadamente, fá-lo?"

Anita levantou-se e correu-se fora da sala. "Eu verei se é todo o direito," Carmen disse. Aumentou e apressou-se após ela.

Meu deus! Pensamento de George. Se Billy se comporta como este na frente de outro, que deve ser como quando e sua esposa estão sozinhos?

Billy girou para George. "Quanto tempo o tenha sido com empresa de advocacia de Harold?"

"Cinco anos."

"Como poderiam estar de trabalho para meu pai, eu

nunca saberei."

George disse com cuidado, "eu compreendo que seu pai era… poderia ser difícil."

Billy roncou. "Difícil? Era um monstro dois-equipado com pernas. Você conheceu-o teve alcunhas para todos nós? Meu era Charlie. Nomeou-me após Charlie McCarthy, um manequim que um ventríloquo nomeou Edgar que Bergen teve. Chamou meu pônei da irmã, porque disse que teve uma cara como um cavalo. Thomas foi chamado…"

George disse-me, incômoda, "realmente não o pensa deve…"

Billy gritaram para fora. "É toda direito. Bilhão dólares curam muitas feridas."

George aumentou. "Bem, se não há nada mais, eu penso que eu devo ir." Não poderia esperar para obter fora, no ar fresco.

Carmen encontrou Anita no banheiro, pondo um pano frio a seu mordente inchado.

"Anita? É você toda direito?"

Anita girou. "Eu sou muito bem. Obrigado. Eu… mim sou pesaroso sobre o que aconteceu para baixo lá."

"Você está desculpando-se? Você deve ser furioso. Quanto tempo o tem que bate o?"

"Não me bate," Anita disse teimosamente. "Eu colidi em uma porta."

Carmen moveu-se mais perto dela. "Anita, por que você tolera este? Você não faz tem que, você sabe."

Havia uma pausa. "Sim, eu faço."

Carmen olhou-a, confundido. "Porque?"

Girou. "Porque eu o amo." Foi sobre, as palavras que derramam para fora. "Ama-me, demasiado. Acredite-me, ele não atua sempre como este. A coisa é, ele às vezes que não é ele mesmo."

"Você meio, quando estiver em drogas."

"Não!"

"Anita…"

"Não!"

"Anita…"

Anita hesitou. "Eu supor assim."

"Quando o fez comece?"

"Direito…direito depois nós nos casamos." A voz de Anita era áspera. "Começou devido a um jogo do polo. Billy caiu seu pônei e foi mal ferido. Quando estava no hospital, deram-lhe drogas para ajudar com a dor. Obtiveram-no começado." Olhou Carmen, suplicante. "Assim você vê, ele não era sua falha, era? Depois que Billy saiu do hospital, ele… que se manteve ao usar drogas. Sempre que eu tentei o conseguir parar, bater-me-ia."

"Anita, para a causa do deus! Precisa a ajuda! Você não vê aquele? Você não pode fazer este sozinho. É um viciado em drogas. Que toma? Cocaína?"

"Não" lá era um silêncio pequeno. "Heroína."

"Meu deus! Não pode você fazê-lo obter alguma ajuda?"

"Eu tentei." Sua voz era um sussurro. "Você não sabe eu tentei! Foi a três hospitais da reabilitação." Agitou sua cabeça. "É toda direito por um tempo, e então… começa outra vez. … Ele não pode ajudá-la."

Carmen enrolou seus braços Anita.

"Eu sou tão pesaroso," disse.

Anita forçou um sorriso. "Eu sou certo que Billy será toda direito. Está tentando duramente. É realmente." Sua cara iluminada acima.

"Quando nós fomos casados primeiramente, era tanto divertimento a estar com. Nós usamo-nos para rir todo o tempo. Trar-me-ia poucos presentes e..." Ela olhos enchidos com os rasgos. "Eu amo-o tanto"

"Se há qualquer coisa eu posso fazer..."

"Obrigado," Anita sussurrou. "Eu aprecio aquele." Carmen espremeu sua mão. "Nós falaremos outra vez." Carmen começou abaixo das escadas juntar-se às outro. Estava pensando, quando nós éramos crianças, antes da mãe morreu, nós fizemos tais planos maravilhosos. "Você está indo ser um desenhista famoso, e eu estou indo ser o grande atleta do mundo!" E a parte triste dela, pensamento de Carmen, é que poderia ter sido. E agora isto.

Carmen não era certo se sentiu mais pesarosa para Billy ou para Anita.

Porque Carmen alcançou a parte inferior das escadas, Damon aproximou-a, levando uma bandeja com uma letra nela. "Desculpe-me, senhorita Carmen. Um mensageiro apenas entregou este para você." Entregou-lhe o envelope. Carmen olhou-o na surpresa. "Quem...?" Inclinou-se.

"Obrigado, Damon."

Carmen abriu o envelope, e como começou a ler a letra, girou pálido. "Não!" disse, sob sua respiração. Seu coração estava martelando, e sentiu uma onda da vertigem. Esteve lá, apoiando-se contra uma tabela, tentando travar sua respiração.

Após um momento, transformou e andou na sala de estar, sua cara pálida.

"David..." Carmen forçou-se a parecer calma. "Maio eu ver o por um momento?"

Olhou-a, referido. "Sim, certamente." Thomas perguntou a Carmen, "é você toda direito?"

Forçou um sorriso. "Eu sou muito bem, obrigado."
Tomou a mão de David e conduziu-o em cima. Quando
entraram no quarto, Carmen fechado a porta.
David disse, "o que é ele?"
Carmen entregou-lhe o envelope. A letra lida:

Cara Sra. Renaux,
Felicitações! Nossa associação selvagem da proteção animal foi
deleitada ler de sua boa fortuna. Nós sabemos interessado você está
no trabalho que nós estamos fazendo, e nós estamos contando em seu
apoio mais adicional. Consequentemente, nós apreciaríamos se você
depositaria um milhão de dólares de E.U. em nossa conta bancária
numerada em Zurique dentro dos próximos dez dias. Nós olhamos
para a frente à audição de você logo.

Como nas outras letras, todos os e eram quebrados.

"Os bastardos!" David explodiu.
"Como souberam eu estava aqui?" Carmen pediu.
David disse amargamente, "tudo que teve que fazer era
pegara um jornal." Leu a letra outra vez e agitou sua
cabeça. "Não estão indo parar. Nós temos que ir à polícia."
"Não!" Carmen gritou. "Nós não podemos! Está
demasiado atrasada! Você não vê? Seria a extremidade de
tudo. Tudo!"
David tomou-a em seus braços e guardou-a
firmemente. "Toda certo. Nós encontraremos uma
maneira."

Mas Carmen soube que não havia nenhuma maneira. Tinha acontecido alguns meses mais adiantados, no que tinha começado ser um dia de mola glorioso. Carmen tinha ido à festa de anos de um amigo em Ridgefield, Connecticut. Tinha sido um partido maravilhoso, e Carmen tinha conversado com velhos amigos. Tinha comido um vidro do champanhe. No meio de uma conversação, tinha olhado de repente seu relógio. "Oh, não! Eu não tive nenhuma ideia que estava tão atrasado. David está esperando-me."

Havia bom-byes apressado, e Carmen tinha obtido em seu carro e tinha eliminado. Conduzindo de volta a New York, tinha decidido tomar sobre uma estrada secundária do enrolamento a I-684. Estava viajando em quase cinquenta quilómetros por hora enquanto arredondou uma curva afiada e manchou um carro estacionado no lado direito da estrada. Carmen virado de repente automaticamente à esquerda. Nesse momento, uma mulher que leva um punhado de flores recentemente escolhidas começou cruzar a estrada estreita. Carmen tentou freneticamente evitá-la, mas estava demasiado atrasada.

Tudo pareceu acontecer em um borrão. Ouviu uma batida doentio enquanto bateu a mulher com seu para-choque dianteiro esquerdo. Carmen trouxe o carro a uma parada cantando, seu corpo inteiro que treme violentamente. Correu de volta à onde a mulher se estava encontrando na estrada, coberto com o sangue.

Carmen esteve lá, congelado. Finalmente, dobrou-se para baixo e virou-se a mulher, e olhou-se em seus olhos cego. "Oh, meu deus!" Carmen sussurrou. Sentiu a bílis aumentar dentro sua garganta. Olhou acima, desesperado, não conhecendo o que fazer. Balançou ao redor em um pânico. Não havia nenhum carro na vista. Está inoperante, pensamento de Carmen. Eu não posso ajudá-la. Esta não era minha falha, mas acusar-me-ão da condução bebida imprudente. Meu sangue mostrará o álcool. Eu irei à prisão!

Tomou um último olhar no corpo da mulher, e apressou-se então de volta a seu carro. O para-choque dianteiro esquerdo foi amolgado, e havia pontos de sangue nele. Não tenho conseguiu pôr o carro ausente em uma garagem, pensamento de Carmen. A polícia estará procurar ando por ele. Obteve no carro e eliminou.

Para o resto da movimentação em New York, manteve-se olhar no espelho de retrovisor, esperando ver luzes vermelhas de pisca mento e ouvir o som de uma sirene. Conduziu na garagem na Noventa-sexta rua onde manteve seu carro. Scott, proprietário da garagem, estava falando ao vermelho, seu mecânico. Carmen saiu do carro.

"Noite, Sra. Renaux," Scott disse.

"Vai... a boa noite." Estava lutando para manter seus dentes de vibrar.

"Põe-na afastado para a noite?"

"Sim... sim, por favor."

O vermelho olhava o para-choque. "Você obteve um dente mau aqui, Sra. Renaux. Olha como lá é sangue nele."

Os dois homens olhavam-na. Carmen tomou uma respiração profunda. "Sim. Eu... mim bati um cervo na estrada."

"Você é afortunado ele não fez mais dano," Scott disse.

"Um amigo meu bateu um cervo, e arruinou seu carro." Sorriu. "Não fez muito para os cervos qualquer um."

"Se você apenas o porá afastado," Carmen disse

firmemente. "Certo."

Carmen andou sobre à porta da garagem, e olhou então para trás. Os dois homens estavam olhando fixamente no para-choque. Quando Carmen obteve a casa e disse David sobre a coisa terrível que tinha acontecido, tomou-a em seus braços e disse-a, "oh, meu deus! Amor, como poderia...?"

Carmen soluçando. "Eu... mim não poderia ajudá-la. Começou através do direito da estrada na frente de mim. ... Ela tem escolhido flores e..."

"S' sh! Eu sou certo que não era sua falha. Era um acidente.Temos conseguiu relatar este à polícia."

"Eu sei. Você é direito. Mim... que eu devo ter ficado lá e esperado os para vir. Mim apenas... apavorado, David. Agora é um atropelo e fuga. Mas não havia qualquer coisa que eu poderia fazer para ela. Estava inoperante. Você deve ter visto sua cara. Era terrível."

Guardou-a por muito tempo, até que quiete para baixo. Quando Carmen falou, disse provisória, "David... nós temos que ir à polícia?"

Olhou de sobrancelhas franzidas. "O que você significa?"

Lutava a histeria. "Bem, acaba-se, não é?

Nada pode trazê-la para trás. Que bom faria para que me punam? Eu não signifiquei fazê-lo. Porque não poderíamos nós apenas fingir nunca aconteceu?"

"Carmen, se seguiram nunca..."

"Como podem? Havia ninguém ao redor."

"Que sobre seu carro? Era danificou?"

"Há um dente. Eu disse o assistente que da garagem eu

bati um cervo." Estava lutando pelo controle. "David, ninguém viu que o acidente... você conhece o que me aconteceria se me prendeu e envia me à prisão? Eu perderia meu negócio, tudo eu acumulei todos estes anos, e para que? Para algo que é feito já! Acaba-se!" Começou ao soluço outra vez.

Guardou-a perto.

"S'sh! Nós veremos. Nós veremos."

Os papéis de manhã deram à história um jogo grande. O que deu adicionou o drama era o facto de que a mulher inoperante tinha estado em sua maneira a Manhattan de ser casado. New York Times cobriu-o como uma notícia reta, mas a notícia e o Newsday diários jogaram-na acima como um drama de reboco.

Carmen comprou uma cópia de cada jornal, e tornou-se horrorizada cada vez mais no que tinha feito. Sua mente foi enchida com todo o fiz terrível.

Se eu não tinha ido a Connecticut para o aniversário do meu amigo...

Se eu tinha ficado home esse dia...

Se eu não tinha tido qualquer coisa beber...

Se a mulher tinha escolhido as flores alguns segundos mais cedo ou alguns segundos depois...

Eu sou responsável para assassinar outro ser humano! Pensamento de Carmen do sofrimento terrível tinha causado a família da mulher, e a família dos seus fiança, e sentiu doente a seu estômago outra vez.

De acordo com os jornais, a polícia estava pedindo a informação de qualquer um que pôde ter um indício sobre o atropelo e fuga.

Não têm nenhuma maneira de encontrar-me, pensamento de Carmen. Tudo que eu tenho que fazer é atuar como se nada aconteceu.

Quando Carmen foi à garagem escolher acima seu carro a manhã seguinte, o vermelho estava lá.

"Eu limpei o sangue fora do carro," disse. "Você quer-me fixar o dente?"

Naturalmente! Eu devo ter pensado dele mais logo. "Sim, por favor."

O vermelho olhava-a estranha. Ou era sua imaginação?

"Scott e eu falamos sobre ele a noite passada," disse. "É engraçado, você sabe. Um cervo deve ter feito muito mais danos."

O coração de Carmen começou a bater descontroladamente. Sua boca estava de repente tão seca ela podia mal falar. "Era... um cervo pequeno."

O vermelho inclinou-se lacônica.

"Deve ter sido pequeno real."

Carmen poderia sentir seus olhos nela enquanto conduziu fora da garagem. Quando Carmen andou em seu escritório, seu secretário, Cristina, tomou um olhar nela e disse-o, "o que lhe aconteceu?"

Carmen congelou-se.

"Que... o que você significam?"

"Você olha instável. Deixe-me obter-lhe algum café."

"Agradecimentos."

Carmen andou sobre ao espelho. Sua cara olhou pálida e tirada. Estão indo saber apenas olhando me! Cristina entrou o escritório com um copo do café quente.

"Aqui. Isto fá-lo-á sentir melhor." Olhou Carmen curiosa. "É tudo toda direito?"

"Eu... mim tive um acidente pequeno ontem," Carmen disse. "Oh? Era qualquer um dano?"

Em sua mente, poderia ver a cara da mulher inoperante.

"Não. Eu… mim bati um cervo."

"Que sobre seu carro?" "Está sendo reparado."

"Eu chamarei sua companhia de seguros."

"Oh, não, Cristina, não faz por favor."

Carmen viu o olhar surpreendido nos olhos de Cristina. Era dois dias depois que a primeira letra veio:

Cara Sra. Renaux,
Eu sou o presidente da associação selvagem da proteção animal, que está na necessidade desesperada. Eu sou certo que você gostaria de nos ajudar para fora. A organização precisa o dinheiro de preservar animais selvagens. Nós estamos especialmente interessados nos cervos. Você pode prender $50.000 ao número de conta 804072-A no banco de Credita Suisse em Zurique. Eu sugeriria fortemente que o dinheiro estivesse lá dentro dos próximos cinco dias.

Era sem assinatura. Todos os e na letra eram quebrados. Incluído no envelope era um grampeamento de jornal sobre o acidente. Carmen leu a letra duas vezes. A ameaça era distinto. Agonizou sobre o que fazer. David era direito, ela pensou. Eu devo ter ido à polícia. Mas agora tudo era mais mau. Era um fugitivo. Se a encontraram agora, significaria a prisão e a desonra, assim como o fim de seu negócio.

No hora do almoço, foi a seu banco. "Eu quero prender cinquenta mil dólares a Suíça…"

Quando Carmen obteve a casa que noite, mostrou à letra a David.

Foi aturdido. "Meu deus!" disse. "Quem poderia ter

enviado este?"

"Ninguém… ninguém sabe." Era tremulina. "Carmen, alguém sabe."

Seu corpo estava contraindo-se. "Havia ninguém ao redor, David! Eu…"

"Espere um minuto. Deixe-nos tentar figurar para fora isto. Exatamente o que aconteceu quando você retornou à cidade?"

"Nada. Eu… mim pus o carro na garagem, e…"

Parou. "Você obteve um dente mau aqui, Sra. Renaux. Olha como lá é sangue nele."

David viu a expressão em sua cara. "Que?"

Disse lentamente, "o proprietário da garagem e seu mecânico estavam lá. Viram o sangue no para-choque. Eu disse-lhes eu para bater um cervo, e disseram que deve ter havido muito mais danos." Recordou algo mais. "David…"

"Sim?"

"Cristina, meu secretário. Eu disse-lhe a mesma coisa. Eu poderia ver que não me acreditou tampouco. Assim teve que ser um dos três deles."

"Não," David disse lentamente.

Olhou fixamente nele. "O que você significa?"

"Sente-se para baixo, Carmen, e escute-se me. Se alguns deles eram suspeitos de você, poderiam ter dito sua história a dúzia povos. O relatório do acidente esteve em todos os jornais. Alguém uniu dois e dois. Eu penso que a letra era um blefe, testando o. Era um erro terrível para enviar esse dinheiro."

"Mas porquê?"

"Porque agora sabem você é culpado, você não vê? Você deu-lhes a prova eles necessários."

"Oh, deus! O que deve mim faz?" Carmen pediu.

David Renaux era pensativo por um momento. "Eu tenho uma ideia como nós podemos encontrar quem estes bastardos são."

Em dez horas a seguintes manhã, Carmen e David foram assentados no escritório de Richard Ginsburg, vice-presidente banco da segurança de Manhattan do primeiro.

"E o que pode eu fazer para você, hoje?" O Sr. Ginsburg pediu.

David disse, "nós gostaríamos de verificar em uma conta bancária numerada em Zurique."

"Sim?"

"Nós queremos saber de quem conta é."

Ginsburg friccionou suas mãos através de seu queixo. "Há um crime envolvido?"

David disse rapidamente, "Não! Porque você pede?"

"Bem, a menos que houver algum tipo da atividade criminal, tal como o dinheiro de lavagem ou a quebra das leis de Suíça ou dos Estados Unidos, Suíça não violará o secretismo de suas contas bancárias numeradas. Sua reputação é construída no segredo."

"Certamente, há alguma maneira...?"

"Eu sou pesaroso. Eu estou receoso não."

Carmen e David olhados se. A cara de Carmen foi enchida com o desespero.

David aumentou. "Obrigado por seu tempo."

"Eu sou pesaroso que eu não poderia o ajudar." Acompanhou-os fora de seu escritório.

Quando Carmen conduziu na garagem de que noite, nem Scott nem o vermelho eram em torno. Carmen estacionou seu carro, e como passou o escritório pequeno, através da janela que viu uma máquina de escrever em um suporte. Parou, olhando fixamente nele, querendo saber se teve uma letra quebrada E. Eu tenho que encontrar, ela pensei.

Andou sobre ao escritório, hesitou um momento, a seguir abriu a porta e pisou interior... como se moveu para a máquina de escrever, Scott apareceu de repente fora do nada.

"Noite, Sra. Renaux," disse. "Posso eu ajudo-o?"
Girou ao redor, assustado. "Não. Eu... mim apenas deixei meu carro.

Boa noite." Apressou-se para a porta.

"Boa noite, Sra. Renaux."

Na manhã, quando Carmen passou o escritório da garagem, a máquina de escrever foi ida. Em seu lugar era um computador pessoal.

Scott viu-a olhar fixamente nele. "Agradável, huh? Eu decidi trazer este lugar no século XX."
Agora que pode o ter recursos para?

Quando Carmen disse David sobre ele que nivelando, disse pensativamente, "é uma possibilidade, mas nós precisamos a prova."

Segunda-feira de manhã, quando Carmen foi a seu escritório, Cristina esperava-a.

"É você que sente melhor, Sra. Renaux?"

"Sim. Obrigado."

"Era ontem meu aniversário. Olhe o que meu marido me obteve!" Andou sobre a um armário e retirou um revestimento de visom luxuoso. "Não é bonito?"

18

Jennifer Stanley apreciou ter Susan como um companheiro de quarto. Era sempre optimista e divertimento e alegre. Tinha tido uma união má e tinha jurado nunca para obter outra vez envolvida com um homem. Jennifer não era certo a definição de que Susan de nunca era, porque pareceu ser para fora com um homem diferente cada semana.

"Os homens casados são o melhor." Susan filosofou.

"Sentem culpados, assim que estão comprando-o sempre presentes. Com um único homem, você tem que perguntar-se que, porque é ainda escolha?"

Disse a Jennifer, "você não está datando qualquer um, é você?"

"Não" Jennifer pensou dos homens que tiveram quiseram a remover. "Eu não quero sair apenas para a saída, Susan. Eu tenho que ser com alguém cuidado de I realmente aproximadamente."

"Bem, tenha-me obteve um homem para você!" Susan disse.

"Você está indo amá-lo! Seu nome é Tom Vogel. Eu disse-lhe que toda sobre você, e ele está morrendo para o encontrar."

"Eu realmente não penso…"

"Perorá-lo-á amanhã à noite em oito horas."

Tom Vogel era alto, muito alto, em um apelo, maneira desajeitado. Seu cabelo era grosso e escuro, e seu sorriso explodido desarmamento porque olhou Jennifer.

"Susan não estava exagerando. Você é um KO!"

"Obrigado," Jennifer disse. Sentiu pouco arrepio do prazer.

"Tenha-o nunca sido a Houston?"

Era um dos restaurantes os mais finos em Miami.

"Não" a verdade era que não poderia ter recursos para comer em Houston. Com o aumento tinha sido dada nem sequer.

"Bem, isso é o lugar onde nós temos uma reserva."

No comensal, Tony falou na maior parte sobre si mesmo, mas Jennifer não se ocupou. Era divertido e encantador. "É lindo gota-inoperante," Susan tinha dito. E era.

O comensal era delicioso. Para a sobremesa, Jennifer tinha pedido o suflê do chocolate e Tom teve o gelado. Porque eram atrasados sobre o café, pensamento de Jennifer, está indo convidar-me a seu apartamento, e se faz, mim irá? Não.

Eu não posso fazer aquele. Não na primeira data. Pensará que eu sou barato. Quando nós saímos a próxima vez…

A verificação chegou. Tony fez a varredura d e disse-a, "olha direito." Tiquetaqueou fora os artigos na verificação.

"Você teve a pasta e a lagosta…"

"Sim."

"E você comeram as batatas fritas e a salada, e o suflê, direito?"

Olhou-o, confundido. "Que é direito…"

"Aprovado." Fez alguma adição rápida. "Sua parte da conta é cinquenta dólares e quarenta centavos."

Jennifer sentou-se lá em choque. "Eu imploro seu perdão?"

Tom sorriu. "Eu sei o independente você mulheres é hoje. Você não deixará indivíduos faz qualquer coisa para você, você? Lá," disse magnanimamente, "eu tomarei de sua parte da ponta."

"Eu sou pesaroso que não dou certo." Susan desculpou-se.

"É realmente um mel. É você que vai vê-lo outra vez?"

"Eu não posso tê-lo recursos para," Jennifer disse amargamente.

"Bem, eu tenho alguma outra pessoa para você. Você amará…"

"Não Susan, eu realmente não quero…"

"Confie-me."

Paul Raley era um homem em seus anos 30 atrasados e, Jennifer teve que admitir, bastante atrativo. Tomou-a ao restaurante de Jennie no monte histórico da morango, famoso para seu alimento croata autêntico.

"Susan fez-me realmente um favor," Raley disse. "Você é muito bonito."

"Obrigado."

"Fez Susan dizem-no que eu tenho uma agência de propaganda?"

"Não. Não fez."

"Oh, sim. Eu tenho uma das empresas as mais grandes

na cidade de Florida. Todos conhece-me."

"Que é agradável. Eu…"

"Nós tratamos alguns dos clientes os mais grandes no país."

"Você faz? Eu não sou…"

"Oh, sim. Nós seguramos celebridades, bancos, grandes negócios, lojas de cadeia…"

"Bem, I…"

"… supermercados. Você nomeia-o, nós representa-os todos."

"Que é…"

"Deixe-me dizer-lhe como eu obtive começado…"

Nunca parou de falar durante o comensal, e o único assunto era Paul Raley.

"Era provavelmente apenas nervoso." Susan desculpou-se.

"Bem, eu posso dizê-lo, fez-me nervoso. Se há qualquer coisa que você quer saber sobre a vida de Paul Raley desde o dia era nascido, apenas pergunte-me!"

"De milhas Jim."

"Que?"

"De milhas Jim. Eu apenas recordei. Usou até agora uma amiga de meus. Era absolutamente louca sobre ele."

"Agradecimentos, Susan, mas não" "eu estou indo chamá-lo."

A seguinte noite, milhas de Jim apareceu. Era vista agradável, e teve um doce e uma personalidade de contrato. Quando andou na porta e olhou Jennifer, disse ele, "mim saiba que os encontros às cegas são sempre difíceis. Eu sou um pouco tímido eu mesmo, assim que eu sei você deve sentir, Jennifer."

Gostou dele imediatamente.

Foram ao restaurante chinês sempre-verde na avenida do estado para o comensal.

"Você trabalha para uma empresa arquitetônica. Isso deve ser emocionante. Eu não penso que os povos realizam como os arquitetos importantes são."

É sensível, Jennifer pensou feliz. Sorriu. "Eu não poderia concordar com você mais."

A noite era deliciosa, e mais que falaram, mais a Jennifer gostou dele. Decidiu ser corajosa.

"Você gostam de vir para trás a meu apartamento para um saideira?" pediu.

"Não. Deixe-nos ir para trás a meu lugar."

"Seu lugar?"

Inclinou-se para a frente e espremeu-se sua mão. "Que é onde eu mantenho os chicotes e as correntes."

O caminhante de Alan possuiu uma empresa de contabilidade na construção onde John, Mark & Thomson fossem divididos. Duas ou três manhãs um a semana, Jennifer encontrar-se-iam no elevador com ele. Pareceu um agradável-bastante homem. Estava em seus anos 30, quietamente inteligente-olhando, de cabelo arenoso, e vestiu vidros orlara-os preto.

O conhecimento começou com os assentimentos polidos, a seguir "bom dia," então "você está olhando hoje muito bom," e após alguns meses, "eu quero saber se você gostaria de ter o comensal comigo alguma noite?" Olhava-a apaixonadamente, esperando uma resposta.

Jennifer sorriu. "Toda certo."

Era amor imediato na divisória de Alan. Em sua primeira data, tomou Jennifer a EBT, um dos restaurantes superiores em Miami. Foi excitado obviamente para ser para fora com ela.

Disse-lhe um pouco sobre si mesmo. "Eu era nascido certo aqui em bom Miami velho. Meu pai era nascido aqui, demasiado. A bolota não cai longe do carvalho. Você conhece o que eu significo?"

Jennifer conheceu o que significou.

"Eu soube sempre que eu quis ser um contador. Quando eu obtive extraescolar, eu fui trabalhar para o Biden & Benson Financeiro Corporação. Agora eu tenho minha própria empresa."

"Que é agradável," Jennifer disse.

"Que é sobre tudo há dizer sobre mim. Diga-me sobre você."

Jennifer era silenciosa por um momento. Eu sou a filha ilegítima de um dos homens os mais ricos no mundo. Você ouviu-o provavelmente. Apenas morre em um acidente. Eu sou uma herdeira a sua propriedade. Olhou em torno da sala elegante. Eu poderia comprar este restaurante, se eu quis a. Eu poderia provavelmente comprar esta cidade inteira, se eu quis a.

Henry estava olhando fixamente nela. "Jennifer?"

"Oh! Eu… mim sou pesaroso. Eu era nascido em Milwaukee. Meu… meu pai morreu quando eu era novo. Meus mãe e eu viajamos em torno do país muito. Quando passou afastado, eu decidi ficar aqui e obter um trabalho." Eu espero que meu nariz não está crescendo.

O caminhante de Alan pôs ceder dela. "Assim você nunca teve um homem para tomar de você." Inclinou-se para a frente e disse-se seria, "eu gostaria de tomar de você para os restos da sua vida."

Jennifer olhou-o na surpresa. "Eu não significo soar como o dia de Dóris, mas nós conhecemo-nos mal."

"Eu quero mudar aquele."

Quando Jennifer obteve a casa, Susan esperava-a.

"Bom?" pediu. "Como fez sua data vá?"

Jennifer disse-o, pensativamente, "é muito doce, e…"

"É louco sobre você!"

Jennifer sorriu. "Eu penso que propôs."

Os olhos de Susan alargados. "Você pensa que propôs? Meu deus! Você não sabe se o homem propor ou não?"

"Bem, disse que quis tomar para o resto da minha vida de mim."

"Que é uma proposta!" Susan exclamou. "Que é uma proposta! Case-o! Rapidamente! Case-o antes que mude sua mente!"

Jennifer riu. "O que é a pressa?"

"Escute-me. Convide-o aqui para o comensal. Eu cozinhá-lo-ei, e você diz-lhe que você o fez."

Jennifer riu. "Obrigado. Não. Quando eu encontro o homem que eu quero se casar, nós podemos comer o alimento chinês fora das caixas, mas acreditamos-me, a tabela de comensal será ajustada belamente com flores e luz de vela."

Na sua próxima data, Alan disse, "você sabe, Miami é um grande lugar a trazer acima caçoa."

"Sim, é." O único problema de Jennifer era que não era certo que quis trazer acima suas crianças. Era seguro, aceitável, sóbrio, mas…

Discutiu-o com a Susan.

"Mantem-se perguntar-me que para o casar," Jennifer disse. "O que é como?"

Pensou por um momento, tentando pensar das coisas as mais românticas e as mais emocionantes poderia dizer sobre o caminhante de Alan. "É seguro, sóbrio, aceitável…"

Susan olhou-a um momento. "Ou seja é maçante."
Jennifer disse defensiva, "não é exatamente maçante…"
Susan inclinou-se, sabiamente. "É maçante. Case-o."

"Que?"

"Case-o. Os bons maridos maçantes são difíceis de encontrar."

Obter de um dia de pagamento ao seguinte era um campo de minas financeiro. Havia umas deduções do pagamento, e um aluguel, e umas despesas do automóvel, e uns mantimentos, e uma roupa a comprar. Jennifer possuiu Toyota, e pareceu-lhe que gastou mais nele do que ela fez si mesma. Pedia constantemente o dinheiro de Susan.

Uma noite, quando Jennifer estava obtendo vestida, Susan disse,

"É uma outra noite grande de Alan, huh? Onde está que toma o hoje à noite?"

"Nós estamos indo à sinfonia Salão. Cléo Laine está executando."

"Tem Alan idoso propor outra vez?"

Jennifer hesitou. A verdade era que Alan propôs que todas as vezes fossem junto. Sentiu exercida pressão sobre, mas não poderia trazer-se dizer sim.

"Não o perca," Susan advertiu.

Susan é provavelmente direita, pensamento de Jennifer. O caminhante de Alan faria um bom marido. É… ela hesitou. É seguro, sóbrio, aceitável… é que bastante?

Enquanto Jennifer estava saindo a porta, Susan chamou, "pode mim pede suas sapatas pretas?"

"Certo." E Jennifer foi ida.

Susan entrou no quarto de Jennifer e abriu a porta de armário. O par de sapatas que quis estava na prateleira superior. Enquanto alcançou para elas, uma caixa de cartão que se sentasse precária na prateleira caiu para baixo, e seus índices derramou para fora por todo o lado no assoalho.

"Dum raio!" Susan dobrou-se para baixo para recolher acima os papéis.

Consistiram em dúzias de grampeamentos de jornal, de fotografias, e de artigos, e eram toda sobre a família de Robert Stanley. Pareceu haver umas centenas deles.

De repente, Jennifer veio apressando-se de novo na sala. "Eu esqueci o meu…" Parou enquanto viu os papéis no assoalho. "O que são você que faz?"

"Eu sou pesaroso." Susan desculpou-se. "A caixa caiu para baixo." Corar, Jennifer dobrou-se para baixo e começou-se pôr os papéis para trás na caixa.

"Eu não tive nenhuma ideia que você estava tão interessado no rico e famoso," Susan disse.

Silenciosamente, Jennifer manteve-se empurrar os papéis na caixa.

Porque recolheu um punhado das fotografias, veio através ouro pequeno de um medalhão coração-dado forma que sua mãe lhe desse antes que morreu. Jennifer pôs o medalhão de lado.

Susan estudava-a, confundido. "Jennifer?"

"Sim."

"Porque é você interessado assim em Robert Stanley?"

"Eu não sou. Eu… isto era minha mãe."

Susan encolher de ombros. "Aprovado." Alcançou para um papel. Era de um compartimento do escândalo, e o título travou seu olho: O EMPRESÁRIO BEM

SUCEDIDO OBTEM A EDUCADORA OUT-OF-WEDLOCK-MOTHER CARREGADO PREGNANT-BABY DAS CRIANÇAS E O BEBÊ DESAPARECE!

Susan estava olhando fixamente em Jennifer, de boca aberta. "Meu deus! Você é filha de Robert Stanley!"

A boca de Jennifer apertada. Agitou sua cabeça e continuou a pôr os papéis para trás.

"Não é você?"

Jennifer parou. "Por favor, eu um pouco não falaria sobre ela, se você não se ocupa."

Susan saltou a seus pés. "Você um pouco não falaria sobre ela? Você é a filha de um dos homens os mais ricos no mundo, e você um pouco não falaria sobre ele? É você insano?"

"Susan…"

"Você conhece quanto valeu? Biliões."

"Que não tem nada fazer comigo."

"Se você é sua filha, tem tudo a fazer com você. Você é uma herdeira! Tudo que você tem que fazer é dizer a família que você é, e…"

"Não"

"Nenhum… que?"

"Você não compreende." Jennifer aumentou e afundou-se então para baixo na cama. "Robert Stanley era um homem terrível. Abandonou minha mãe, ditou-o, e eu deito-o."

"Você não deia qualquer um com esse muito dinheiro. Você compreende-os."

Jennifer agitou sua cabeça. "Eu não quero qualquer parte deles."

"Jennifer, herdeiras não vive em apartamentos sujo e não compra a roupa no desconto, e em empréstimo para pagar o aluguel. Sua família diariamente saber que você vive como este. Seriam humilhados."

"Sabem nem sequer que eu estou vivo."

"Então o você tem conseguiu dizer-lhes."

"Susan…"

"Sim?"

"Deixe cair o assunto." Susan olhou-a por muito tempo.

"Certo. A propósito, você não poderia emprestar-me milhão ou dois até o dia de pagamento, poderiam você?"

19

Thomas continuou a ser desesperado. Sua movimentação do humor era fora do controle. Para as últimas vinte e quatro horas, tem discado o número home de Connie, e não tinha havido nenhuma resposta. O quem é com? Thomas agonizou. Que está fazendo?

Pegarou o telefone e discou-o mais uma vez.

O telefone soou por muito tempo, e apenas porque Thomas estava a ponto de pendurar acima, ouviu a voz de Connie.

"Olá!"

"Connie! Como é você?"

"Quem é este?"

"É Thomas."

"Thomas?" Havia uma pausa. "Oh, sim."

Thomas sentiu uma pontada da decepção.

"Como é você?"

"Fino," Connie disse.

"Eu disse-o que eu estava indo ter uma surpresa

maravilhosa para você."

"Sim?" Soou furada.

"Você recorda o que você me disse sobre ir a St Tropez em um iate branco bonito?"

"Que sobre ele?"

"Como você gosta de sair no próximo mês?" "É você sério?"

"Você apostou que eu sou."

"Bem, eu não sei. Você tem obteve um amigo com um iate?"

"Eu estou a ponto de comprar um iate."

"Você não está em algo, é você, juiz?"

"Em...? Não, não! Eu apenas entrei algum dinheiro. Muito dinheiro."

"St Tropez, huh? Sim, isso soa grande. Certo, eu amaria ir com você."

Thomas sentiu um sentido de relevo profundo. "Maravilhoso! Entrementes, não faz... "não poderia trazer-se mesmo pensar sobre ele. "Eu serei em contato com você, Connie." Substituiu o receptor e sentou-se na borda de sua cama. "Eu amaria ir com você." Poderia visualizar os dois deles em um iate bonito, cruzando em todo o mundo junto. Junto.

Thomas pigarrou a lista telefónica e girou-a para os Páginas amarelas.

Os escritórios de John Alden Iate, Inc., são situados no cais do anúncio publicitário de Los Angeles. O gerente de vendas veio até Thomas enquanto entrou.

"O que podem mim fazer para você hoje, senhor?"

Thomas olhou-o, e disse-o ocasional, "eu gostaria de comprar um iate." As palavras rolaram fora de sua língua.

O iate do seu pai seria provavelmente parte da

propriedade, mas Thomas não teve nenhuma intenção de compartilhar um navio com seus irmão e irmã.

"Motor ou vela?"

"Eu... era... mim não sou certo. Eu quero poder circundar o mundo nele."

"Nós estamos falando provavelmente o motor."

"Deve ser branco."

O gerente de vendas olhado lhe estranha. "Sim, naturalmente. Como grande um barco você teve na mente?"

Os céus azuis são cem e oitenta pés. "Dois cem pés."

O gerente de vendas piscado. "Ah. Eu ver. Naturalmente, um iate gosta que seja muito caro, Sr..... Era..."

"Juiz Stanley. Meu pai era Robert Stanley."

A cara do homem iluminada acima.

"O dinheiro não é nenhum objeto," Thomas disse.

"Certamente não! Bem, juiz Stanley, nós estamos indo encontrá-lo um iate que todos deseje. Branco, naturalmente. Entrementes, está aqui uma carteira de alguns iate disponíveis. Chame-me quando você decide qual você está interessado."

Billy Stanley estava pensando sobre pôneis de polo. Toda sua vida tinha tido que montar os pôneis dos seus amigos, mas agora poderia ter recursos para comprar a corda a mais fina no mundo. Estava no telefone, falando a Nicole Carson.

"Eu quero comprar seus pôneis," Billy disse. Sua voz foi enchida com o excitamento. Escutou um momento. "Que é direito, o estábulo do todo. Eu sou muito sério. Direito..."

A conversação durou meias horas, e quando Billy

substituiu o receptor, estava sorrindo. Foi encontrar Anita. Foi assentada apenas na varanda. Billy poderia ainda ver as equimoses em sua cara onde a tinha batido.

"Anita..."

Olhou acima, confundido.

"Sim?"

"Eu tenho que falar-lhe. Eu... mim não sei onde começar." Sentou-se lá, esperando. Tomou uma respiração profunda.

"Eu sei que eu fui um marido podre. Algumas das coisas que eu fiz são imperdoáveis. Mas, amor, tudo que está indo mudar agora. Você não vê? Nós somos ricos. Realmente rico. Eu quero fazer tudo até você." Tomou sua mão. "Eu estou indo para sair drogas está vez. Eu sou realmente. Nós estamos indo ter uma vida diferente inteira."

Olhou em seus olhos, e disse sem emoção, "é nós, Billy?"

"Sim. Eu prometo. Eu sei que eu disse a antes, mas está vez onde está indo realmente trabalhar. Eu como minha mente. Eu estou indo a uma clínica em algum lugar onde podem me curar. Eu quero sair deste inferno que eu estive dentro. Anita..." Havia um desespero em sua voz. "Eu não posso fazê-la sem você. Você sabe que eu não posso..."

Olhou-o uns muitos tempos, e embalou-o então em seus braços. "Bebê pobre. Eu sei," sussurrou.

"Eu sei. Eu ajudá-lo-ei..."

Era hora para Mary Perkins de sair.

Thomas encontrou-a no estudo. Ele fechado a porta. "Eu apenas quis agradecer-lhe outra vez, Mary."

Sorriu. "Foi divertimento. Eu tive realmente uma boa estadia."

Olhou acima nele maliciosamente. "Talvez eu devo transformar-se uma atriz."

Sorriu. "Você seria bom nela. Você enganou certamente está audiência."

"Eu fiz, não fiz eu?"

"Está aqui o resto de seu dinheiro." Tomou um envelope fora de seu bolso. "E seu bilhete plano de volta a San Francisco."

"Obrigado."

Olhou seu relógio. "Você deve obter indo."

"Direito. Eu apenas quero-o saber que eu aprecio tudo. Eu significo, você está obtendo-me fora da prisão e de tudo." Sorriu. "Que é toda direito. Tenha uma boa viagem."

"Agradecimentos."

Olhou-a ir em cima embalar. O jogo acabava-se. Verificação e xeque-mate.

Mary Perkins estava em sua embalagem do revestimento do quarto quando Carmen andou dentro.

"Olá! Jennifer. Eu apenas quis..." Parou. "O que são você que faz?"

"Eu estou indo em casa."

Carmen olhou-a na surpresa. "Tão logo? Por que? Eu era esperando nós pude passar alguma hora junto e obtê-la familiar. Nós temos tão muitos anos a alcançar sobre."

"Certo. Bem, alguma outra hora."

Carmen sentou-se na borda da cama. "É como um milagre, não é? Encontrando-se após todos estes anos?"

Mary foi sobre com sua embalagem.

"Sim. É um milagre, toda certo."

"Você deve sentir como Cinderela. Eu significo, um minuto onde você está vivendo uma vida perfeitamente média e o próximo minuto alguém entrega-lhe bilhão dólares."

Mary parou sua embalagem. "Que?"

"Eu disse…"

"Bilhão dólares?"

"Sim. De acordo com a vontade do pai, aquele é o que nós cada um herdamos."

Mary olhava Carmen, aturdido. "Nós cada um obtemos bilhão dólares?"

"Não o disseram?"

"Não," Mary disse lentamente. "Não me disseram." Havia uma expressão pensativa em sua cara. "Você sabe, Carmen, você é direito. Talvez nós devemos obter melhor familiares."

Thomas estava no solário, olhando fotografias dos iate, quando Damon o aproximou.

"Desculpe-me, juiz Stanley. Há um telefonema para você."

"Eu tomá-lo-ei dentro aqui."

Era Lynda Powell em San Francisco. "Thomas?"

"Sim."

"Eu tenho alguma realmente grande notícia para você!"

"Oh?"

"Agora que eu me estou aposentando cedo, como você gosta de ser apontado juiz principal?"

Era todo o Thomas podia fazer para manter-se de risadinhas.

"Que seria maravilhoso, Lynda."

"Bem, é seu!"

"Eu… mim não conheço o que dizer." Que devo eu dizer? "Os multimilionário não se sentam no banco em um pequeno sujo sala do tribunal em San Francisco, distribuindo frases aos desajustes do mundo"? Ou "eu serei navegação demasiado ocupada em todo o mundo em meu iate"?

"Como logo pode você receber de volta a San Francisco?"

"Será um quando," Thomas disse. "Eu tenho muito para fazer aqui."

"Bem, nós tudo estaremos esperando-o."

Não guardar sua respiração. "Adeus." Substituiu o receptor e olhou para seu relógio. Era hora para que Mary sã para o aeroporto. Thomas foi em cima ver se estava pronta.

Quando andou no quarto de Mary, desembalava sua mala de viagem.

Olhou-a na surpresa. "Você não está pronto."

Olhou acima nele e sorriu. "Não. Eu estou desembalando. Eu tenho pensado, mim gosto d aqui. Talvez eu devo ficar por algum tempo."

Olhou de sobrancelhas franzidas. "Que você está falando sobre? Você está travando um plano a San Francisco."

"Haverá um outro plano avante, juiz." Sorriu. "Talvez eu comprarei mesmo meus próprios."

"O que são você que diz?"

"Você disse-me que você me quis o ajudar a jogar um gracejo pequeno em alguém."

"Sim?"

"Bem, o gracejo parece estar em mim. Eu valho a pena bilhão dólares."

A expressão de Thomas endurecida. "Eu quero-o sair de aqui. Agora!"

"Faz você? Eu penso que eu irei quando eu estou

pronto," Mary disse. "E eu não estão prontos."

Thomas esteve lá, estudando a. "O que... o que é ele você quer?"

Inclinou-se: "Que é melhor. Os bilhão dólares que eu sou supor obter. Você estava planeando mantê-lo para o senhor mesmo, direito? Eu figurei que você puxava um embuste pequeno para pegara algum dinheiro extra, mas bilhão dólares! Aquele é um jogo de bola diferente. Eu penso que eu mereço uma parte daquele."

Havia uma batida na porta do quarto. "Desculpe-me," Damon disse. O "almoço é servido." Mary girou para Thomas.

"Você vai avante. Eu não me estarei juntando lhe. Eu tenho algumas tarefas importantes à corrida."

Mais tarde que a tarde, pacotes começou a chegar no monte de Rosa. Havia caixas dos vestidos de Armani, do esporte juro do boutique de Stacy, da roupa interior do pântano de Jordânia, de um revestimento de zibelina de Neiman Davidus, e de um bracelete do diamante de Cartier. Todos os pacotes foram endereçados à senhorita Jennifer Stanley.

Quando Mary andou na porta em quatro e meia, Thomas estava esperando para confrontá-la, furioso.

"O que você pensam você está fazendo?" exigiu. Sorriu. "Mim necessário algumas coisas. Apesar de tudo, sua irmã tem que ser bem vestido, não faz? Está surpreendendo quanto crédito uma loja lhe dará quando você é um Stanley. Você tomará das contas, não você?"

"Jennifer..."

"Mary." Lembrou-o. "A propósito, eu vi as imagens dos iate na tabela. É você planeamento para comprar um?"

"Que não é nenhuns de seu negócio."

"Não seja demasiado certo. Talvez você e eu tomaremos um cruzeiro. Nós nomearemos o iate Mary. Ou devemos nós nomeá-lo Jennifer? Nós podemos circundar o mundo junto. Eu não gosto de estar sozinho."

Thomas pensou por um momento. "Parece que eu o subestimei. Você é uma jovem mulher muito inteligente."

"Vir de você, de que é um cumprimento grande."

"Eu espero que você é igualmente uma jovem mulher razoável." "Que depende. O que você chamam razoável?"

"Um milhão de dólares. Dinheiro."

Seu coração começou a bater mais rapidamente. "E eu posso manter as coisas que eu comprei hoje?"

"Todo."

Tomou uma respiração profunda. "Você tem um negócio."

"Bom. Eu obter-lhe-ei o dinheiro tão rapidamente como eu posso. Eu estarei indo para trás a San Francisco nos próximos dias." Tomou uma chave de seu bolso e entregou-lhe. "Está aqui a chave a minha casa. Eu quero-o ficar lá e esperar-me. E não fale: a qualquer um."

"Toda certo." Tentou esconder seu excitamento. Talvez eu devo ter pedido mais, ela pensei.

"Eu registrá-lo-ei no plano seguinte fora de aqui." "O que sobre as coisas eu comprei...?"

"Eu tê-los-ei enviada sobre a você."

"Bom. Hey, nós ambos saímos deste grande, não fizemos nós?" Inclinou-se.

"Sim. Nós fizemos."

Thomas tomou Mary ao aeroporto internacional para vê-la fora de.

No aeroporto, disse, "que você está indo dizer ao outro? Sobre minha sair, eu significo."

"Eu dir-lhes-ei que você teve que ir visita um amigo muito bom que se torne doente, um amigo em América do Sul."

Olhou-o melancolicamente. "Você quer conhecer algo, juiz? Que a viagem da vela seria divertimento."
Sobre o altifalante, seu voo era chamado.

"Que é mim, eu supor."

"Tenha um voo agradável."

"Agradecimentos. Eu vê-lo-ei em San Francisco."

Thomas olhou-a entrar no terminal das partidas e esteve-o lá, esperando até que o plano descolou. Então foi para trás à limusina e disse ao motorista, de "ar Bell."

Quando Thomas chegou para trás na casa, foi diretamente a sua sala e chamou Chefe Julgamento Lynda Powell.

"Nós somos todos que esperam o, Thomas. Quando você está voltando? Nós estamos planeando uma celebração pequena em sua honra."

"Muito logo, Lyn," Thomas disse. "Entrementes, eu poderia usar sua ajuda com um problema que eu corri hein."

"Certamente. O que pode mim fazer para você?"

"É sobre um criminoso que eu tentei ajudar. Mary Perkins. Eu acredito que eu o disse sobre ela."

"Eu recordo. O que é o problema?"

"A mulher pobre enganou-se que acredita na ela é minha irmã. Seguiu-me a Los Angeles e tentou-o assassinar-me."

"Meu deus! Isso é terrível!"

"Está em sua maneira de volta a San Francisco agora, Lyn.

Roubou a chave a minha casa, e eu não conheço o que planeia fazer em seguida. A mulher é uma excêntrica perigoso. Ameaçou matar minha família inteira. Eu quero-a cometi a San Francisco a instalação sanitária mental. Se você me enviará os papéis do compromisso, eu assiná-la-ei. Eu arranjarei para seus exames psiquiátricas eu mesmo."

"Naturalmente. Eu tomarei dele imediatamente, Thomas."

"Eu apreciarei. Está no voo 307 de United Airlines. Chega e oito e quinze m hoje à noite. Eu sugiro que você tenha povos lá no aeroporto para a pegara. Diga-lhes para ser cuidadoso. Deve ser posta na segurança máxima em San Francisco, e não ser permitida nenhuns visitantes."

"Eu ver-lhe-ei. Eu sou pesaroso que você teve que atravessar este, Thomas."

Havia uma encolho de ombros na voz de Thomas. "Você conhece o que dizem, Lyn: "Nenhuma boa ação, não importa como pequeno, vai não-castigado."

No comensal que a noite, Carmen pediu, "não é Jennifer que junta-se a nos hoje à noite?"

Thomas disse lamentavelmente, "infelizmente, não. Pediu que eu dissesse-lhe adeus. Foi tomar de um amigo em América do Sul que teve um curso. Era um pouco repentina."

"Mas a vontade não foi…"

"Jennifer deu-me seu poder do advogado e quer-me arranjar para que sua parte entre em um fundo fiduciário."

Um empregado colocou uma bacia de clam chowder de Los Angeles na frente de Thomas.

"Ab," disse. "Esse olhares deliciosos! Eu sou hoje à noite com fome."

United Airlines migra 307 fazia sua aproximação final

ao aeroporto internacional LAX na programação. Uma voz metálica veio sobre o altifalante. "Senhoras e senhores deputados, você prenderia seus cintos de segurança, por favor?"

Mary Perkins tinha apreciado o voo tremenda. Tinha gastado na maioria das vezes o sonho sobre o que era ir fazer com os milhão dólares e a toda a roupa e joia tinha comprado. E tudo porque eu fui rebentado! Não é que um pontapé!

Quando o plano aterrou, Mary recolheu as coisas que tinha continuado a placa e a tinha começado andar abaixo da rampa. Um comissário de voo ficado diretamente atrás dela. Perto do plano eram uma ambulância, flanqueada por dois paramédicos nos revestimentos brancos, e um doutor. O comissário de voo viram-nos e o aguçado a Mary. Enquanto Mary pisou fora da rampa, um dos homens aproximou-a.

"Desculpe-me," disse.

Mary olhou acima nele.

"Sim?"

"É você Mary Perkins?"

"Porque, sim. O que é...?"

"Eu sou Dr. Zimmerman." Tomou seu braço. "Nós gostaríamos de você de vir conosco, por favor." Começou conduzi-la para a ambulância.

Mary tentou empurrar afastado. "Espere um minuto! O que são você que faz?"

Outros dois homens tinham-se transportado a um ou outro lado dela para guardara seus braços.

"Apenas vindo avante quietamente, senhorita Perkins," o doutor disse. "Ajuda!" Mary gritou. "Ajude-me!"

Os outros passageiros estavam estando lá, bocejando.

"O que é a matéria com você?" Mary gritou.

"É você cego? Eu estou sendo sequestrado! Eu sou Jennifer Stanley!

Eu sou filha de Robert Stanley!"

"Naturalmente, você é," o Dr. Zimmerman disse suavemente. "Apenas acalme para baixo."

Os observadores olhados na admiração como Mary foram levados na parte traseira da ambulância, retrocedendo e gritando.

Dentro da ambulância, o doutor removeu uma seringa e pressionou a agulha no braço de Mary. "Relaxe," disse. "Tudo está indo ser toda direito."

"Você deve ser louco!" Mary disse. "Você deve ser…"

Os olhos começou a inclinar-se.

As portas da ambulância fechados, e a ambulância apressaram-se afastado.

Quando Thomas obteve o relatório, riu para fora ruidosamente. Poderia visualizar o filho da puta que está sendo levado fora. Arranjaria para que seja mantida em uma instalação sanitária mental para o resto de sua vida. Agora o jogo acaba-se realmente, ele pensou. Eu fi-lo!

O ancião viraria em sua sepultura se ainda teve um, se soube que eu obtinha o controle de empresas de Stanley. Eu darei a Connie tudo que sonhou nunca de. Perfeito. Tudo era perfeito. Os eventos do dia tinha enchido Thomas com um excitamento sexual. Eu preciso algum relevo. Abriu sua mala de viagem e, da parte de trás dela, removeu uma cópia da lista de endereços da ameixa. Havia muitas barras alistadas em Los Angeles. Escolheu a tira do pôr do sol. Eu saltarei o comensal. Eu irei em linha reta ao clube. E então pensou que uma surpresa!

Jennifer e Susan estavam obtendo vestidas para ir

trabalhar. Susan pediu,

"Como era sua data com Henry a noite passada?"

"O Scott."

"Que mau, huh? As proclamas de casamento da união foram afixadas ainda?"

"O deus, proíbe!" Jennifer disse. "Henry é doce, mas…" Suspirou. "Não é para mim."

"Não pôde ser," Susan disse, "mas estes são para você." Entregou a Jennifer cinco envelopes.

Eram todas as contas. Jennifer abriu-os. Três deles eram EXPIRADO dividido e outra era TERCEIRA OBSERVAÇÃO dividida. Jennifer estudou-os um momento.

"Susan, eu quero saber se você poderia me emprestar…"

Susan olhou-a na perplexidade. "Eu não o compreendo."

"O que você significa?"

"Você está trabalhando como 'um escravo de galera, você não pode pagar suas contas, e tudo que você tem que fazer é levantar seu dedo pequeno e você poderia vir acima com alguns milhão dólares, para dar ou para tomar alguns mudam."

"Não é meu dinheiro."

"Naturalmente é seu dinheiro!" Susan agarrou. "Robert Stanley era seu pai, não era? Por conseguinte, você é autorizado a uma parte de sua propriedade. E eu não uso a palavra por conseguinte muito frequentemente."

"Esqueça-a. Eu disse-lhe como tratou minha mãe. Não me deixaria uma moeda de dez centavos."

Susan suspirou. "Dum raio! E eu estava olhando para a frente à vida com um milionário!"

Andaram para baixo ao parque de estacionamento onde mantiveram seus carros. O espaço de Jennifer estava vazio.

Olhou fixamente nele em choque. "Foi!"

"É você certo você estacionou seu carro aqui a noite passada?" Susan pediu.

"Sim."

"Alguém roubou-o!"

Jennifer agitou sua cabeça. "Não," disse lentamente. "O que você significa?"

Girou para olhar Susan. "Devem tê-la reavido. Eu sou três pagamentos atrás."

"Maravilhoso," Susan disse oito e quinze. "Que é apenas maravilhoso."

Susan era incapaz de obter a situação do seu companheiro de quarto fora de sua mente. É como um conto de fadas, pensamento de Susan. Uma princesa que não a conheça é uma princesa. Somente neste caso, conhece-a, mas é demasiado orgulhosa fazer qualquer coisa sobre ele. Não é justo! A família tem tudo que o dinheiro, e não têm nada. Bem, se não fará algo sobre ele, o poço da nada de I vai faz4e-lo. Agradecer-me-á para ele.

Que nivelando, depois que Jennifer saiu, Susan examinou a caixa dos grampeamentos outra vez. Removeu um artigo de jornal recente que menciona que os herdeiro de Stanley tinham ido para trás ao ar de Bell para os serviços fúnebres.

Se a princesa não lhes irá, pensamento de Susan, estão indo vir à princesa.

Sentou para baixo e começou a escrever uma letra. Foi endereçada para julgar Thomas Stanley.

20

Thomas Stanley assinou os papéis do compromisso postos Mary Perkins na instalação sanitária mental de San Francisco. Três psiquiatras foram exigidos concordar ao compromisso, mas Thomas conheceu aquele que seria fácil para que segure.

Reviu tudo que tinha feito desde o in3cio, e decidido que não tinha havido nenhuma falha em seu plano. Donald tinha desaparecido em Austrália, e Mary Perkins tinha sido dispor. Isso deixou ribeiros de Henry, mas não seria nenhum problema. Todos teve um salto de Achilles, e sua era sua família estúpida. Não, ribeiros nunca falará porque não poderia carregar o pensamento de passar sua vida na prisão, longe das suas caras.

A vontade minúscula legitimação, eu retornarei a San Francisco e pigarrarei Connie. Talvez nós compraremos mesmo uma casa em St Tropez. Começou a obter despertado no pensamento. Nós navegaremos em todo o mundo em meu iate. Eu tenho quis sempre ver Veneza… e Positano… e Capri… Nós iremos no safari em Kenya, e vemos o Taj Mahal junto no luar. E quem eu devo todo o este? Ao paizinho. Caro paizinho idoso.

"Você é um filho da puta, Thomas, e você será sempre. Eu não sei o inferno qualquer coisa como você veio de meus lombo…"

Bem, quem tem o último riso agora, pai?

Thomas foi em baixo juntar-se a seus irmão e irmã para o almoço. Estava com fome outra vez.

"É realmente uma pena que Jennifer tenha que deixar tão rapidamente,"

Carmen disse. "Eu gostaria de ter conhecido seu melhor."

"Eu sou certo que planeia retornar assim que puder," David disse.

Isso é certamente verdadeiro, pensamento de Thomas. Certificar-se-ia que nunca saiu.

A conversa girada para o futuro.

Anita disse, cautelosamente, "Billy está indo comprar um grupo de pôneis de polo."

"Não é um grupo!" Billy agarrou. "É uma corda. Uma corda de pôneis de polo."

"Eu sou pesaroso, amor. Eu apenas…" "Esqueça-a!" Thomas disse a Carmen, "o que são seus planos?"

"… nós estamos contando em seu apoio mais adicional… que nós apreciaríamos se você depositaria 1 milhão dólares de E.U…. dentro dos próximos dez dias."

"Carmen?"

"Oh. Eu estou indo… expandir o negócio. Eu lojas abertas em Londres e em Paris."

"Isso soa emocionante," Anita disse.

"Eu tenho uma mostra em New York em duas semanas. Eu tenho que correr para baixo lá e obtê-la pronta."

Carmen olhou sobre em Thomas. "O que são você que vai fazer com sua parte da propriedade?"

Thomas disse piedosamente, "caridade, na maior parte. Há tão muitas organizações dignas que precisam a ajuda."

Era escuta somente meia a conversação na tabela. Olhou em torno da tabela em seus irmão e irmã. Se não era para mim, você não estaria obtendo nada. Nada!

Girou para olhar Billy. Seu irmão tinha-se transformado um viciado do narcótico, jogando sua vida afastado. O dinheiro não o ajudará, pensamento de Thomas. Comprá-lo-á somente mais narcótico. Quis saber aonde Billy obtinha o material.

Thomas girou para sua irmã. Carmen era brilhante e bem sucedido, e tinha feito o a maioria de seus talentos. David foi assentado ao lado dela, dizendo uma anedota divertido a Anita. É atrativo e encantador. E então havia Anita. Pensou dela como Anita pobre. Porque tolerou Billy era além dele. Deve amá-lo muito. Certamente não obteve qualquer coisa fora de sua união. Quis saber o que as expressões em suas caras seriam se se levantou e se disse, "mim controlam empresas de Stanley. Eu tive nosso pai assassinado, seu corpo escavou acima, e eu contratei alguém para encarnar nossa metade-irmã. "Sorriu no pensamento. Era terra arrendada difícil um o segredo tão delicioso como esse que teve.

Após o almoço, Thomas foi a sua sala chamar outra vez Connie. Não havia nenhuma resposta. É para fora com alguém, pensamento de Thomas, desesperadamente. Não me acredita sobre o iate. Bem, eu provar-lhe-ei! Quando se realiza essa nada ir ser legitimação? Eu terei que chamar Harold, ou esse advogado novo, George Brown.

Havia uma batida na porta. Damon esteve lá. "Desculpe-

me, juiz Stanley. Uma letra chegou para você."
Provavelmente de Lynda Powell, felicitando me.

"Obrigado, Damon." Tomou o envelope. Teve um
endereço do remetente de Miami. Olhou fixamente nele
um momento, confundiu, a seguir aberto lhe e começou a
ler a letra.

Caro juiz Stanley:
Eu penso que você deve saber que você tem uma metade-irmã
nomeada Jennifer. É a filha de Rosa Newman e seu pai. Vive aqui em
Miami. Seu endereço é a avenida 45Nw 25o, apto # 3A, Miami,
Florida.
Eu sou certo que Jennifer estaria a mais feliz se ouvir de você.
Sinceramente,
Um amigo

Thomas olhou fixamente na letra incrédula, e sentiu um
frio. "Não!" gritou alto. "Não!" Eu não o terei! Não agora!
Talvez é uma falsificação. Mas teve um sentimento
terrível que está Jennifer era genuína. E agora a cadela está
vindo para a frente reivindicar sua parte da propriedade!
Minha parte. Thomas corrigiu-se. Não lhe pertence. Eu
não posso deixá-la vir aqui. Arruinaria tudo. Eu teria que
explicar a outra Jennifer, e... estremeceu.   "Não!" Eu
tenho que tê-la tomado de. Rápido. Alcançou para o
telefone e discou o número dos ribeiros de Henry.

21

Tinha mantido a saída curiosa quando o doutor fez seu exame. Agora olha o doutor. O dermatologista agitou sua cabeça. "Eu vi os casos similares a seu, mas o nunca um este mau."

Os ribeiros de Henry riscaram sua mão e inclinaram-se.

"Você vê, Sr. Ribeiro, nós foi confrontado com as três possibilidades. Seu coceira poderia ter sido causado por um fungo, uma alergia, ou poderia ser dermatite neutro. A pele raspando que eu tomei de sua mão e pus sob o microscópio me mostrei que não era um fungo. E você disse que você não segurou produtos químicos no trabalho…"

"Que é direito."

"Assim, nós reduzimo-lo para baixo. O que você tem é crônicos simples do líquenes, ou dermatite neutro localizado."

"Isso soa terrível. Há algo que você pode fazer sobre ele?"

"Felizmente, há." O doutor tomou um tubo de um armário em um canto do escritório e abriu-o. "É sua mão que coceira agora?"

Ribeiros de Henry riscados outra vez. "Sim. Sente como ela está no fogo."

"Eu quero-o friccionar algum deste creme em sua mão." Os ribeiros de Henry espremeram para fora algum do creme e começaram a friccioná-lo em sua mão. Era como um milagre.

"Coceira parou!" Os ribeiros disseram.

"Bom. Use isso, e você não terá mais problemas."

"Obrigado, doutor. Eu não posso dizer-lhe o que um relevo isto é."

"Eu dar-lhe-ei uma prescrição. Você pode tomar o tubo com você."

"Obrigado."

Conduzindo em casa, os ribeiros de Henry estavam cantando alto. Era a primeira vez desde que tinha encontrado o juiz Thomas Stanley que sua mão não coçava. Era um sentimento maravilhoso dos DOM livres. Ainda assobiando, puxou na garagem e andou na cozinha. Helen esperava-o.

"Você teve uma chamada telefónica, "disse." Um Sr. Jones. Disse que era urgente."

Sua mão começou a coceira.

Teve dano alguns povos, mas tinha-o feito para o amor de suas crianças. Tinha cometido alguns crimes, mas era para a família. Os ribeiros de Henry não acreditaram que teve realmente sido culpado. Isto era diferente. Este era um assassinato sangue frio.

Quando tinha retornado o telefonema, tinha protestado. "Eu não posso fazer aquele, juiz. Você terá que encontrar alguma outra pessoa."

Tinha havido um silêncio. E então, "como é a família?"
O voo a Miami era monótono. O juiz Stanley tinha-lhe
dado instruções detalhadas. "Seu nome é Jennifer Stanley.
Você tem seus endereço e número do apartamento. Não o
estará esperando. Tudo que você tem que fazer é ir lá e a
tratar. "

Tomou um táxi do aeroporto de Miami a Miami do
centro.

"Dia bonito," o taxista disse. "Sim."

"Onde fez você vem dentro de?"

"New York. Eu vivo aqui."

"Lugar agradável a viver."

"Certo é. Eu tenho um trabalho pequeno do reparo a
fazer em torno da casa. Você deixar-me-ia cair fora em
uma loja de ferragens?"

"Direito."

Cinco minutos mais tarde, os ribeiros de Henry estavam
dizendo a um caixeiro na loja, "eu preciso uma faca de
caça."

"Nós temos apenas a coisa, senhor. Você vem está
maneira, por favor?"

A faca era uma coisa da beleza, aproximadamente seis
polegadas de comprimento, com uma extremidade
aguçado afiada e umas bordas serrilhadas.

"Isto fazem?"

"Eu sou certo que," Henry Ribeiro disse.

"Que seja dinheiro ou carga?"

"Dinheiro."

Sua parada seguinte estava em uma loja dos artigos de
papelaria. Os ribeiros de Henry estudaram o prédio de
apartamentos 45 na avenida do nano watt 25o, apto # 3A
em Miami por cinco minutos, saídas de exame e entradas.

Saiu e retornou em oito P.M., quando começou a obter a obscuridade. Quis certificar-se de que se Jennifer Stanley teve um trabalho, seria home do trabalho. Tinha notado que o prédio de apartamentos não teve nenhum porteiro. Havia um elevador, mas tomou as escadas. Não era esperto estar em lugares incluídos pequenos. Eram armadilhas. Alcançou o terceiro assoalho. O apartamento 3B era abaixo do salão à esquerda. A faca foi gravada ao bolso interno de seu revestimento. Soou a campainha. Um momento mais tarde, a porta abriu, e encontrou-se enfrentar uma mulher atrativa.

"Olá!" Teve um sorriso agradável. "Posso eu ajudo-o?"

Era mais nova do que tinha esperado, e quis saber porque o juiz que Stanley a quis matou.

Bem, aquele não é nenhum de meu negócio. Removeu um cartão e entregou-lhe.

"Eu sou com a A.A. Nielsen Empresa," disse lisamente. "Nós não temos alguma da família de Nielsen nesta área, e nós estamos procurando os povos que puderam estar interessados."

Agitou sua cabeça. "Não, agradecimentos." Começou fechar a porta.

"Nós pagamos cem dólares um a semana." A porta ficada meia abre.

"Cem dólares um a semana?"

"Sim, senhora."

A porta estava largamente aberta agora.

"Tudo que você tem que fazer é registro os nomes dos programas você olha. Nós dar-lhe-emos um contrato por um ano."

Cinco mil dólares! "Entrado," disse. Andou no apartamento.

"Sente-se para baixo, Sr...."

"John. John Kimbal."

"Sr. John. Como você aconteceu me selecionar?"

"Nossa empresa faz a verificação aleatória. Nós temos que certificar-se de que nenhum dos povos está envolvido na televisão em toda a maneira, assim que nós podemos manter nossa avaliação exata. Você não tem toda a conexão com os quaisquer programas ou redes da produção da televisão, fá-lo?"

Riu. "Gos, não. O que mim teria que fazer exatamente?"

"É realmente muito simples. Nós dar-lhe-emos uma carta com todos os programas de televisão alistados nela, e tudo que você tem que fazer é fazer uma verificação cada vez que você olha um programa. Essa maneira nosso computador pode figurar para fora quantos visores cada programa tem. A família de Nielsen é dispersada em torno dos Estados Unidos, assim que nós obtemos uma imagem clara de que as mostras são populares em que áreas e com quem. Você seria interessado?"

"Oh, sim."

Removeu alguns formulários impressos e uma pena.

"Quantas horas um o dia o fazem para olhar a televisão?"

"Não muito muitos. Eu trabalho o dia inteiro."

"Mas você olha alguma televisão?"

"Oh, certamente. Eu olho a notícia na noite, e às vezes um filme velho. Eu gosto de Larry King."

Fez uma anotação. "Você olha a televisão muito educacional?"

"Eu olho PBS em domingos."

"A propósito, você vive apenas aqui?"

"Eu tenho um companheiro de quarto, mas não está

aqui."

Assim estavam sozinhos.

Sua mão começou ao comichão. Começou alcançar em seu o bolso do interior a não furado a faca. Ouviu passos no salão fora. Parou.

"Fê-lo para dizer-me obtêm cinco mil dólares um o ano apenas para fazer isto?"

"Que é direito. Oh, eu esqueci mencionar. Nós igualmente damos-lhe um aparelho de televisão novo da cor."

"Que é fantástico!"

Os passos foram idos. Alcançou dentro de seu bolso outra vez e sentiu o punho da faca. "Poderia eu ter um vidro da água, por favor? Foi um dia longo."

"Certamente." Olhou-a levantar-se e ultrapassa à barra pequena no recém-vindo. Deslizou a faca fora de sua bainha e moveu atrás dela.

Estava dizendo, "meus relógios PBS do companheiro de quarto mais do que eu faço."

Levantou a faca, apronta-se para golpear.

"Mas Jennifer mais intelectual do que eu sou." A mão do padeiro congelada no meio do ar. "Jennifer?"

"Meu companheiro de quarto. Ou era. Foi. Eu encontrei que uma nota quando eu obtive a casa dizendo que tinha deixado e não soube quando seria… "ela girou ao redor, guardar ando o vidro da água, e vi a faca erguida em sua mão.

"Que…?"

Gritou.

Ribeiros de Henry girados e fugidos. Os ribeiros de Henry telefonaram Thomas Stanley.

"Eu estou na cidade de Florida, mas a menina é ida."

"O que você significam, ido?"

"Seu companheiro de quarto diz que saiu."

Era silencioso por um momento. "Eu tenho um sentimento que dirigiu para Los Angeles. Eu quero-o levantar-se aqui imediatamente."

"Sim, senhor."

Thomas Stanley bateu abaixo do receptor e começou a passear. Tudo tem ido tão perfeitamente! A menina teve que ser encontrada e dispor. Era um canhão fraco. Mesmo depois que recebeu o controle da propriedade, Thomas soube que não descansaria fácil contanto que estivesse viva. Não tenho conseguiu encontrá-la, pensamento de Thomas. Eu tenho obteve a! Mas onde?

Damon entrou a sala. Olhou confundido. "Desculpe-me, juiz Stanley. Há uma senhorita Jennifer Stanley aqui para vê-lo."

22

Era devido a Carmen que Jennifer decidiu ir a Los Angeles. Estava retornando do almoço um dia, Jennifer passou uma loja de vestido exclusiva, e na janela um projeto original por Carmen. Jennifer olhou-o por muito tempo. Aquela é minha irmã, pensamento de Jennifer. Eu não posso responsabilizá-la pelo que aconteceu a minha mãe. E eu não posso responsabilizar meus irmãos. E foi enchida de repente com um desejo esmagador vê-los, para encontrá-los, para falar-lhes enfim, para ter uma família.
Quando Jennifer retornou ao escritório, disse a Thomson que estaria ida por alguns dias. Embaraçado, disse, "eu quero saber se eu poderia ter um avanço em meu salário?" Thomson sorriu. "Certo. Você tem uma vinda das férias. Aqui. Tenha uma boa estadia."
Eu tenho uma boa estadia? Jennifer quis saber. Ou sou eu que faço um erro terrível?
Quando Jennifer retornou em casa, Susan não tinha chegado ainda. Eu não posso esperá-la, Jennifer decidi. Se eu não vou agora, eu nunca irei. Embalou sua mala de

viagem e deixou uma nota. No a maneira ao terminal de autocarros, Jennifer teve dúvidas.

Que eu estou fazendo? Por que eu fiz esta decisão repentina? Então pensou irônica, repentino? Tomou-me quatorze anos! Foi enchida com um sentido enorme do excitamento. Que era sua família que vai ser como? Soube que um de seus irmãos era um juiz, o outro era um jogador famoso do polo, e sua irmã era um desenhista famoso. É uma família dos empreendedores, pensamento de Jennifer, e quem são mim? Eu espero que não olham para baixo em mim. Meramente pensando sobre o que colocado adiante fez o coração de Jennifer saltar uma batida. Embarcou um autocarros do galgo e esteve em sua maneira.

Quando o autocarros chegou na estação sul em Los Angeles, Jennifer encontrou um táxi.

"A onde, senhora?" o motorista pedido.

E Jennifer perdeu completamente seu nervo.   Tinha pretendido dizer, de "ar Bell." Em lugar de, disse, "eu não sei."

O taxista girou ao redor para olhá-la. "Gê, eu não sei, tampouco."

"Poderia você apenas conduzir ao redor? Eu nunca fui a Los Angeles antes."

Inclinou-se. "Certo."

Conduziram para o oeste ao longo da rua principal até que alcançaram a baixa de Los Angeles.

O motorista disse, "este é o parque público o mais velho nos Estados Unidos. Usaram-se para usá-lo para a tapeçaria."

E Jennifer poderia ouvir a voz da sua mãe. "Eu usei-me

para tomar as crianças ao parque no inverno ao patim de gelo. Billy era um atleta natural. Eu desejo que você poderia o ter encontrado, Jennifer. Era um menino tão considerável. Eu pensei sempre que estava indo ser bem sucedido na família." Era como se sua mãe era com ela, compartilhando deste momento.

Tinham alcançado a rua de Charles, a entrada ao jardim público. O motorista disse, "veja aqueles patinhos de bronze? Acredite-o ou não, eles têm todos os nomes obtidos."

"Nós usamo-nos para ter piqueniques no jardim público. Há patinhos de bronze bonitos na entrada. São nomeados Jack, Kack, falta, capa de chuva, Nack, Ouack, bloco, e grasnado. "Jennifer tinha pensado que era tão engraçada que tinha feito sua mãe repetir a toda hora os nomes.

Jennifer olhou o medidor. A movimentação estava obtendo cara. "Poderia você recomendar um hotel barato?"

"Certo. Como sobre o hotel grande?"

"Você tomar-me-ia lá, por favor?"

"Direito."

Cinco minutos mais tarde, levantaram na frente do hotel.

"Aprecie Los Angeles, senhora."

"Obrigado." Sou eu ir apreciá-lo, ou será um desastre? Jennifer pagou o motorista e entrou no hotel. Aproximou o caixeiro novo atrás da mesa.

"Olá!" disse. "Maio eu ajudo-o?"

"Eu gostaria de uma sala, por favor."

"Escolha?"

"Sim."

"Quanto tempo você estará ficando?"

Hesitou. Uma hora? Dez anos? "Eu não sei." "Direito." Verificou a cremalheira chave. "Eu tenho um agradável escolho para você no quarto assoalho."

"Obrigado." Assinou o registro em uma mão pura. Jennifer Stanley.

O caixeiro entregou-lhe uma chave. "Lá você é. Aprecie sua estada."

A sala estava pequena, mas pura e limpa. Assim que Jennifer desembalasse, telefonou Susan.

"Jennifer? Meu deus! Onde está você?" "Eu estou em Los Angeles."

"É você toda direito?" Soou histérica. "Sim. Porque?"

"Alguém veio ao apartamento, procurando o, e eu penso que quis o matar!"

"O que é você que fala sobre?"

"Teve uma faca e... você deve ter visto o olhar em sua cara..." Estava ofegando para a respiração.

"Quando encontrou eu não era você, ele corri!"

"Eu não a acredito!"

"Disse que era com A.A. Nielsen, mas eu chamei seu escritório, e nunca ouviram-no! Você conhece qualquer um que quereria o prejudicar?"

"Naturalmente não, Susan! Não seja ridículo! Você chamou a polícia?"

"Eu fiz. Mas não havia muito que poderiam fazer exceto para me dizer para ser mais cuidadosos."

"Bem, eu sou apenas fino, assim que não me preocupo." Ouviu Susan tomar uma respiração profunda. "Toda certo. Contanto que você for aprovado. Jennifer?"

"Sim."

"Seja cuidadoso, você?"

"Naturalmente." Susan e sua imaginação! Quem quereria me matar?

"Você sabe quando você está voltando?" O tipo da

pergunta o caixeiro tinha-lhe perguntado. "Não"
"Você está lá ver sua família, não é você?"
"Sim."
"Boa sorte."
"Agradecimentos, Susan."
"Permaneça em contato."
"Eu vou faz4e-lo."
Jennifer substituiu o receptor. Esteve lá, querendo saber o que fazer em seguida. Se eu tive algum cérebro, eu receberia de volta no autocarros e iria em casa. Eu tenho parado. Eu vim a Los Angeles ver as vistas? Não. Eu vim aqui encontrar minha família. Sou eu ir encontrá-los? Nenhum… sim…. Sentou-se na borda da cama, sua mente na agitação.

Que se me deixam? Eu não devo pensar aquele. Estão indo amar-me, e eu estou indo amá-los. Olhou o telefone e pensamento, talvez seria melhor se eu os chamei. Não. Então não puderam querer ver-me. Foi ao armário e selecionou seu melhor vestido. Se eu não o faço agora, eu nunca fá-lo-ei, Jennifer decidi. Trinta minutos mais tarde, estava em um táxi em sua maneira ao ar de Bell de encontrar sua família.

23

Thomas estava olhando fixamente em Damon na incredulidade. "Jennifer Stanley... está aqui?"

"Sim, senhor." Havia um tom confundido na voz do mordomo. "Mas não é a senhorita Stanley que estava aqui mais adiantada."

Thomas forçou um sorriso. "Naturalmente não. Eu estou receoso que é um impostor."

"Um impostor, senhor?"

"Sim. Estarão saindo da carpintaria, Damon, reivindicando toda um direito à fortuna da família."

"Que é terrível, senhor. Devo eu chamo a polícia?"

"Não," Thomas disse rapidamente. Aquela era a última coisa que quis. "Eu segurá-la-ei. Envie-a na biblioteca."

"Sim, senhor."

A mente de Thomas estava competindo. A Jennifer real Stanley tinha aparecido assim finalmente. Era afortunado que nenhum dos outros membros da família era casa neste momento. Teria que obter livrado dela imediatamente.

Thomas andou na biblioteca. Jennifer estava estando no

meio da sala, olhando um retrato de Robert Stanley. Thomas esteve lá um momento, estudando a mulher. Era bonita. Era demasiado mau que…

Jennifer girou-o ao redor e viu. "Olá!"

"Olá!"

"Você é Thomas."

"Que é direito. Quem são você?"

Seu sorriso desvaneceu-se. "Não fez…? Eu sou Jennifer Stanley." "Realmente? Você perdoará minha pedir, mas você tem alguns prova daquela?"

"Prova? Bem, sim… Eu… que não é… nenhuma prova mim apenas supor…"

Moveu-se mais perto dela. "Como você aconteceu vir aqui?"

"Eu decidi que era hora de encontrar minha família."

"Após vinte e seis anos?"

"Sim."

Olhá-la, escutando ela não fala, lá era nenhuma pergunta na mente de Thomas. Era genuína, perigosa, e tinha que ser dispor rapidamente.

Thomas forçou um sorriso. "Bem, você pode imaginar o que um choque isto me é. Eu significo, para que você apareça aqui como um raio e…"

"Eu sei. Eu sou pesaroso. Eu provavelmente devo ter chamado primeiramente. "

Thomas pediu ocasional, "você veio a Los Angeles apenas?"

"Sim."

Sua mente estava competindo. "Faz qualquer um sabe mais que você está aqui?"

"Não. Bem, meu companheiro de quarto, Susan, em

Miami..."

"Onde é você que fica?"

"No hotel grande."

"Que é um hotel agradável. Que sala é você dentro?"

"Quatro quinze."

"Toda certo. Por que você não vai para trás a seu hotel e não espera lá por nós? Eu quero preparar Billy e Carmen para este. Estão indo ser como surpreendido como eu era."

"Eu sou pesaroso. Eu devo ter..."

"Nenhum problema. Agora que nós nos encontramos, eu sei que tudo está indo ser apenas fino."

"Obrigado, Thomas."

"Você é bem-vindo!" Bloqueou quase na palavra Jennifer. "Deixe-me chamar um táxi para você."

Cinco minutos mais tarde, foi ida.

Os ribeiros de Henry tinham retornado apenas a sua sala de hotel em Los Angeles do centro quando a chamada telefónica veio. Pegou-a.

"Henry?"

"Eu sou pesaroso. Eu não tenho nenhuma notícia ainda, juiz. Eu penteei esta cidade inteira. Eu fui ao aeroporto e..."

"Está aqui, estúpido!"

"Que?"

"Está aqui em Los Angeles. Está ficando no hotel grande, sala quatro quinze. Eu quero seu tomado de hoje à noite. E eu não quero mais estragar, você compreendo?"

"O que aconteceu não era meu..."

"Você compreende?"

"Sim, senhor."

"Faça-o então!" Thomas bateu abaixo do receptor. Foi encontrar Damon.

"Damon, sobre essa jovem mulher que era aqui fingindo ela era minha irmã?"

"Sim, senhor?"

"Eu não diria qualquer coisa sobre ele aos outros membros da família. Apenas virá-los-ia."

"Eu compreendo, senhor. Você é muito pensativo."

Jennifer andou sobre ao Ritz-Carlton para o comensal. O hotel era bonito, apenas como sua mãe o tinha descrito. Em domingo, eu usei-me para tomar lá as crianças para a refeição matinal. Jennifer sentou-se na sala de jantar e visualizou-se sua mãe lá em uma tabela com Thomas novo, Billy, e Carmen. Eu desejo que eu poderia ter crescido acima com eles, pensamento de Jennifer. Mas pelo menos eu estou indo encontrá-los agora. Quis saber se sua mãe aprovaria do que fazia. Jennifer tinha sido tomada detrás pela recepção de Thomas. Teve... o frio parecido. Mas isso é somente natural, pensamento de Jennifer. Um desconhecido anda dentro e diz, "eu sou sua irmã." Naturalmente seria suspeito. Mas eu sou certo que eu posso os convencer.

Quando a verificação veio, Jennifer olhou fixamente nela em choque. Eu tenho que ser cuidadoso, ela pensei. Eu tenho que ter bastante dinheiro deixado para tomar o autocarros de volta a Florida.

Enquanto pisou fora do Ritz-Carlton, um autocarros de excursão estava preparando-se para sair. Em um impulso, embarcou-o. Quis ver tanto quanto da cidade da sua mãe como poderia.

Os ribeiros de Henry estronde na entrada do hotel grande como se pertenceu lá e tomou as escadas ao quarto assoalho. Esta vez lá não seria nenhum erro. Sala 415 eram no meio do corredor. Os ribeiros de Henry fizeram a varredura do corredor para certificar-se que ninguém estava ao redor, e batido na porta. Não havia nenhuma resposta. Bateu outra vez. "Senhorita Stanley?" Ainda nenhuma resposta.

Tomou um caso pequeno de seu bolso e selecionou uma picareta. Tomou-lhe somente segundos para abrir a porta. Ribeiros de Henry pisado para dentro, fechando a porta atrás dele. A sala estava vazia.

"Senhorita Stanley?"

Andou no banheiro. Vazio. Foi de novo no quarto. Tomou uma faca fora de seu bolso, moveu uma cadeira na parte de trás da porta, e sentou-se no escuro, esperando. Era uma hora mais tarde quando ouviu alguém se aproximar.

Os ribeiros de Henry aumentaram rapidamente e estiveram atrás da porta, a faca em suas mãos. Ouviu a volta chave no fechamento, e a porta começou balançar aberto. Levantou a elevação da faca sobre sua cabeça, apronta-se para golpear. Jennifer Stanley pisou dentro e pressionou o interruptor da luz sobre. Ouviu-a dizer muito bem. "Entrado."

Uma multidão de repórteres derramou na sala.

24

Era as máquinas de lixar de Robert, gerente da noite no hotel grande, que salvar inadvertidamente a vida de Jennifer. Tinha vindo no dever em seis horas que a noite, e tinha verificado automaticamente o registro de hotel. Quando veio através do nome de Jennifer Stanley, olhou fixamente nele na surpresa. Depois que Robert Stanley tinha morrido, os jornais tinham estado completos das histórias sobre a família de Stanley. Tinham dragado acima o escândalo antigo do caso de Stanley com a educadora das crianças e o suicídio da esposa de Stanley. Robert Stanley teve uma filha ilegítima nomeada Jennifer. Havia os boatos que tinha vindo a Los Angeles no segredo. Imediatamente depois de ir em maratona de compras tinha saído segundo as informações recebidas para América do Sul. Agora, pareceu que estava para trás. E está ficando em meu hotel! Máquinas de lixar de Robert pensadas entusiasmadamente.

Girou para o caixeiro de recepção. "Você sabe quanto publicidade está poderia significar para o hotel?"

Um minuto mais tarde, estava no telefone à imprensa.

Quando Jennifer chegou para trás no hotel após sua excursão passeios turísticos, a entrada foi enchida com os repórteres, esperando ansiosamente a. Assim que andasse na entrada, atacaram.

"Senhorita Stanley! Eu sou do globo de Los Angeles. Nós temo-lo procurado, mas nós ouvimo-nos que você tinha saído da cidade. Poderia você dizer-nos...?"

Uma câmara de televisão era aguçado nela. "Senhorita Stanley, eu sou com WCVB-TV. Nós gostaríamos de obter uma indicação de você..."

"Senhorita Stanley, eu sou da Los Angeles Phoenix. Nós queremos conhecer sua reação..."

"Olhe está maneira, senhorita Stanley! Sorriso! Obrigado." Os flashes estavam estalando.

Jennifer esteve lá, enchido com a confusão. Oh, meu deus, pensou. A família está indo pensar que eu sou algum tipo do cão da publicidade. Girou para os repórteres.
"Eu sou pesaroso. Eu não tenho nada dizer."
Fugiu no elevador. Empilharam dentro após ela. Dos "o compartimento povos quer fazer uma história em sua vida, e o que sente como para ser distante de sua família por mais de vinte e cinco anos..."

"Nós ouvimo-nos que você tinha ido a América do Sul..."

"É você planeamento a viver em Los Angeles?"

"Porque não é você que fica no ar de Bell?"

Saiu do elevador no quarto assoalho e apressou-se abaixo do corredor. Estavam em seus saltos. Não havia nenhuma maneira de escapá-los.

Jennifer removeu sua chave e abriu a porta a sua sala.

Pisou para dentro e girou sobre a luz. "Muito bem. Entrado."

Escondido atrás da porta, os ribeiros de Henry foram travados pela surpresa, a faca em sua mão levantada. Como os repórteres empurrados após ele, pôs rapidamente a faca para trás em seu bolso e misturou-a com o grupo. Jennifer girou para os repórteres. "Toda certo. Uma pergunta de cada vez, por favor."

Frustrante, ribeiros suportados para a porta e deslizados para fora. O juiz Stanley não estava indo ser satisfeito. Para os próximos trinta minutos, Jennifer respondeu a perguntas porque o melhor ela poderia. Finalmente, foram idos.

Jennifer fechado a porta e foi para a cama. Na manhã, as estações e os jornais de televisão caracterizaram histórias sobre Jennifer Stanley. Thomas leu os papéis e foi furioso. Billy e Carmen juntaram-se lhe na tabela de café da manhã.

"O que é todo este absurdo sobre alguma mulher que se chama Jennifer Stanley?" Billy pediu.

"É uma falso," Thomas disse fluentemente. "Veio à porta ontem, exigindo o dinheiro, e eu enviei-a afastado. Eu não a esperei puxar um conluio barato da publicidade como está. Não se preocupe. Eu tomarei dela."

Pôs em uma chamada a Frank Harold. "Tenha-o visto os papéis de manhã?"

"Sim."

"Este artista de engodo está circundando a cidade que reivindica que é nossa irmã."

Harold disse, "você quer-me tê-la prendida?"

"Não! Isso criaria somente mais publicidade. Eu quero-o obtê-la fora da cidade."

"Toda certo. Eu tomarei dele, juiz Stanley."

"Obrigado."

Frank Harold enviado para George Brown. "Há um problema," disse.

George inclinou-se. "Eu sei. Eu ouvi a notícia da manhã e vi os papéis. Quem é ela?"

"Obviamente alguém que a pensa pode chifre dentro na fortuna da família. O juiz Stanley sugeriu que nós a obtivéssemos fora da cidade. Você tratá-la-á?"

"Meu prazer," George disse sombriamente.

Uma hora mais tarde, George estava batendo na porta da sala de hotel de Jennifer.

Quando Jennifer abriu a porta e o viu estar lá, disse, "eu sou pesaroso. Eu não estou falando a mais repórteres. Eu..."

"Eu não sou um repórter. Posso eu entro?"

"Quem são você?"

"Meu nome é George Brown. Eu sou com a empresa de advocacia que representa a propriedade de Robert Stanley."

"Oh. Eu ver. Sim. Entrado."

George andou na sala.

"Você disse à imprensa que você é Jennifer Stanley?"

"Eu estou receoso que eu estive travado fora do protetor. Eu não os esperei, você vê, e..."

"Mas você reivindicou ser filha de Robert Stanley?"

"Sim. Eu sou sua filha."

Olhou-a e disse-a cinicamente, "naturalmente, você tem a prova daquele."

"Bem, não," Jennifer disse lentamente. "Eu não faço."

"Aproximado," George insistiu.

"Você deve ter alguma prova." Pretendeu pregá-la com

suas próprias mentiras.

"Eu não tenho nada," disse.

Estudou-a, surpreendido. Não era o que tinha esperado. Havia uma honestidade de desarmamento sobre ela. Parece inteligente. Como poderia ter sido estúpida bastante para vir aqui reivindicando ser filha de Robert Stanley sem alguma prova?

"Que é demasiado mau," George disse. O "juiz Stanley qui-lo sair da cidade."

Os olhos de Jennifer alargados. "Que?"

"Que é direito."

"Mas... eu não compreendo. Eu nem sequer encontrei minha outra irmão ou irmã."

Assim determinou prosseguir o blefe, pensamento de George. "Olhe, eu não conheço quem você é, ou qual seu jogo é, mas você poderia ir encarcerar para este. Nós estamos dando-lhe uma ruptura. O que você está fazendo está contra a lei. Você tem uma escolha. Você ou lata sai da cidade e para de incomodar a família, ou nós podemos tê-lo prendido."

Jennifer esteve lá em choque. "Prendido? Eu... mim não conheço o que dizer."

"É sua decisão."

"Querem nem sequer ver-me?" Jennifer perguntou sem nenhum sentimento.

"Que o está pondo suavemente."

Tomou uma respiração profunda. "Toda certo. Se aquele é o que quer, eu irei para trás a Florida. Eu prometo-o, ele nunca ouvir-me-ei de mim outra vez."

"Você veio uma maneira longa de puxar seu embuste pequeno."

"Que é muito sábio." Esteve lá um momento, olhando

a, confundido.

"Bem, adeus."

Não respondeu.

George estava no escritório de Frank Harold. "Você viu a mulher, George?"

"Sim. Está indo para trás casa." Pareceu confundido.

"Bom. Eu direi o juiz Stanley. Será satisfeito."

"Você conhece o que me está desinfetando, Frank?"

"Que?"

"O cão não descascou."

"Eu imploro seu perdão?"

"A história de Sherlock Holmes. O indício estava no que não aconteceu."

"George, o que faz aquele tem que fazer com...?"

"Veio aqui sem nenhuma prova."

Harold olhou-o, confundido. "Eu não compreendo. Isso deve tê-lo convencido."

"Pelo contrário. Porque ela vem aqui, toda a maneira de Florida, reivindicando ser filha de Robert Stanley, e não ter uma única coisa para suportá-lo acima?"

"Há muitos esquisitos lá fora, George."

"Não é um esquisito. Você deve tê-la visto. E há um par outras coisas que me incomodam, Frank."

"Sim?"

"Robert Stanley que o corpo de desapareceu... quando eu fui falar a Donald Herman, a única testemunha ao acidente de Stanley, ele tinha desaparecido... E ninguém parece saber onde a primeira Jennifer Stanley desapareceu de repente demasiado."

Frank Harold estava olhando de sobrancelhas franzidas.

"O que são você que diz?"

George disse, lentamente, "lá é algo que vai naquele precisa de ser explicado. Eu estou indo ter uma outra conversa com a senhora."

George Brown andou na entrada do hotel grande e aproximou o caixeiro de mesa. "Você soaria a senhorita Jennifer Stanley, por favor?"

O caixeiro olhou acima. "Oh, eu sou pesaroso. A senhorita Stanley verificou para fora."

"Fez deixa um endereço de transmissão?"

"Não, senhor. Eu estou receoso não."

George esteve lá, frustrado. Não havia nada mais que poderia fazer. Bem, talvez eu era errado, ele pensei filosófica. Talvez é realmente um impostor. Agora nós nunca saberemos. Transformou e saiu na rua. O porteiro inaugurando um par em um táxi.

"Desculpe-me," George disse.

O porteiro girado. "Táxi, senhor?"

"Não. Eu quero fazer-lhe uma pergunta. Você viu a senhorita Stanley sair do hotel esta manhã?"

"Eu fiz certamente. Todos estava olhando fixamente nela. É bastante uma celebridade. Eu peguei um táxi para ela."

"Eu não supor que você sabe aonde foi?" Encontrou que guardara-a sua respiração.

"Certo. Eu disse ao motorista de táxi onde tomá-la."

"E onde estava isso?" George pediu impaciente.

"Ao terminal de autocarros do galgo na estação sul. Eu pensei que era estranho que alguém tão rico quanto que..."

"Eu quero um táxi."

George andou no terminal de autocarros aglomerado do galgo e olhou ao redor. Jennifer estava em nenhuma parte ser vista. Foi, George pensou desesperadamente. Uma voz em um orador alto chamava os autocarros de partida. Ouviu-se que a voz diz, "… e Miami," e George apressado para fora à plataforma da carga.

Jennifer apenas estava começando obter no autocarros.

"Guardare-lo!" chamou.

Girou, assustou.

George apressou-se até ela. "Eu quero falar-lhe."

Olhou-o, irritado. "Eu não tenho nada mais dizer-lhe." Girou para ir.

Agarrou seu braço. "Espere um minuto! Nós realmente temos que falar."

"Meu autocarros está saindo."

"Haverá outro."

"Minha mala de viagem está nela."

George girou para um porteiro. "Esta mulher está a ponto de ter um bebê. Obtenha sua mala de viagem fora de lá. Rapidamente!"

A Jennifer olhada porteiro na surpresa. "Direito." Abriu apressadamente o compartimento de bagagem. "Que é seu, a senhora?"

Jennifer girou para George, confundido. "Você conhece o que você está fazendo?"

"Não," George disse.

Estudou-o um momento, a seguir fê-la uma decisão. Ela aguçado a sua mala de viagem. "Esse."

O porteiro retirou-o. "Você quer-me obter-lhe uma ambulância ou qualquer coisa?"

"Obrigado. Eu serei fino."

George pigarrou a mala de viagem, e dirigiram para a saída. "Tenha-o comeu o café da manhã?"

"Eu não estou com fome," disse fria.

"Você deve ter algo. Você está comendo para dois agora, você sabe."

Comeram o café da manhã em Julien. Sentou-se transversalmente de George, seu corpo rígido com raiva. Quando tinham pedido, George disse, "eu sou curioso sobre algo. O que o fez pensar você poderia reivindicar a parte da propriedade de Stanley sem nenhuma prova de todo de sua identidade?"

Jennifer olhou-o indignadamente. "Eu não fui lá reivindicar a parte da propriedade de Stanley. Meu pai não me deixaria qualquer coisa. Eu quis encontrar minha família. Obviamente não quiseram encontrar-me."

"Você tem todos os originais… qualquer tipo da prova de todo de quem você é?"

Pensou de todos os grampeamentos empilhados acima em seu apartamento e agitou sua cabeça. "Não. Nada."

"Há alguém que eu o quero falar a."

"Este é Frank Harold." George Heston. "Er…"

"Jennifer Stanley."

Harold disse cóptica, "senta-se para baixo, falta."

Jennifer sentou-se na borda de uma cadeira, apronta-se para levantar-se para fora e andar.

Harold estudava-a. Teve os olhos cinzentos profundos de Stanley, mas assim que fez lotes de outros povos. "Você reivindica-o é filha de Rosa Newman."

"Eu não reivindico qualquer coisa. Eu sou filha de Rosa Newman."

"E onde está sua mãe?"

"Morreu um número de anos há."

"Oh, eu sou pesaroso ouvir isso. Poderia você dizer-nos sobre ela?"

"Não," Jennifer disse. "Eu não realmente um pouco."

Levantou-se. "Eu quero sair de aqui."

"Olhe, nós estamos tentando ajudá-lo," George disse.

Girou-lhe para. "É você? Minha família não quer ver-me. Você quer virar-me para a polícia. Eu não preciso esse tipo da ajuda." Começou para a porta.

George disse, "espera! Se você é quem você diz você é, você deve ter algo que o provará que é a filha de Robert Stanley."

"Eu disse-o que, eu não faço," Jennifer disse. "Meus mãe e eu fechamos Robert Stanley fora de nossas vidas."

"O que fez seu olhar da mãe como?" Frank Harold pediu. "Era bonita," Jennifer disse. Sua voz amaciou. "Era a mais bonita…" Recordou algo.

"Eu tenho uma imagem dela." Tomou o medalhão dado forma do ouro coração pequeno em torno de seu pescoço e entregou-o a Harold.

Olhou acima nela um momento, a seguir abriu o medalhão. Em um lado era uma imagem de Robert Stanley, e no outro lado uma imagem de Rosa Newman. A inscrição leu A R.N. COM AMOR, R.S. A data era 1969. Frank Harold olhou fixamente no medalhão por muito tempo. Quando olhou acima, sua voz era ronca.

"Nós devemos-lhe uma desculpa, meu caro." Girou para George. "Esta é Jennifer Stanley."

25

Carmen tinha sido incapaz de obter a conversação com a Anita fora de sua mente. Anita pareceu incapaz de lidar com a situação só. "Billy que tenta duramente. É realmente... Oh, eu amo-o tanto!" Precisa muita ajuda, pensamento de Carmen. Eu tenho que fazer algo. É meu irmão. Eu devo falar-lhe. Carmen foi encontrar Damon.

"É o Sr. William em casa?"

"Sim, senhora. Eu acredito que está em sua sala."

"Obrigado."

Pensou da cena na tabela, com a cara ferida de Anita. "O que aconteceu?"

"Eu colidi em uma porta..." Como poderia a ter tolerado toda esta hora? Carmen foi em cima e bateu na porta à sala de Billy. Não havia nenhuma resposta. "Billy?"

Abriu a porta e pisou para dentro. Um cheiro da amêndoa amarga permeou a sala. Carmen esteve lá um momento, e moveu-se então para o banheiro. Poderia ver Billy através do estar aberto. Aquecia a heroína em uma parte da folha de alumínio. Como começou a liquefazer e evapore, ela olhou Billy inalar o fumo do rolado acima da palha que realizou em sua boca. Carmen pisou no banheiro. "Billy...?"

Olhou ao redor e sorriu. "Olá! si!" Girou e inalou profundamente outra vez.

"Para a causa do deus! Pare isso!"

"Hey, relaxe. Você conhece o que este é chamado? Perseguindo o dragão. Veja o dragão pequeno ondular acima no fumo?" Estava sorrindo feliz.

"Billy, deixa-me por favor falar-lhe."

"Certo, si. Que posso eu fazer para você? Eu sei que não é um problema do dinheiro. Nós somos multimilionário! Que você olhar é comprimido assim aproximadamente? O sol está para fora, e é um dia bonito!" Seus olhos estavam cintilando.

Carmen esteve lá de vista o, enchido com a paixão de COM. "Billy, eu tive uma conversa com Anita. Disse-me como você obteve começado em drogas no hospital."

Inclinou-se. "Sim. A melhor coisa que me aconteceu nunca."

"Não. É a coisa a mais terrível que lhe aconteceu nunca. Você tem toda a ideia o que você está fazendo com sua vida?"

"Certo eu faço. Chamou-lhe a vida acima, si!"

Tomou sua mão e disse-o, seria, "precisa a ajuda."

"Mim? Eu não preciso nenhuma ajuda. Eu sou muito bem!"

"Não, você não é. Escute-me, Billy. Esta é sua vida onde nós estamos falando aproximadamente, e é não somente sua vida. Pense de Anita. Por anos você passou-a com um inferno vivo, e representou ele porque o ama tanto. Você está destruindo não somente sua vida, você está destruindo dela. Você tem conseguiu fazer agora algo sobre este, antes que esteja demasiado atrasado. Não é importante como você obteve começado em drogas. A coisa importante é que você sai elas."

O sorriso de Billy desvaneceu-se. Olhou nos olhos de Carmen e começou dizer, algo, a seguir parou. "Carmen…"

"Sim?"

Lambeu seus bordos. "Mim… que eu conheço que você é direito. Eu quero parar.

Eu tentei. Deus, como eu tentei. Mas eu não posso."

"Naturalmente, você pode," disse ferozmente. "Você pode fazê-lo. Nós estamos indo bater junto este. Anita e eu somos atrás de você. Quem o fornece com a heroína, Billy?"

Esteve lá, olhando a não admiração.

"Meu deus! Você não sabe?"

Carmen agitou sua cabeça. "Não"

"Anita."

26

Frank Harold olhado o medalhão do ouro por muito tempo. "Eu soube que seus mãe, Jennifer, e eu gostei dela. Era maravilhosa com as crianças de Stanley, e adorara-la."

"Adorara-los, também," Jennifer disse. "Usou-se para falar-me todo o tempo sobre eles."

"O que aconteceu a sua mãe era terrível. Você não pode imaginar o que um escândalo ele criou. Los Angeles pode ser uma cidade muito pequena. Robert Stanley comportado muito mal. Sua mãe não teve nenhuma escolha mas para sair." Agitou sua cabeça. A "vida deve ter sido muito difícil para o dois de você."

"A mãe teve uma dificuldade. A coisa terrível era que eu penso que ainda amou Robert Stanley, apesar de tudo." Olhou George. "Eu não compreendo o que está acontecendo. Porque minha família não quer me ver?"

Os dois homens trocaram um olhar. "Deixe-me explicar," George disse. Hesitou, escolhendo suas palavras com cuidado. "Um curto período de tempo há, uma mulher apareceu aqui, reivindicando ser Jennifer

Stanley."

"Mas isso é impossível!" Jennifer disse. "Eu sou…"

George sustentou uma mão. "Eu sei. A família contratou um detective privado para certificar-se que era autêntica."

"E encontraram que não era."

"Não. Encontraram que era."

Jennifer olhou-o, desconcertado. "Que?"

"Este detective disse que encontrou as impressões digitais que a mulher tinha tomado quando obteve uma licença de motorista em San Francisco quando era dezessete e combinaram as cópias da mulher que se chama Jennifer Stanley."

Jennifer era mais confundida do que nunca. "Mas I… eu nunca estive em Califórnia."

Harold disse, "Jennifer, pode haver uma conspiração elaborada que vai sobre obter a parte da propriedade de Stanley. Eu estou receoso que você está travado no meio dela."

"Eu não posso acreditá-la!"

"Quem quer que é atrás deste não pode ter recursos para ter dois Jennifer Stanley ao redor."

George adicionou, "a única maneira que o plano pode trabalhar com sucesso é o obter remoto."

"Quando você disser "remoto" …" Parou, recordando algo.

"Oh, não!"

"O que é ele?" Harold pediu.

"Duas noites há eu falei a meu companheiro de quarto, e era histérica. Disse que um homem veio a nosso apartamento com afaça e tentado atacá-la. Pensou que era mim!" Era difícil para Jennifer encontrar sua voz.

"Quem… quem está fazendo este?"

"Se eu tive que supor, eu diria que é provavelmente um membro da família," George disse-lhe.

"Mas… porquê?"

"Há uma grande fortuna em jogo, e a vontade está indo ser legitimação em alguns dias."

"Que isso tem que fazer comigo? Meu pai reconheceu-me nunca mesmo. Não me deixaria qualquer coisa."

Harold disse, "com efeito, se nós podemos provar sua identidade, sua parte da propriedade total é mais do que bilhão dólares."

Sentou-se, chocado. Quando encontrou sua voz, disse, "bilhão dólares?"

"Que é direito. Mas alguma outra pessoa é em seguida esse dinheiro.

É por isso você está no perigo."

"Eu ver." Esteve lá de vista os, sentindo um pânico de alimentação. "O que são mim que vou fazer?"

"Eu dir-lhe-ei que o que você não está indo fazer," George disse-lhe. "Você não está indo para trás a um hotel. Eu quero-o ficar longe da vista até nós encontro o que está acontecendo."

"Eu poderia ir para trás a Florida até…"

Harold disse, "eu penso que seria melhor se você ficou aqui, Jennifer. Nós encontraremos um lugar para escondê-lo."

"Poderia ficar em minha casa," George sugeriu. "Ninguém pensará de procurá-la lá."

Os dois homens girados para Jennifer.

Hesitou. "Bom… sim. Isso será fino."

"Bom."

Jennifer disse lentamente, "nenhuma desta estaria

acontecendo se meu pai estava vivo."

"Oh, eu não gosto de toda a ela," George disse-lhe. "Eu penso que tem um auto acidente."

Tomaram o elevador de serviço à garagem do prédio de escritórios e obtiveram-no no carro de George.

"Eu não quero qualquer um vê-lo," George disse. "Nós temos que mantê-lo longe da vista para os próximos dias." Começaram conduzir abaixo de State Street. "Como sobre algum almoço?"

Jennifer olhou sobre nele e sorriu. "Você parece sempre alimentar-me."

"Eu conheço um restaurante que esteja fora do trajeto batido. Está em uma casa velha na rua de Gloucester. Eu não penso que qualquer um nos verá lá."

L'Espalier era uma casa de cidade do século XIX elegante com uma das vistas as mais finas em Los Angeles. Enquanto George e Jennifer andaram dentro, foi cumprimentado pelo capitão.

"Boa tarde," disse. "Você virá está maneira, por favor? Eu tenho uma tabela agradável para você pela janela."

"Se você não se ocupa," George disse, "nós preferiríamos algo contra a parede."

O capitão piscou. "Contra a parede?"

"Sim. Nós gostamos da privacidade."

"Naturalmente." Conduziu-os a uma tabela em um recém-vindo. "Eu enviarei seu direito do garçom sobre." Estava olhando fixamente em Jennifer, e em sua cara iluminada de repente acima. "Ah! Senhorita Stanley. É um prazer tê-lo aqui. Eu vi sua imagem no jornal. "

Jennifer olhou George, não conhecendo o que dizer. George exclamou, "meu deus! Nós deixamos as crianças no carro! Deixe-nos ir obtêm-nos!" E ao capitão, "nós gostaríamos de dois martinis, muito secos. Guardare as azeitonas. Nós seremos certo para trás."

"Sim, senhor." O capitão olhou os dois deles pressa fora do restaurante.

"O que são você que faz?" Jennifer pediu.

"Sair de aqui. Tudo que tem que fazer é chamar a imprensa, e nós estamos no problema. Nós iremos em outro lugar."

Encontraram um restaurante pequeno na rua de Dalton e pediram o almoço.

George sentou-se lá, estudando a. "Como sente para ser uma celebridade?" pediu.

"Por favor não graceje sobre isso. Eu sinto terrível."

"Eu sei," disse contratela. "Eu sou pesaroso." Encontrava muito fácil ser com ela. Pensou sobre como rude tinha sido quando se encontraram primeiramente.

"Faça-o... fazem-no pensam realmente que eu estou no perigo, Sr.Brown?" Jennifer pediu.

"Chame-me George. Sim. Eu estou receoso que você é. Mas será para somente por pouco tempo. Antes que a vontade legitimação, nós conheceremos quem é atrás deste. Entretanto, eu estou indo ver-lhe que você é seguro."

"Obrigado. Eu... mim aprecio."

Estavam olhando fixamente em se, e quando um garçom de aproximação viu os olhares em suas caras, decidiu não as interromper.

No carro, George pediu, "é esta sua primeira vez em Los Angeles?"

"Sim."

"É uma cidade interessante." Passavam a construção velha de John Hancock. George aguçado à torre.

"Você vê essa baliza?".

"Sim."

"Transmite o tempo."

"Como pode uma baliza…?"

"Eu estou contente você pedi. Quando a luz é um azul constante, significa que o tempo é claro. Se é um pisca mento azul, você pode esperar nuvens estar próximo. Um vermelho constante significa a chuva adiante, e piscando vermelho, neve pelo contrário."

Jennifer riu. George retardou. "Esta é uma ponte pequena em Los Angeles."

Jennifer girou para o olhar fixo nele. "Eu imploro seu perdão?" George sorriu. "É verdadeiro."

"O que é um Smoot?"

"Um Smoot é uma medida usando o corpo de Oliver San Francisco Smoot, que era cinco pés sete polegadas. Começou como um gracejo, mas quando a cidade reconstruiu a ponte, mantiveram o David. O Smoot transformou-se um padrão do comprimento em 1958."

Riu. "Que é incrível!"

Porque passaram o monumento do monte de depósito, Jennifer exclamou, "oh! Isso é o lugar onde a batalha do monte de depósito ocorreu, não é?"

"Não," George disse.

"O que você significa?"

"A batalha do monte de depósito foi lutada no monte de San Francisco."

A casa de George estava na área de Los Angeles, uma casa de dois andares encantador da rua de Newbury com mobília confortável e as cópias coloridas que penduram nas paredes.

"Você vive aqui apenas?" Jennifer pediu.

"Sim. Eu tenho uma empregada que entre duas vezes

por semana. Eu estou indo dizer-lhe para não entrar para os próximos dias. Eu não quero qualquer um saber que você está aqui."

Jennifer olhou George e disse-o calorosamente, "eu quero-o saber que eu aprecio realmente o que você está fazendo para mim."

"Meu prazer. Aproximado, eu mostrar-lhe-ei seu quarto."

Conduziu-a em cima ao quarto de hóspedes. "Este é ele. Eu espero que você será confortável."

"Oh, sim. É bonito," Jennifer disse.

"Eu trarei em alguns mantimentos. Eu como geralmente para fora."

"Eu poderia…" Parou. "Pensando bem, eu não devo. Meu companheiro de quarto diz que meu cozimento é letal."

"Eu penso que eu sou… uma mão justa em um fogão," George disse. "Eu farei algum que cozinho para nós." Olhou-a e disse-a lentamente. "Eu não tive qualquer um a cozinhar por um tempo."

Desembarace-se, disse-se. Você é maneira fora da base. Você não poderia mantê-la nos lenços.

"Eu quero-o fazer-se em casa. Você será completamente seguro aqui."

Olhou-o uns muitos tempos, e sorriu-a então. "Obrigado."

Foram para trás em baixo. George indicou as cortesias. "Televisão; VCR, rádio, leitor de cd… Você será confortável."

"É maravilhoso." Quis dizer, "apenas como eu sinto com você."

"Bem, se não há nada mais," disse inábil. Jennifer deu-lhe um sorriso morno. "Eu não posso pensar de qualquer coisa."

"Então eu estarei recebendo de volta ao escritório. Eu tenho muitas perguntas sem respostas."

Olhou-o andar para a porta. "George?"

Girou ao redor. "Sim?"

"É todo o direito se eu chamo meu companheiro de quarto? Será preocupou-se sobre mim."

Agitou sua cabeça. "Absolutamente não. Eu não o quero fazer nenhuma chamadas telefónicas ou sair desta casa. Sua vida pode depender dela."

27

"Eu sou Dr. Weissman. Você compreende que está conversação está indo fita-se gravada?"

"Sim, doutor."

"É você que sente mais calmo agora?"

"Eu sou calmo, mas eu estou irritado."

"O que são você irritado aproximadamente?"

"Eu não devo estar neste lugar. Eu não sou louco. Eu fui moldado."

"Oh? Quem o moldou?"

"Thomas Stanley."

"Juiz Thomas Stanley?"

"Que é direito."

"Porque quereria fazer aquele?"

"Para o dinheiro."

"Você tem o dinheiro?"

"Não. Eu significo, sim... que sou... eu poderia o ter tido.

Prometeu a me milhão dólares, e a um revestimento de zibelina, e a joia."

"Porque julgaria a promessa de Stanley você isso?"

"Deixe-me começar no início. Eu não sou realmente Jennifer Stanley. Meu nome é Mary Perkins."

"Quando você entrou aqui, você insistiu que você era Jennifer Stanley."

"Esqueça isso. Eu não sou realmente. Olhe... é aqui o que aconteceu. Julgue Stanley contratou-me para levantar como sua irmã. "

"Porque fez faça isso?"

"Assim eu poderia obter uma parte da propriedade de Stanley e virar-lhe para."

"E para fazer esse prometeu-lhe milhão dólares, um revestimento de zibelina; e alguma joia?"

"Você não me acredita, faz você? Bem, eu posso prová-la. Tomou-me ao ar de Bell. Isso é o lugar onde as vidas familiares de Stanley em Los Angeles. Eu posso escrever-lhe a casa, e eu posso dizê-lo toda sobre a família."

"Você está ciente que estas são muito acusações graves que você está fazendo?"

"Você apostou que eu sou. Mas eu supor que você não fará qualquer coisa sobre ele porque acontece ser um juiz."

"Você é bastante errado. Eu asseguro-o que suas cargas estarão investigadas muito completamente."

"Bom! Eu quero o fechado bastardo afastado a maneira que me tem fechado afastado. Eu quero fora de aqui!"

"Você compreende que além de meu exame, dois de meus colegas igualmente terão que avaliar seu estado mental?"

"Deixe-os. Eu sou tão são como você é."

"O Dr. Clifton estará nesta tarde, e então nós

decidiremos como nós estamos indo continuar."

"Mais logo, o melhor. Eu não posso estar este lugar condenado!"

Quando a matrona trouxe a Mary seu almoço, a matrona disse, "eu apenas falei ao Dr. Clifton. Estará aqui em uma hora."

"Obrigado." Mary estava pronta para ele. Estava pronta para todo. Estava indo dizer-lhes que tudo que soube, desde o in3cio. E quando eu estou completamente, pensamento de Mary, estão indo travá-lo acima e estão deixando-me ir. O pensamento encheu-a com a satisfação. Eu estarei livre! E então pensamento de Mary, livre fazer que? Eu estarei para fora nas ruas outra vez. Talvez mesmo revogarão minha palavra de honra e pôr-me-ão para trás na junção!

Jogou sua bandeja do almoço contra a parede. Condene-os!

Não podem fazer-me este! Ontem eu vali milhão dólares, e hoje… Espera! Espera! Uma ideia piscou com a mente de Mary que era tão emocionante que enviou um frio através dela. Deus santamente! Que eu estou fazendo? Eu tenho mostrado já que eu sou Jennifer Stanley. Eu tenho testemunhas. A família inteira Fredy ouvido Tillman para dizer que minhas impressões digitais mostraram que eu era Jennifer Stanley. Por que eu quereria nunca ser Mary Perkins quando eu posso ser Jennifer Stanley? Nenhuma maravilha têm-me fechado acima dentro aqui. Eu devo ter sido fora de minha mente! Soou o sino para a matrona.

Quando a matrona entrou, Mary disse entusiasmadamente, "eu quero ver imediatamente o doutor!"

"Eu sei. Você tem uma nomeação com ele em..."

"Agora. Agora!"

A matrona tomou um olhar na expressão de Mary e disse-o, "acalme para baixo. Eu obtê-lo-ei."

Dez minutos mais tarde, o Dr. Frank Clifton andou na sala de Mary. "Você pediu para ver-me?"

"Sim." Sorriu apologética. "Eu estou receoso que eu tenho jogado um jogo pequeno, doutor."

"Realmente?"

"Sim. É muito embaraçoso. Você vê, a verdade é que eu era muito virado com meu irmão, Thomas, e eu quis o punir. Mas eu realizo agora que aquele era errado. Eu não sou virado mais, e eu quero ir em casa ao monte de Rosa."

"Eu li o transcrito de sua entrevista esta manhã. Você disse que seu nome era Mary Perkins e que você esteve moldado..."

Mary riu. "Que era impertinente de mim. Eu apenas disse aquele virar Thomas. Não. Eu sou Jennifer Stanley." Olhou-a. "Pode você provar aquele?"

Este era o momento Mary tem esperado.

"Oh, sim!" disse triunfante. "Thomas provou-o ele mesmo. Contratou um detective privado nomeado Fredy Tillman, que combinou minhas impressões digitais com as cópias que eu tinha feito para uma licença de motorista quando eu era mais novo. São reais. Não há nenhuma pergunta sobre ela."

"Detective Fredy Tillman, você diz?"

"Que é direito. Trabalha para o escritório do fiscal do distrito aqui em San Francisco."

Estudou-a um momento. "Agora, você está certo deste? 'Você não é, Mary que Perkins-você é Jennifer Stanley?"

"Absolutamente."

"E este detective privado, Fredy Tillman, pode verificar aquele?"

Sorriu. "Já tem. Tudo que você tem que fazer é chamar o escritório do fiscal do distrito e obter a posse dele."

O Dr. Clifton inclinou-se. "Toda certo. Eu farei aquele."

Em dez horas a seguinte manhã, Dr. Clifton, acompanhado da matrona, retornou à sala de Mary.

"Bom dia."

"Bom dia, doutor." Olhou-o ansiosamente.

"Você falou a Fredy Tillman?"

"Sim. Eu quero para ter certeza que eu compreendo este. Sua história sobre o juiz Stanley que envolve o em algum tipo da conspiração era falsa?"

"Completamente. Eu disse aquele porque eu quis punir para meu irmão. Mas tudo é todo agora. Eu estou pronto para ir em casa."

"Fredy Tillman pode mostrar que você é Jennifer Stanley?" "Absolutamente."

Dr. Clifton girado para a matrona e inclinado. Sinalizou a alguém. Um homem negro alto, magro andou na sala. Olhou Mary e disse-a, "eu sou Fredy Tillman. Posso eu ajudo-o?"

Era um desconhecido completo.

28

E pelo menos estava em New York, centro da indústria da moda americana. A sala de exposições foi decorada nas máscaras silenciado da berinjela que não diminuiriam da roupa. O desfile de moda estava indo bem. Os modelos moveram-se graciosa ao longo da pista de decolagem, e cada projeto novo recebeu o aplauso entusiástico. O salão de baile foi embalado. Cada assento foi ocupado, e havia pessoas de pé na parte traseira.

De bastidores havia uma agitação, e Carmen girou para ver o que estava acontecendo. Dois polícias não-informados faziam sua maneira para ela.

O coração de Carmen começou a competir.

Um dos polícias disse, "é você Carmen Stanley Renaux?"

"Sim."

"Eu estou colocando-o sob a apreensão para o assassinato de Amy Nelson."

"Não!" gritou. "Eu não signifiquei fazê-lo! Era um acidente! Por favor! Por favor! Por favor...!"

Acordou em um pânico, seu corpo que treme.

Era um pesadelo de retorno. Eu não posso ir sobre como este, pensamento de Carmen. Eu não posso! Eu tenho que fazer algo.

Quis desesperadamente falar a David. Tinha retornado relutantemente a New York. "Eu tenho um trabalho fazer, amor. Não me deixarão retirar mais hora."

"Eu compreendo, David. Eu estarei para trás lá em alguns dias. Eu tenho que obter uma mostra pronta."

Carmen saiu para New York que tarde, mas antes que foi, havia algo que sentiu que teve que fazer. A conversação com Billy tem perturbado muito. Está responsabilizando seus problemas em Anita.

Carmen encontrou Anita na varanda.

"Bom dia," Carmen disse.

"Bom dia."

Carmen tomou um assento oposto a ela. "Eu tenho que falar-lhe."

"Sim?"

Era inábil. "Eu tive uma conversa com Billy. Está na forma má. … Ele pensa que você é a pessoa que o tem fornecido com a heroína."

"Disse-lhe aquele?"

"Sim."

Havia uma pausa longa. "Bem, é verdadeiro."

Carmen olhou fixamente nela na incredulidade. "Que? Mim… que eu não compreendo. Você disse-me que você estava tentando o obter fora das drogas. Porque você quereria o manter viciado?"

"Você realmente não o compreende, não faz?" Seu tom era amargo. "Você vive em seu próprio mundo maldita pequeno. Bem, deixe-me dizem-lhe algo, senhorita Famoso Desenhista! Eu era uma empregada de mesa quando Billy me obteve grávido. Eu nunca esperei William Stanley casar-me. E você sabe porque fez? Assim poderia sentir que era melhor do que seu pai. Bem, Billy casou-me, toda certo. E todos tratou-me como a sujeira. Quando meu irmão, Harold, veio para baixo para o casamento, atuaram como era algum tipo do lixo."

"Anita…"

"Para dizer a verdade, eu fiquei sem fala quando seu irmão disse que quis me casar. Eu soube nem sequer se era seu bebê. Eu poderia ter sido uma boa esposa a Billy, mas ninguém deu-me mesmo uma possibilidade. A eles eu era ainda uma empregada de mesa. Eu não perdi o bebê, mim tive um aborto. Eu pensei que talvez Billy se divorciaria me, mas não fez. Eu era seu símbolo simbólico de como democrático era. Bem, deixe-me dizem-lhe algo, senhora. Eu não preciso aquele. Eu sou tão bom quanto você ou qualquer um mais."

Cada palavra era um sopro. "Fe-lo nunca amor Billy?"

Anita encolher de ombros. "Era bonito e divertimento, mas por outro lado teve que mau caia durante o jogo do polo, e tudo mudou. O hospital deu-lhe drogas, e quando saiu, esperaram-no parar de tomá-las. De uma noite, era na dor, e eu disse, "eu tenho pouco deleite para você. "E após aquele, sempre que estava na dor, eu dei-lhe seu deleite pequeno. Consideravelmente logo ele necessário ele, se estava na dor ou não. Meu irmão é um empurrador, e eu podia obter-me a heroína inteira necessário. Eu fiz Billy implorar-me por ela. E às vezes eu dir-lhe-ia que eu era fora dela apenas para o olhar suar e grito-o, como Sr. William Stanley necessário mim! Não era - e - poderoso tão alto então! Eu godê o em bater-me, e então sentiria terrível sobre o que tinha feito, e viria rastejando de volta a mim com presentes. Você não vê, quando Billy está fora do narcótico, mim é nada. Quando está nele, eu sou a pessoa que tem o poder. Pode ser um Stanley, e talvez eu era somente uma empregada de mesa, mas eu controlo-o."

Carmen estava olhando fixamente nela no horror.

"Seu irmão tentado parar toda certo. Quando obteve o mau real, seus amigos obtê-lo-iam em um centro da desintoxicação, e eu iria visito-o e olho-o o grande Stanley sofrer as agonias do inferno. E cada vez que saiu, eu estaria esperando-o com meu deleite pequeno. Era tempo do reembolso."

Carmen encontrava duro respirar. "Você é um monstro," disse lentamente. "Eu quero-o sair."

"Certamente! Eu não posso esperar para sair deste lugar." Sorriu. "Naturalmente, eu não estou saindo para nada. Quanto de um pagamento mim obterá?"

"O que quer que é," Carmen disse, "será demasiado. Saia agora de aqui."

"Direito." Então adicionou com um tom afetado, "eu mandarei meu advogado chamar seu advogado."

"Está deixando-me realmente?" "Sim."

"Esse significa..."

"Eu conheço o que significa, Billy. Pode você segurá-lo?" Olhou sua irmã e sorriu. "Eu penso assim. Sim. Eu penso que eu posso."

"Eu sou certo dele."

Tomou uma respiração profunda. "Agradecimentos, Carmen. Eu nunca teria a coragem obter livrado dela." Sorriu. "O que são as irmãs para?"

Essa tarde, Carmen saiu para New York. A exibição da forma realizar-se-ia em uma semana.

A roupa é o único negócio o mais grande em New York.

Um desenhador de moda bem sucedido pode ter todo um efeito na economia em todo o mundo. A fantasia de um desenhista tem um impacto longínquo em todos das máquinas desbastadoras de Blackburn na Índia aos tecelões escoceses aos bichos-da-seda em China e em Japão. Tem um efeito na indústria de lãs e na indústria de seda. A Donna Karan e Calvin Klein e Ralph Laurens são uma influência econômica principal, e Carmen tinha chegado nessa categoria. Espalhou-se boatos que estava a ponto de ser nomeada o desenhista do desgaste de mulheres do ano pelo Conselho de Desenhadores de moda de América, a concessão que a mais prestigiosa um desenhista poderia receber.

Carmen Stanley Renaux conduziu uma vida ocupada. Em setembro, olhou grandes variedades das telas, e em outubro, selecionou esses que quis para seus projetos novos. Os dezembro e janeiro foram devotados a projetar as formas novas, e em fevereiro, a refiná-las. Em abril, estava pronta para mostrar sua coleção da queda.

Os projetos de Carmen Stanley eram, localizado na avenida do sétimo 550, compartilhando da construção com o Bill Blass e o Oscar de la Renta. Sua exibição seguinte estava indo estar na barraca do parque de Bryant, que poderia assentar até mil povos.

Quando Carmen chegou em seu escritório, Cristina disse, "Não tenho obteve a boa notícia. A exibição é registrada completamente!"

"Obrigado," Carmen disse ausente. Sua mente estava em outras coisas.

"A propósito, há um URGENTE marcado letra para você em sua mesa. Foi entregada apenas pelo mensageiro."

As palavras enviaram uma sacudida através do corpo de

Carmen. Andou sobre a sua mesa e olhou o envelope. O endereço do remetente era associação selvagem da proteção animal, 3000 Park Avenue,
New York, New York. Olhou fixamente nela por muito tempo. Não havia nenhum 3000 Park Avenue. Carmen abriu a letra com dedos tremulina.

Cara Sra. Renaux,
Meu banqueiro suíço informa-me que não recebeu ainda os milhão dólares que minha associação pediu. Em virtude de sua delinquência, eu devo informá-lo que nossas necessidades estiveram aumentadas a 5 milhão dólares. Se este pagamento é feito, eu prometo que nós não o incomodaremos outra vez. Você tem quinze dias para depositar o dinheiro em nossa conta. Se você não faz assim, eu lamento que nós teremos que se comunicar com as autoridades competentes.

Era sem assinatura.

Carmen esteve lá em um pânico, lendo a repetidamente, repetidas vezes. Cinco milhão dólares! É impossível, ela pensou. Eu posso nunca levantar esse tipo do dinheiro que rapidamente. Que tolo eu era!
Quando David veio em casa essa noite, Carmen mostrou-lhe a letra.
"Cinco milhão dólares!" explodiu. "Que é ridículo! Quem eles pensam você é?"
"Conhecem quem eu sou," Carmen disseram. "Que é o

problema. Não tenho conseguiu obter rapidamente a posse de algum dinheiro. Mas como?"

"Eu não sei... eu supor que um banco lhe emprestaria o dinheiro contra sua herança, mas eu não gosto da ideia de..."

"David, é minha vida onde eu estou falando aproximadamente. Nossas vidas. Eu estou indo ver sobre a obtenção desse empréstimo."

Greg Coleman era o vice-presidente responsável da New York Union Bank. Estava em seus anos quarenta e tinha trabalhado sua maneira acima de um caixa júnior. Era um homem ambicioso. Um dia eu estarei no conselho de administração, pensou, e em seguida isso... quem sabe? Seus pensamentos foram interrompidos por seu secretário.

"A senhorita Carmen Stanley está aqui vê-lo."

Sentiu uma excitação pequena do prazer. Tinha sido um bom cliente como um desenhista bem sucedido, mas agora era uma das mulheres as mais ricas no mundo. Tinha tentado por diversos anos obter a conta de Robert Stanley, sem sucesso. E agora...

"Mostre-a dentro," Coleman disse seu secretário.

Quando Carmen andou em seu escritório, Coleman aumentou e cumprimentou-a com um sorriso e um aperto de mão morno.

"Eu sou tão satisfeito vê-lo," disse. "Sente-se para baixo. Algum café ou algo mais forte?"

"Não, agradecimentos," Carmen disse.

"Eu quero oferecer meus pêsames na morte de seu pai."

Sua voz era apropriadamente grave.

"Obrigado."

"O que pode mim fazer para você?" Conheceu o que estava indo dizer. Estava indo virar-lhe seus biliões para investir…

"Eu quero pedir algum dinheiro." Piscou. "Eu imploro seu perdão?" "Eu preciso cinco milhão dólares.".

Pensou rápida. De acordo com os jornais, sua parte da propriedade deve ser mais do que bilhão dólares. Mesmo com impostos… Sorriu. "Bem, eu não penso que haverá todo o problema. Você foi sempre um de nossos clientes favoritos, você sabe. Que segurança você gosta de colocar?"

"Eu sou um herdeiro na vontade do meu pai." Inclinou-se. "Sim. Eu li aquele."

"Eu gostaria de pedir o dinheiro contra minha parte da propriedade."

"Eu ver. A vontade do seu pai legitimação ainda?"

"Não, mas será logo."

"Que é muito bem." Inclinou-se para a frente. "Naturalmente, nós teríamos que ver uma cópia da vontade."

"Sim," Carmen disse ansiosamente. "Eu posso arranjar aquele."

"E nós teríamos que conhecer a quantidade exata de sua parte da herança."

"Eu não conheço a quantidade exata," Carmen disse. "Bem, as leis de operação bancária são bastante restritas, você sabe. As homologações de testamento podem tomar alguma hora. Porque não faça você volta após a homologação de testamento, e eu estarei feliz…"

"Eu preciso o dinheiro agora," Carmen disse desesperadamente. Quis gritar.

"Oh, caro. Naturalmente, nós queremos fazer tudo que

nós podemos o acomodar." Levantou suas mãos em um gesto insolúvel. "Mas infelizmente, nossas mãos são amarradas até…"

Carmen aumentou a seus pés. "Obrigado."

"Assim que…"

Foi ida.

Quando Carmen retornou ao escritório, Cristina disse entusiasmadamente, "eu tenho que falar-lhe."

Estava em nenhum humor para ouvir os problemas de Cristina. "O que é ele?" Carmen pediu.

"Meu marido chamou-me alguns minutos há. Sua empresa está transferindo-o a Paris. Assim, eu estarei saindo."

"Você é… ir indo a Paris?"

Cristina irradiou-se. "Sim! Não é isso maravilhoso? Eu serei pesaroso deixá-lo. Mas não se preocupe. Eu ficarei no toque."

Assim era Cristina. Mas não há nenhuma maneira de prová-la. Primeiramente o revestimento e agora a Paris de visom. Com cinco milhão dólares, pode ter recursos para viver em qualquer lugar no mundo. Como eu seguro este? Se eu lhe digo que eu sei, negá-lo-á. Talvez exigirá mais. David conhecerá o que fazer.

"Cristina…"

Um dos assistentes de Carmen entrou. "Carmen! Eu tenho que falar-lhe sobre a coleção da ponte. Eu não penso que nós temos bastante projetos para…"

Carmen poderia não carregar não mais. "Desculpe-me. Eu não sinto bem. Eu estou indo em casa."

Seu assistente olhado lhe na perplexidade. "Mas nós somos no meio de!"

"Eu sou pesaroso."

E Carmen foi ido.

Quando Carmen andou em seu apartamento, estava vazio.

David estava trabalhando tarde. Olhou ao redor em todas as coisas bonitas na sala, e pensamento, nunca pararão até eles tomam tudo. Indo estão cegando-me seco. David era direito. Eu devo ter ido à polícia que noite. Agora eu sou um criminoso. Não tenho conseguiu confessar. Agora, quando eu tiver a coragem. Sentou-se lá, pensando sobre o que está estava indo fazer a ela, a David, e a sua família. Haveria uns título escabrosos, e uma experimentação, e provavelmente prisão. Seria o fim de sua carreira. Mas eu não posso ir sobre como este, pensamento de Carmen. Eu irei louco.

Quase em uma ofuscação, levantou-se e andou-se no antro de David. Recordou que manteve sua máquina de escrever em uma prateleira no armário. Tomou-o traga-o e põe-na sobre a mesa. Rolou uma folha de papel na moldura do vidro de originais e começou a datilografar.

A quem pode se referir:
Meu nome é Carmen
Parou. A letra E era quebrada.

"Por que, David? Para a causa do deus, porque?" A voz de Carmen foi enchida com a angústia.

"Era sua falha."

"Não! Eu disse-o que… era um acidente! Eu…"

"Eu não estou falando sobre o acidente. Eu estou falando sobre você! A esposa bem sucedida grande que era demasiado ocupada encontrar a hora para seu marido."

Era como se a tinha golpeado. "Que não é verdadeiro. Eu..."

"Tudo que você pensou nunca estava aproximadamente você mesmo, Carmen. Em toda parte nós fomos, você éramos sempre a estrela. Você deixou-me etiquetar avante como uma canicho do animal de estimação."

"Que não é justo!" disse.

"Não é? Você apaga-se a seus desfiles de moda pelo mundo inteiro assim que você pode obter sua imagem nos papéis, e eu estou sentando-me aqui apenas, esperando o para retornar. Você pensa-me gostou de ser "Sr. Carmen"? Eu quis uma esposa. Não se preocupe, meu Carmen querido. Eu faço confortável eu mesmo com outras mulheres quando você foi ido."

Sua cara era pálida.

"Eram as mulheres reais do carne-e-sangue, que tiveram o tempo para mim. Não alguns condenados fizeram- vazio o escudo."

"Pare-o!" Carmen gritou.

"Quando você me disse sobre o acidente, eu vi uma maneira de tornar-se livre de você. Você quer conhecer algo, meu caro? Eu apreciei olhá-lo contorço-me quando você leu aquelas letras. Pagou-me para trás um pouco por toda a humilhação que eu fui completamente."

"Que é bastante! Embale seus sacos e saia de aqui. Eu nunca quero vê-lo outra vez!"

Sorriso de David amplamente. "Há uma possibilidade muito pequena daquela.

A propósito, faça-o ainda assim plano para ir à polícia?"

"Saia!" Carmen disse. "Agora!"

"Eu estou saindo. Eu penso que eu irei para trás a Paris. E, amor, eu não direi se você não. Você é seguro."

Uma hora mais tarde, foi ido.

Em nove horas na manhã, Carmen pôs em uma chamada a George Brown.

"Bom dia, Sra. Renaux. O que pode mim fazer para você?"

"Eu estou retornando a Los Angeles esta tarde," Carmen disse. "Eu tenho uma confissão a fazer."
Foi assentada transversalmente de George, olhando pálido e tirada. Sentou-se congelado lá, incapaz de começar.
George alertou-a. "Você disse que você teve uma confissão a fazer."

"Sim. Eu… mim matei alguém." Começou a gritar. "Era um acidente, mas… eu corri afastado." Sua cara era uma máscara da angústia. "Eu corri afastado… e deixei-a lá."

"Tome-a fácil," George disse. "Começo no início."
Começou a falar.

Trinta minutos mais tarde, George olhou para fora sua janela, pensando sobre o que se tinha ouvido apenas.

"E você quer ir à polícia?"

"Sim. Era o que eu devo ter feito no primeiro lugar. Mim… Eu não me importo o que me faz mais."

George disse pensativamente, "desde que você se está dando acima voluntariamente e era um acidente, mim pensa que a corte será leve."
Estava tentando controlar-se. "Eu apenas quero-a sobre com."

"Que sobre seu marido?"

Olhou acima. "Que sobre ele?"

"A chantagem está contra a lei. Você tem o número da conta em Suíça onde você enviou o dinheiro que roubou de você. Tudo que você tem que fazer é pressionar cargas e…"

"Não!" Seu tom era feroz. "Eu não quero qualquer coisa mais fazer com ele. Deixe-o ir sobre com sua vida. Eu quero obter sobre com meus."

George inclinou-se. "O que quer que você diz. Eu estou indo tomá-lo para baixo ao quartel-general da polícia. Você pode ter que passar a noite na cadeia, mas eu tê-lo-ei afiançado para fora muito rapidamente."

Carmen sorriu em uma maneira fraca e cansado. "Agora eu posso fazer algo que eu tenho feito nunca antes."

"O que é aquele?"

"Projete um vestido nas listras."

Essa noite, quando obteve a casa, George disse a Jennifer o que tinha acontecido.

Jennifer foi horrorizada. "Seu próprio marido era enfiamento preto ela? Isso é terrível." Estudou-o por muito tempo. "Eu penso que é maravilhoso que você gasta seus povos de ajuda da vida no problema."

George olhou seu e pensamento, eu sou esse no problema. George Brown foi despertado pelo aroma do café fresco e do cheiro de cozinhar o bacon. Sentou-se acima na cama, assustada. A empregada tinha entrado hoje? Teve disse-lhe não a. George pôs sobre seus veste e deslizadores, e apressou-se para baixo à cozinha. Jennifer estava dentro lá, preparando o café da manhã. Olhou acima enquanto George entrou.

"Bom dia," disse alegre. "Como faça você gosta de seus ovos?"

"Uh…mexidos."

"Direito. Os ovos mexidos e o bacon são minha especialidade.

Com efeito, minha uma especialidade. Eu disse-o que,

eu sou um cozinheiro terrível."

George sorriu. "Você não tem que cozinhar. Se você quis a, você poderia contratar alguns cem cozinheiros chefe."

"Sou eu que vou realmente obter esse muito dinheiro, George?"

"Que é direito. Sua parte da propriedade estará sobre bilhão dólares."

Encontrou difícil engolir. "Bilhão…? Eu não o acredito."

"É verdadeiro."

"Não há que muito dinheiro no mundo, George." "Bem, seu pai teve a maioria do que lá era."

"Eu… mim não conheço o que dizer." "Então posso eu dizer algo?" "Naturalmente."

"Os ovos estão queimando-se."

"Oh, pesaroso." Tomou-os rapidamente fora do fogão. "Eu farei um outro grupo."

"Não incomode. O bacon queimado será bastante." Riu. "Eu sou pesaroso."

George andou sobre ao armário e removeu uma caixa do cereal. "Como sobre um café da manhã frio agradável?"

"Perfeito," Jennifer disse.

Derramou algum cereal em uma bacia para cada um deles, tomou o leite fora do refrigerador, e sentaram-se para baixo na mesa de cozinha.

"Você não tem alguém a cozinhar para você?" Jennifer pediu.

"Você meio, é mim envolveu com o qualquer um?" Corou. "Qualquer outra coisa semelhante."

"Não. Eu estava em um relacionamento por dois anos, mas não dou certo."

"Eu sou pesaroso."

"Que sobre você?" George pediu.

Pensou do caminhante de Alan. "Eu não penso assim." Olhou-a, curioso. "Você não é certo?"

"É difícil explicar. Um de nós quer casar-se," disse taco, "e um de nós não faz."

"Eu ver. Quando isto se acaba, você estará indo para trás a Miami?"

"Eu honesta não sei. Parece tão estranho, estando aqui. Minha mãe falou-me tão frequentemente sobre Los Angeles. Era nascida aqui, e amado lhe. Em uma maneira, é como a casa de vinda. Eu desejo que eu poderia ter conhecido meu pai."

Não, você não faz, pensamento de George. "Você conheceu-o?"

"Não. Tratou somente o Frank Harold."

Sentaram lá a fala para mais do que uma hora, e havia uma camaradagem fácil entre eles. George encheu Jennifer dentro no que teve a chegada acontecida do mais cedo do desconhecido que se chamou Jennifer Stanley, a sepultura vazia, e desaparecimento de Donald Herman '.

"Que é incrível!" Jennifer disse. "Quem poderia ser atrás deste?"

"Eu não sei, mas eu estou tentando encontrar," George assegurei-a. "Entretanto, você será seguro aqui. Muito seguro."

Sorriu, e disse, "eu sinto seguro aqui. Obrigado." Começou dizer algo, e parou então. Olhou seu relógio. "Eu devo obter vestido e obter para baixo ao escritório. Eu tenho muito para fazer."

George encontrava Harold. "Alguns progridem ainda?"

Harold pediu.

George agitou sua cabeça. "É todo o fumo. Quem quer que planeou este é um gênio. Eu estou tentando seguir Donald Herman. Voou de Córsega a Paris a Austrália. Eu falei à polícia de Sydney. Foram aturdidos para aprender que Herman está em seu país. Há uma circular para fora de Interpol, e estão procurando-o. Eu penso Robert Stanley assinou sua própria autorização de morte quando chamou aqui e disse que quis mudar seu vai faz4e-lo. Alguém decidiu pará-lo. A única testemunha ao que aconteceu essa noite é Donald Herman. Quando nós o encontramos, nós saberemos muito mais."

"Eu quero saber se nós trouxermos nossa polícia dentro neste." Harold sugeriu.

George agitou sua cabeça "o que nós conhecemos somos todo o circunstancial, Frank. O único crime que nós podemos provar é que alguém escavou acima a corpo-e nós conhecemos nem sequer quem fez aquele."

"O que sobre o detective contrataram, que verificaram as impressões digitais da mulher?"

"Fredy Tillman. Eu deixei três mensagens para ele. Se eu não ouço para trás dele perto seis horas hoje à noite, eu estou indo voar a San Francisco. Eu acredito que é profundamente envolvido."

"O que fazem você para supor foi significado acontecer às partes da propriedade que o impostor estava indo obter?"

"Minha palpite é que quem quer que planeou está lhes teve seu sinal sua parte sobre. A pessoa usou provavelmente algumas confianças do manequim para escondê-la. Eu sou convencido que nós estamos procurando um membro da família... que eu penso que nós podemos eliminar Carmen como um suspeito." Disse

Harold sobre a conversação que tinha tido com ela. "Se era atrás desta, não viria adiante com uma confissão, não neste tempo, de qualquer maneira. Esperou até que a propriedade esteve estabelecida e tivesse o dinheiro. Tanto quanto seu marido, eu penso que nós podemos eliminar David. É um chantagista insignificante. Não é capaz da fundação qualquer outra coisa semelhante."

"Que sobre o outro?"

"Juiz Stanley. Eu falei a um amigo meu com a Associação de Advogados de San Francisco. Meu amigo diz que todos pensa muito altamente de Stanley. De facto, é apontado apenas juiz principal. Uma outra coisa em seu favor: O juiz Stanley era a pessoa que disse que a primeira Jennifer que apareceu era uma fraude, e era a pessoa que insistiu em um teste do ADN. Eu duvido que faça qualquer outra coisa semelhante. Billy interessa-me. Eu sou consideravelmente certo ele estou em drogas, e aquele é um hábito caro. Eu verifiquei em sua esposa, Anita. Não é esperta bastante ser atrás deste esquema. Mas há um boato que tem um irmão que seja negócio mau. Eu estou indo olhar nele."

George falou a seu secretário no intercomunicador. "Obtenha-me por favor o tenente Michael Kennedy da polícia de Los Angeles."

Poucos minutos depois, zumbiu George. O "tenente Kennedy está na linha uma."

George pigarrou o telefone.

"Tenente. Obrigado tomando minha chamada. Eu sou George Brown com REYNOLDS & ADVOGADOS SINCEROS de HAROLD NA LEI. Nós estamos tentando encontrar um parente quanto à propriedade de Robert Stanley."

"Sr. Brown, eu estaria contente de ajudar se eu posso."

"Você verificaria por favor com a polícia de New York City para ver se têm algum ficheiro no cunhado da Sra. William Stanley? Seu nome é rei de Harold, ele trabalha no Bronx."

"Nenhum problema. Eu receber-lhe-ei de volta."

"Agradecimentos."

Após o almoço, Frank Harold parou pelo escritório de George. "Como é a investigação que vai?" pediu.

"Retarde demasiado para servir-me. Quem quer que planeou este cobriu suas trilhas consideravelmente completamente."

"Como é a sustentação de Jennifer?" George sorriu. "É maravilhosa."

Havia algo no tom de sua voz que feito Frank Harold olhar um olhar mais atento ele.

"É uma jovem senhora muito atrativa."

"Ei sei," George díeses melancolicamente. "Eu sei."

Uma hora mais tarde, a chamada veio dentro de Austrália.

"Sr. Brown?"

"Sim."

"Inspetor chefe McFarlin aqui de Sydney."

"Sim, inspetor chefe."

"Nós encontramos seu homem."

George sentiu seu coração saltar. "Que é maravilhoso! Eu gostaria de arranjar a extradição imediata para trazê-lo…"

"Oh, eu não penso que há toda a pressa. Donald Herman está inoperante."

George sentiu seu dissipador do coração.

"Que?"

"Nós encontramos seu corpo há pouco. Seu assistente tinha sido eliminado, e tinha sido disparado diversas vezes."

"Os grupos do russo têm um costume catita. Primeiramente eliminaram sua mão, a seguir deixam-no ser cego, e então disparam em você. "

"Eu ver. Obrigado, inspetor."

Sem saída. George sentou-se lá, olhando fixamente na parede. Todas suas ligações estavam desaparecendo. Realizou como tem contado pesadamente no testemunho de Donald Herman.

O secretário de George interrompeu seus pensamentos.

"Há um Sr. Tillman para você na linha três."

George olhou seu relógio. Era o 5:55 P.m. Pegarou o telefone. "Sr. Tillman?"

"Sim... eu sou pesaroso que eu não poderia retornar suas chamadas mais cedo. Eu fui fora da cidade para os dois dias passados. O que pode mim fazer para você?"

Muito, pensamento de George. Você pode dizer-me como você falsificou aquelas impressões digitais. George escolheu suas palavras com cuidado. "Eu estou chamando sobre Jennifer Stanley. Quando você estava em Los Angeles recentemente, você verificou para fora suas impressões digitais e..."

"Mr.Brown..."

"Sim?"

"Eu nunca estive em Los Angeles."

George tomou uma respiração profunda. "Sr. Tillman, de acordo com o registro em Holiday Inn, você estava aqui em..."

"Alguém tem usado meu nome."

George escutou, aturdiu. Era o sem saída final, a última

ligação. "Eu não supor que você tem toda a ideia que for?"

"Bem, é muito estranho, Sr. Brown. Uma mulher reivindicou que eu estava em Los Angeles e que eu poderia a identificar como Jennifer Stanley mim a tinha visto nunca antes em minha vida."

George sentiu um impulso da esperança. "Você conhece quem é?"

"Sim. Seu nome é Perkins. Mary Perkins."

George pigarrou uma pena. "Onde posso eu a alcançar?"

"Está na instalação sanitária mental de San Francisco."

"Agradecimentos muito. Eu aprecio realmente este."

"Deixe-nos permanecer em contato. Eu gostaria de conhecer o que está acontecendo. Eu não gosto dos povos que circundam encarnando me."

"Direito." George substituiu o receptor. Mary Perkins.

Quando George obteve a casa que a noite, Jennifer estava esperando para o cumprimentar.

Eu fixei o comensal," disse-lhe. "Bem, eu não o fixei exatamente.

Faça-o gostam do alimento chinês?" Sorriu. "Ame-o!"

"Bom. Nós temos oito caixas dele."

Quando George andou na sala de jantar, a tabela foi ajustada com flores e velas.

"Há toda a notícia?" Jennifer pediu.

George disse cautelosamente, "nós podemos ter obtido nossa primeira ruptura. Eu tenho o nome de uma mulher que pareça ser envolvida nesta. Eu estou voando a San Francisco na manhã para falar com ela. Eu tenho um sentimento que nós podemos ter todas as respostas amanhã."

"Que seria maravilhoso!" Jennifer disse entusiasmadamente. "Eu estarei tão contente quando este se acaba."

"Assim I," George disse-lhe. Ou mim? Será uma parte real da família-maneira de Stanley fora de meu alcance. O comensal durou duas horas, e estavam nem sequer cientes do que comiam. Falaram sobre tudo e falaram sobre nada, e era como se se tinham conhecido para sempre. Discutiram o passado e o presente, e evitaram com cuidado falar sobre o futuro. Não há nenhum futuro para nós, George pensou infeliz.

Finalmente, relutantemente, George disse, "bem, nós deve ir para a cama."

Olhou-os o com sobrancelhas aumentadas, e ambos explosão rindo para fora.

"O que eu signifiquei..."

"Eu conheço o que você significou. Boa noite, George."

"Boa noite, Jennifer."

29

Cedo a seguinte manhã, George embarcou um voo unido para San Francisco. Do aeroporto de San Francisco tomou um táxi.

"A onde?" o motorista pedido.

"De instalação sanitária mental San Francisco."

O motorista girou ao redor e olhou George. "É você aprovado?"

"Sim. Porque?"

"Apenas pedindo."

Na facilidade, George aproximou o agente de segurança não-informado na recepção.

O protetor olhou acima. "Posso eu ajudo-o?"

"Sim. Eu gostaria de ver Mary Perkins."

"É um empregado?"

Isso não tinha ocorrido a George. "Eu não sou certo."

O protetor olhou um olhar mais atento ele. "Você não é certo?"

"Tudo que eu sei é que está aqui."

O protetor alcançado em uma gaveta e removeu uma lista com uma lista de nomes. Depois que um momento, disse ele, "que não trabalha aqui. Poderia ser um paciente?"

"Mim... que eu não conheço. É possível."

O protetor deu a George um outro olhar, a seguir alcançou-o em uma gaveta diferente e retirou-o um impresso de computador. Fez a varredura d, e no meio, parou. "Perkins. Mary."

"Que é direito." Foi surpreendido. "Está um paciente aqui?"

"Uh-huh. É você um parente?"

"Nenhum..."

"Então eu estou receoso que você não pode a ver."

"Eu tenho que vê-la," George disse. "É muito importante."

"Pesaroso. Eu tenho minhas ordens. A menos que você for cancelado antes da mão, você não pode visitar alguns dos pacientes."

"Quem é responsável aqui?" George pediu.

"Eu sou."

"Eu significo, responsável do hospital."

"Dr. Kimbal."

"Eu quero vê-lo."

"Direito." O protetor pigarrou o telefone e discou um número. O "Dr. Kimbal, este é Joe na recepção. Há um cavalheiro aqui quem quer o ver."

Olhou acima em George. "Seu nome?"

"George Brown. Eu sou um advogado."

"George Brown. É um advogado... direito." Substituiu o receptor e girou-o para George. "Alguém estará avante tomá-lo a seu escritório."

Cinco minutos mais tarde, George foi acompanhado no

escritório do Dr. Gary Kimbal. Kimbal era um homem em seus anos 50, mas olhou mais idoso e abatido.

"O que podem mim fazer para você, Sr. Brown?"

"Eu preciso de ver um paciente que você tem aqui. Mary Perkins."

"Ab, sim. Caso interessante. É você relativo a ela?"

"Não, mas eu estou investigando um assassinato possível, e são muito importantes que eu lhe falo. Eu penso que pode lhe ser uma chave."

"Eu sou pesaroso. Eu não posso ajudá-lo."

"Você tem que," George disse. "É…"

"Sr. Brown, eu não poderia ajudá-lo mesmo se eu quis a."

"Porque não?"

"Porque Mary Perkins está em uma pilha acolchoada. Ataca todos que vai perto dela. Esta manhã, tentou matar uma matrona e dois doutores."

"Que?"

"Mantem-se mudar sua identidade e gritar para seu irmão, Thomas, e o grupo de seu iate. A única maneira nós podemos silêncio que deve a manter sedado pesadamente."

"Oh, meu deus," George disse. "Você tem toda a ideia quando pôde sair d?"

O Dr. Kimbal agitou sua cabeça. "Está sob a observação próxima. Talvez a tempo acalmar-se-á para baixo, e nós podemos reavaliar sua condição. Até lá…"

30

Em seis A M., um barco-patrulha do porto estava cruzando ao longo da praia de Newport perto de Santa Ana River, quando um dos polícias a bordo manchou um objeto que flutua na água adiante.

"Fora da curva de estibordo!" chamou. "Olha como um registro. Deixe-nos pegara-la antes que afunde algo."

O registro despejou ser um corpo, e assustando, um corpo que fosse embalsamado.

O polícia olhou fixamente para baixo nele e disse, "como o inferno fez um corpo embalsamado obtém em Santa Ana River?"

O tenente Michael Kennedy estava falando ao juiz. "É você certo daquele?"

O juiz respondido, "absolutamente. É Robert Stanley. Eu embalsamei-o eu mesmo. Mais tarde, nós tivemos uma ordem da exumação, e quando nós escavamos acima o caixão... bem, você sabe, nós relatamo-lo à polícia."

"Quem pedido para ter o corpo desenterrou?"

"A família. Seguraram-no através de seu advogado,

Frank Harold."

"Eu penso que eu terei uma conversa com Sr. Frank Harold."

Quando George retornou a Los Angeles de San Francisco, foi diretamente ao escritório de Frank Harold.

"Você olha a batida," Harold disse.

"Batida-não batido. O tudo isto está caindo distante, Frank. Nós tivemos três ligações possíveis: Donald Herman, Fredy Tillman, e Mary Perkins. Bem, Herman está inoperante, é o Tillman errado, e Mary Perkins é fechado afastado em um asilo. Nós não temos nada...!"

A voz do secretário de Harold veio sobre o intercomunicador.

"Desculpe-me. Há um tenente Kennedy aqui para vê-lo, Sr. Frank Harold."

"Envie-o dentro."

Michael Kennedy era um homem de vista com olhos que tinham visto tudo.

"Sr. Frank Harold?"

"Sim. Este é meu associado George Brown. Eu acredito que você dois falou no telefone. Sente-se para baixo. O que pode nós fazer para você?"

"Nós apenas encontramos o corpo de Robert Stanley."

"Que? Onde?"

"Nadando no Oceano Pacífico perto de Santa Ana River. Você pediu seu corpo escavado acima, não fez você?"

"Sim."

"Maio eu pergunto porquê?" Harold disse-lhe.

Quando Harold foi terminado, Kennedy disse, "você não tem nenhuma ideia que era que levantado como este investigador, Tillman?"

"Não. Eu falei a Tillman." George respondeu. "Não tem

nenhuma ideia, tampouco."

Kennedy suspirou. "Obtém mais curiosa e mais curiosa."

"Onde é o corpo de Robert Stanley agora?" George pediu.

"Estão mantendo-o na morgue para o presente. Eu espero que não desaparece outra vez."

"Eu faço, também," George disse. "Nós teremos Paul que Weissman corre um teste do ADN em Jennifer." Quando George chamou Thomas para lhe dizer que o corpo do seu pai tinha sido encontrado, Thomas foi chocado genuína.

"Que é terrível!" disse. "Quem poderia ter feito uma coisa como aquele?"

"Que é o que nós estamos tentando encontrar," George disse-lhe.

Thomas era furioso. Esse idiota incompetente, ribeiros. Está indo pagar por este. Eu tenho que obter este estabelecido antes que saia da mão. "Sr. Brown, como você pode estar ciente, eu fui apontado juiz principal de San Francisco. Eu tenho um número de dossiês muito pesado, e estão exercendo-me pressão sobre para retornar. Eu não posso atraso muito mais por muito tempo. Eu apreciaria se você poderia fazer algo obter a homologação de testamento terminada rapidamente."

"Eu pus em uma chamada esta manhã," George disse-lhe.

"Deve ser fechado dentro dos próximos três dias."

"Que será fino. Mantenha-me informado, por favor."

"Eu farei aquele, juiz."

George sentou-se em seu escritório que revê os eventos do passado poucas semanas. Recordou a conversação que tinha tido com inspetor chefe McFarlin.

"Nós encontramos seu corpo há pouco. Seu assistente tinha sido eliminado, e tinha sido disparado diversas vezes. "Mas espera, pensamento de George. Há algo que não me disse. Pegarou o telefone e pô-lo em uma outra chamada a Austrália.

A voz na outra extremidade do telefone disse, "este é inspetor chefe McFarlin."

"Sim, inspetor. Este é George Brown. Eu esqueci fazer-lhe uma pergunta. Quando você encontrou o corpo de Donald Herman, eram lá todos os papéis nele? ... Eu ver... que é muito bem... Obrigado muito."

Quando George pendurou acima o telefone, a voz do seu secretário veio sobre o intercomunicador. O "tenente Kennedy está guardar ando sobre a linha dois."

George perfurou o botão do telefone.

"Tenente. Pesaroso mantê-lo esperar. Eu estava em uma chamada ultramarina."

"O NYPD deu-me alguma informação interessante no rei de Harold. Parece ser bastante um carácter escorregadiço."

George pigarrou uma pena. "Vá adiante."

"A polícia acredita que o Brooksy que trabalha para é uma parte dianteira para um anel da droga." O tenente pausou, a seguir continuou. O "rei é provavelmente um empurrador de droga. Mas é inteligente. Não puderam pregá-lo ainda."

"Qualquer outra coisa?" George pediu.

"A polícia acredita que a operação está amarrada na máfia francesa com uma conexão através de Marselha. Se eu aprendo qualquer outra coisa, eu chamarei."

"Agradecimentos, tenente. Isso é muito útil."

George colocou o telefone e dirigiu para fora a porta do

escritório.

Quando George chegou em casa, enchido com a antecipação, chamou, "Jennifer?"

Não havia nenhuma resposta.

Começou a apavorar-se. "Jennifer!" Foi sequestrada ou matada, pensou, e sentiu um sentido repentino do alarme. Jennifer apareceu na parte superior das escadas. "George?" Tomou uma respiração profunda. "Eu pensei…" Era pálido.

"É você toda direito?"

"Sim."

Veio abaixo das escadas. "Fez coisas vão bem em San Francisco?"

Agitou sua cabeça. "Eu estou receoso não." Disse lhe o que tinha acontecido. "Nós estamos indo ter uma leitura da vontade em quinta-feira, Jennifer. Aquele é somente três dias a partir de agora. Quem quer que é atrás deste tem que obter livrado de você até lá ou de seu- ou ela-plano não pode trabalhar."

Engoliu. "Eu ver. Você tem toda a ideia que for?"

"Com efeito…" O telefone soou. "Desculpável."

George pigarrou o telefone. "Olá!?"

"Este é Dr. Thompson em Florida. Pesaroso eu não chamei mais cedo, mas eu estive ausente."

"Dr. Thompson. Obrigado retornando minha chamada. Nossa empresa representa a propriedade de Stanley."

"O que pode mim fazer para você?"

"Eu estou chamando sobre William Stanley. Eu acredito que é um paciente de seu."

"Sim."

"Tem um problema da droga, doutor?"

"Sr. Brown, eu não estou na liberdade para discutir

alguns de meus pacientes."

Eu compreendo. Eu não estou pedindo este fora da curiosidade. É muito importante"

"Eu estou receoso que eu não posso."

"Você teve-o admitido à clínica do grupo do porto no Júpiter, não fez você?"

Havia uma hesitação longa. "Sim. Aquela é uma matéria do registro."

"Obrigado, doutor. Aquele é todo I necessário a saber."

George substituiu o receptor e esteve lá um momento.

"É inacreditável!"

"Que?" Jennifer pediu.

"Sente-se para baixo…"

Trinta minutos mais tarde, George estava em seu carro dirigido para o ar de Bell. Todas as partes tiveram finalmente os pés no lugar. É brilhante. Trabalhou quase. Poderia ainda trabalhar se qualquer coisa aconteceu a Jennifer, pensamento de George. No ar de Bell, Damon respondeu à porta. "Boa noite, Sr. Brown."

"Boa noite, Damon. Está o juiz Stanley dentro?"

"Está na biblioteca. Eu dir-lhe-ei que você está aqui."

"Obrigado." Olhou Damon andar fora.

Um minuto mais tarde, o mordomo retornou. O "juiz Stanley vê-lo-á agora."

"Obrigado."

George andou na biblioteca. Thomas estava sentando-se na frente de uma placa de xadrez, concentrando-se. Olhou acima enquanto George andou dentro.

"Você quis ver-me?"

"Sim. Eu acredito que a jovem mulher que veio o ver diversos dias há é a Jennifer real. A outra Jennifer era uma falsificação."

"Mas isso não é possível."

"Eu estou receoso que é verdadeiro, e eu encontrei quem é atrás do todo o este."

Havia um silêncio momentâneo. Então Thomas disse lentamente, "você tem?"

"Sim. Eu estou receoso que este está indo o chocar. É seu irmão, Billy."

Thomas estava olhando acima em George na perplexidade. "É você que diz que Billy é responsável para o que está sendo acontecido?"

"Que é direito."

"Eu... mim não posso acreditá-lo."

"Nenhuns poderiam I, mas toda verificam para fora. Eu falei a seu doutor no ar de Bell. Você conheceu seu irmão está em drogas?"

"Eu... mim suspeitei-o."

As "drogas são caras. Billy não está trabalhando. Precisa o dinheiro, e procurava obviamente uma parte mais grande da propriedade. É a pessoa que contratou a Jennifer falsificada, mas quando você veio a nós e pedido um teste do ADN, apavorou-se e teve-se o corpo do seu pai removido do caixão porque não poderia ter recursos para ter que o teste fez. Aquele é que derrubado me fora. E eu suspeito que enviou alguém a Miami para ter a Jennifer real matou. Você soube que Anita tem um irmão que amarrasse na multidão? Contanto que Jennifer viva e lá for dois Jennifer ao redor, seu plano não pode trabalhar."

"É você certo do todo o isto?"

"Absolutamente. Há algo mais, juiz."

"Sim?"

"Eu não penso que seu pai morre no auto acidente. Eu acredito que Billy teve seu pai assassinado. O irmão de

Anita poderia ter arranjado aquele demasiado. Eu sou dito que tem conexões com a máfia de Marselha. Poderiam facilmente ter pagado um membro de grupo para fazê-la. Eu estou voando a Itália hoje à noite para ter uma conversa com a autoridade local."

Thomas estava escutando atenta. Quando falou, disse aprovativamente, "que é uma boa ideia." O capitão Vargas não conhece nada.

"Eu tentarei ser para trás em quinta-feira para a leitura da vontade."

Thomas disse, "o que sobre a Jennifer real? ... É você certo ela é seguro?"

"Oh, sim," George disse. "Está ficando onde ninguém pode a encontrar. Está em minha casa."

31

A parte extraordinária de boa fortuna que eu tinha sido dado era a oportunidade de lutá-la minha maneira. Os deuses estão em meu lado. Não poderia acreditar sua boa fortuna. Era um curso incrível da sorte. A noite passada, George Brown tinha entregado Jennifer em suas mãos. Os ribeiros de Henry são um tolo incompetente; Pensamento de Thomas. Eu tomarei a cuidado de Jennifer eu mesmo este tempo.

Olhou acima enquanto Damon entrou a sala.

"Desculpe-me, juiz Stanley. Há uma chamada telefónica para você."

Era Lynda Powell. "Thomas?"

"Sim, Lyn."

"Eu apenas quis trazê-lo moderno na matéria de Mary Perkins."

"Sim?"

"O Dr. Clifton apenas chamou-me. A mulher é insana. Está continuando tão mal que têm que ter seu fechado afastado na divisão violenta."

Thomas sentiu um sentido de relevo afiado. "Eu sou pesaroso ouvir isso."

"De qualquer maneira, eu quis facilitar sua mente e deixei-o saber que é já não todo o perigo a você ou a sua família."

"Eu aprecio aquele," Thomas disse. E fez.

Thomas foi a sua sala e telefonou Connie.

Houve um atraso longo antes que Connie respondeu.

"Olá!?" Thomas poderia ouvir vozes no fundo. "Connie?"

"Quem é este?"

"É Thomas."

"Oh, Sim. Thomas."

Poderia ouvir tilintar dos vidros. "É você que tem um partido, Connie?"

"Uh-huh, você quer juntar-se nós?"

Thomas quis saber quem estava no partido. "Eu desejo que eu poderia. Eu estou chamando para dizê-lo para preparar-se para ir nessa viagem que nós falamos aproximadamente."

Connie riu. "Você significa naquele o grande iate branco grande a St Tropez?"

"Que é direito."

"Certo. Eu posso estar pronto a qualquer momento," disse zombaria.

"Connie, eu sou sério."

"Oh, venha fora dele, Thomas. Os juízes não têm iate. Eu tenho que ir agora. Meus convidados estão chamando-me."

"Espere um minuto!" Thomas disse desesperadamente.

"Você conhece quem eu sou?"

"Certo, você é…"

"Eu sou Thomas Stanley. Meu pai era Robert Stanley." Havia um momento de silêncio. "É você que caçoa me?" "Não. Eu estou em Los Angeles agora, estabelecendo-se acima da propriedade."

"Meu deus! Você é esse Stanley. Eu não soube. Eu sou pesaroso. Mim... Eu tenho ouvido o material na notícia, mas eu não paguei muita atenção. Eu nunca figurei que era você."

"Que é toda direito."

"Você significou-o realmente sobre a tomada de mim a St Tropez, não fez você?"

"Naturalmente eu fiz. Nós estamos indo fazer junto muitas coisas," Thomas disse. "Isto é, se você quer a."

"Eu faço certamente!" A voz de Connie foi enchida de repente com o entusiasmo. "Gê, Thomas, este é notícia realmente grande..." Quando Thomas substituiu o receptor, estava sorrindo. Connie foi tomado de. Agora, pensou, ele é hora de tomar de minha metade-irmã.

Thomas entrou na biblioteca onde a coleção da arma de Robert Stanley foi mantida, aberto o caso, e a removido caixa de mogno. De uma gaveta abaixo do caso, removeu alguma munição. Pôs a munição em seu bolso e levou a caixa de madeira em cima a seu quarto, fechado a porta atrás dele, e abriu a caixa. Dentro de eram dois revólveres de harmonização de Roger, favoritos de Robert Stanley. Thomas removeu um, carregou-o com cuidado, e colocou-o então a munição extra e a caixa que contêm o outro revólver em sua gaveta do departamento. Um tiro fá-la-á, ele pensou. Tinham-no ensinado que para disparar bem na escola militar seu pai o tinha enviado a. Obrigado, pai.

Em seguida, Thomas pigarrou um diretório de telefone e procurou o endereço domiciliário de George Brown:

Rua de 280 Newbury, Los Angeles.

Thomas fez sua maneira à garagem, onde havia umas meias dúzia dos carros. Escolheu Mercedes preto como sendo o mais menos notável. Abriu a porta da garagem e escutou para ver se o ruído tinha perturbado qualquer um. Havia somente um silêncio. Na movimentação à casa de George Brown, Thomas pensou sobre o que estava a ponto de fazer. Tinha cometido nunca fisicamente um assassinato antes. Mas está vez não teve nenhuma escolha. Jennifer Stanley era o último obstáculo entre ele e seus sonhos. Com ela ida, seus problemas acabar-se-iam. Para sempre, pensamento de Thomas.

Conduziu lentamente, cuidadoso não atrair a atenção. Quando alcançou a rua de Newbury, Thomas cruzou após o endereço de George. Alguns carros foram estacionados na rua, mas nenhum pedestre estava ao redor.

Estacionou o carro um bloco afastado e andou de volta à casa. Soou a campainha e esperou.

A voz de Jennifer veio através da porta. "Quem é ele?"

"É juiz Stanley."

Jennifer abriu a porta. Olhou-o na surpresa. "Que você está fazendo aqui? É qualquer coisa erradamente?"

"Não, de forma alguma," disse facilmente. "George Brown pediu que eu tivesse uma conversa com você. Disse-me que você estava aqui. Posso eu entro?"

"Sim, naturalmente."

Thomas andou no salão e na Jennifer olhada para fechar a porta atrás dele. Conduziu a maneira na sala de visitas.

"George não está aqui," disse. "Está em sua maneira a San Francisco."

"Eu sei." Olhou ao redor. "Está você sozinho? Não há uma empregada ou alguém a ficar com você?"

"Não. Eu sou seguro aqui. Posso eu ofereço-lhe algo?"

"Não, agradecimentos."

"O que você quis me falar aproximadamente?"

"Eu vim falar sobre você, Jennifer. Eu sou desapontado em você."

"Desapontado...?"

"Você deve nunca ter vindo aqui. Fê-lo pensam realmente que você poderia andar dentro e tentar recolher uma fortuna que não lhe pertencesse?"

Olhou-o um momento. "Mas eu tenho um direito..."

"Você tem um direito a nada!" Thomas agarrou. "Onde era você todos aqueles anos em que nós éramos humilhados e punidos por nosso pai? Saiu de sua maneira de ferir-nos cada possibilidade que obteve. Passou-nos com o inferno. Você não teve que atravessar alguma daquele. Bem, nós fizemos, e nós merecemos o dinheiro. Não você."

"Mim... o que você me querem fazer?"

Thomas deu um riso curto. "Que eu quero-o fazer? Nada. Você tem-no feito já. Você condenado perto do estragado tudo, você conhece aquele?"

"Eu não compreendo."

"É realmente bastante simples." Removeu o revólver.

"Você está indo desaparecer."

Retirou uma etapa. "Mas I..."

"Não diga qualquer coisa. Deixe-nos o tempo não desperdício. Você e eu estamos indo em uma viagem pequena."

Endureceu-se. "Que se eu não irei?"

"Oh, você estará indo. Inoperante ou vivo. Fato você mesmo."

No momento de silêncio que seguiu, Thomas ouviu sua

voz crescer para fora da sala seguinte. "Oh, você estará indo. Inoperante ou vivo. Fato você mesmo" que girou ao redor.

"Que...?"

George Brown, Frank Harold, o tenente Kennedy, e dois polícias não-informados pisaram na sala de visitas. George guardara-a um gravador.

O tenente Kennedy disse, "dá-me a arma, juiz."

Thomas congelou-se por um instante, e então forçou um sorriso. "Naturalmente. Eu apenas tentava ao susto esta mulher em sair de aqui. É uma fraude, você sabe." Pôs a arma na mão estendido do detective. "Tentou reivindicar a parte da propriedade de Stanley. Bem, eu não estava a ponto de deixá-la obter afastado com ele. Assim eu..."

"Acaba-se, juiz," George disse.

"Que você está falando sobre? Você disse que Billy era responsável para..."

"Billy não era até o planeamento qualquer coisa tão inteligente quanto este, e Carmen era já muito bem sucedido. Assim eu comecei verificar acima em você. Donald Herman foi matado em Austrália, mas a polícia australiana encontrou seu número de telefone em seu bolso. Você usou-o para assassinar seu pai. Você é a pessoa que trouxe em Mary Perkins e insistido então era um impostor para jogar a suspeita fora do senhor mesmo. Você é a pessoa que insistiu no teste do ADN e arranjado para ter o corpo removido. E você é a pessoa que põe na chamada falso a Tillman.

Você contratou Mary Perkins para encarnar Jennifer, e teve-a então cometida a uma divisão psiquiátrica."

Thomas olhou em torno da sala, e quando falou, sua voz era perigosamente calma. "E um número de telefone em um homem inoperante é sua evidência? Eu não posso acreditar este! Você estabelece sua armadilha pequena lamentável baseada naquela? Você não tem um fragmento da prova. Meu número de telefone estava no bolso de Donald porque eu pensei que meu pai pôde estar no perigo. Eu disse Donald para ser cuidadoso. Obviamente, não era cuidadoso bastante. Quem quer que matou meu pai Donald provavelmente matado. Aquele é quem a polícia deve procurar. Eu chamei Tillman porque eu o quis encontrar a verdade. Alguém encarnara-lo. Eu não tenho nenhuma ideia que. E a menos que você puder o encontrar e meio amarrar, você não tem nada. Tanto quanto Mary Perkins, eu acreditei realmente que era nossa irmã. Quando foi de repente louca, indo em uma série de compra e ameaçando matar-nos todos, eu persuadi-a ir a San Francisco. Então eu arranjei para tê-la pegara da e cometida. Eu quis manter todo o este fora da imprensa para proteger a família."

Jennifer disse, "mas você veio aqui matar-me."

Thomas agitou sua cabeça. "Eu não tive nenhuma intenção de matá-lo. Você é um impostor. Eu apenas qui-lo ao susto afastado."

"Você está encontrando-se."

Girou para o outro. "Há algo mais que você pôde considerar. É possível que nenhuma da família é envolvida. Poderia ser algum membro que está manipulando este, alguém que pôs em um impostor e de planeamento convencer a família que era genuína e para rachar então uma parte da propriedade com ela. Isso não ocorreu a algum de você, fê-lo?"

Girou para Frank Harold. "Eu estou indo processá-lo ambos para a difamação, e eu estou indo levar embora tudo você tem obtido. Estas são minhas testemunhas. Antes que eu esteja completamente com você, você desejará que você me tinha ouvido nunca. Eu controlo biliões, e eu estou indo usá-los para destrui-lo."

Olhou George. "Eu prometo-lhe que que seus últimos atuam porque um advogado será a leitura do Stanley vá faz4e-lo. Agora, a menos que você quiser me carregar com levar uma arma não autorizada, eu estarei saindo."

O grupo olhado um outro incerta. "Não? Bem, boa noite, então."

Olharam impotente enquanto andou para fora a porta. O tenente Kennedy era primeiro para encontrar sua voz. "Meu deus!" disse. "Você acredita aquele?"

"Está blefando," George disse lentamente. "Mas nós não podemos prová-la. É direito. Nós precisamos a prova. Eu pensei que se racharia, mas eu o subestimei."

Frank Harold falou. "Olha como nosso plano pequeno malogrou. Sem Donald Herman ou o testemunho da mulher de Perkins, nós não temos nada mas suspeitas."

"Que sobre a ameaça em minha vida?" Jennifer protestou. George disse, "você ouviu-se o que disse. Apenas tentava-o ao susto porque pensou que você era um impostor."

"Apenas não me tentava ao susto," Jennifer disse. "Pretendeu matar-me."

"Eu sei. Mas não há uma coisa que nós podemos fazer. Dickens mandou-a endireitar: "A lei é um burro... "que nós somos certo para trás onde nós começamos.""

Harold olhou de sobrancelhas franzidas. "É mais mal do que esse, George. Thomas significou o que disse sobre nós processar. A menos que nós pudermos provar nossas cargas, nós estamos no problema."

Quando os outro tinham saído, Jennifer disse a George, "eu sou tão pesaroso sobre o todo o isto. Eu sinto dentro ausente responsável. Se eu não tinha vindo…"

"Não seja parvo," George disse.

"Mas disse que está indo o arruinar. Pode faz isso?"

George encolher de ombros. "Nós teremos que ver."

Jennifer hesitou. "George, eu gostaria de ajudá-lo." Olhou-a, confundido. "O que você significa?"

"Bem, eu estou indo ter muito dinheiro. Eu gostaria de dar-lhe bastante assim que você pode…"

Pôs suas mãos sobre seus ombros. "Obrigado, Jennifer. Eu não posso tomar seu dinheiro. Eu serei fino."

"Mas…"

"Não se preocupe sobre ele."

Estremeceu. "É um homem mau."

"Era muito corajoso de você fazer o que você fez."

"Você disse que não havia nenhuma maneira do obter, assim mim pensou se você o envio aqui, que poderia ser a maneira do prender."

"Olha como se nós somos esses que caíram na armadilha, não fazemos ele?"

Essa noite, Jennifer coloca em sua cama, pensando sobre George e querendo saber como poderia o proteger. Eu não devo ter vindo, pensou, mas se eu não tinha vindo, eu não o encontraria.

Na sala seguinte, George coloca na cama, pensando sobre Jennifer. Era frustrante pensar que se estava encontrando em sua cama com somente uma parede fina entre eles. Que sou eu que falo sobre? Essa parede tem bilhão dólares grossa.

Thomas estava em seu humor mau. Na casa da maneira, pensou sobre o que tinham ocorrido apenas, e como ele despistar os. São pigmeus que tentam abater um gigante, ele pensaram. E não teve nenhuma ideia que aquele era uma vez o pensamento do seu pai. Thomas tem uma movimentação muito má do humor.

Quando Thomas alcançou o ar de Bell, Damon cumprimentou-o.

"Boa noite, juiz Thomas. Eu espero que você é bom esta noite."

"Nunca melhore, Damon. Nunca melhore."

"Posso eu obtê-lo qualquer coisa?"

"Sim. Eu penso que eu gostaria de um vidro do champanhe." "Naturalmente, senhor."

Era uma celebração, a celebração de sua vitória.

Amanhã eu valo sobre dois bilhão dólares. Disse a frase amorosamente repetidamente. "Dois bilhão dólares… dois bilhão dólares…" Decidiu chamar Connie.

Esta vez Connie reconheceu sua voz imediatamente.

"Thomas! Como é você?" Sua voz estava morna.

"Fino, Connie."

"Eu tenho esperado para ouvir-se de você."

Thomas sentiu pouca emoção. "Tenha-o? Como você gosta de vir amanhã a Los Angeles?"

"Certo… mas que para?"

"Para a leitura da vontade. Eu estou indo herdar sobre dois bilhão dólares."

"Dois… que é fantástico!"

"Eu quero-o aqui em meu lado. Nós estamos indo selecionar junto esse iate."

"Oh, Thomas! Isso soa maravilhoso!" "Então você virá?"

"Naturalmente, eu vou faz4e-lo."

Quando Connie substituiu o receptor, sentou lá dizer amorosamente repetidamente, "dois bilhão dólares... dois bilhão dólares..."

32

A vontade de Robert Stanley era no centro da discussão não somente nos meios, mas igualmente entre seus herdeiro e advogados. O dia antes da leitura da vontade, Carmen e Billy foram assentados no escritório de George.

"Eu não compreendo porque nós estamos aqui," Billy disse. "A leitura é supor para ser amanhã."

"Há alguém que eu o quero se encontrar," George disse-lhes.

"Quem?"

"Sua irmã."

Eram ambos que olham fixamente nele. "Nós temo-la encontrado já," Carmen disse.

George pressionou um botão no intercomunicador. "Você pediria que entrasse, por favor?"

Carmen e Billy olharam se, confundido.

A porta aberta, e Jennifer Stanley andaram no escritório. George levantou-se. "Esta é sua irmã, Jennifer."

"O que é você que fala sobre?" Billy explodiu. "O que são você que tenta puxar?"

"Deixe-me explicar," George disse quietamente. Falou por quinze minutos, e terminou dizendo, "Paul Weissman confirma que seu ADN combina seu pai."

Quando George estava completamente, Billy disse, "Thomas! Eu não posso acreditá-lo!"

"Acredite-o."

"Eu não compreendo. As impressões digitais da outra mulher mostram que é Jennifer," Billy disseram. "Eu ainda tenho o cartão da impressão digital."

George sentiu seu martela mento do pulso. "Você faz?"

"Sim. Eu mantive-o como o tipo de um gracejo."

"Eu quero-o fazer-me um favor," George disse.

Em dez horas da manhã seguinte, um grande grupo foi recolhido na sala de conferências do advogado de Reynolds & de Frank Harold na lei. Frank Harold sentou-se na cabeça de uma tabela. Na sala eram Carmen, Thomas, Billy, George, e Jennifer. Além, havia diversos desconhecido atuais.

Harold introduziu dois deles. "Este é Bryant Watkins e Gerald Walton. São com as empresas de advocacia aquele represente empresas de Stanley. Trouxeram com elas o relatório financeiro na empresa. Eu discutirei a vontade primeiramente, a seguir podem tomar sobre a reunião."

"Deixe-nos obter sobre com ela," Thomas disse impaciente. Estava sentando-se independentemente do outro. Eu estou indo não somente obter o dinheiro, mas eu estou indo destrui-lo bastardos.

Frank Harold inclinou-se. "Muito bem."

Na frente de Harold era um Robert dividido grande ficheiro Stanley que o ÚLTIMO E TESTAMENTO. "Eu estou indo dar a cada um de você uma cópia da vontade assim que não será necessário vadear com todos os tecnicismos. Eu tenho-o já dito que as crianças de Robert Stanley herdarão igualmente a propriedade."

Jennifer olhou sobre para George, um olhar do assombro em sua cara.

Eu estou contente para ela, pensamento de George. Mesmo que ponha sua maneira fora de meu alcance.

Frank Harold estava indo sobre. "Há dúzia ou assim que legados, mas são tudo menores."

Thomas estava pensando, Connie será aqui esta tarde. Eu quero estar no aeroporto para encontrá-lo.

"Porque você foi dito mais cedo, as empresas de Stanley têm recursos de aproximadamente seis bilhão dólares." Harold inclinou-se para Bryant Watkins. "Eu deixarei o Sr. Watkins tomá-la de aqui."

Bryant Watkins abriu uma pasta e espalhou alguns papéis para fora na tabela de conferência. "Porque o Sr. Frank Harold disse, há seis bilhão dólares nos recursos. De qualquer modo..."

Havia uma pausa grávida. Olhou em torno da sala.

"De as empresas Stanley estão no débito além de quinze bilhão dólares."

Billy estava em seus pés. "O que são você que diz?" A cara de Thomas girada pálida. "É este algum tipo do gracejo?"

"Tem que ser!" Carmen disse hoarsely.

O Sr. Watkins girou para um dos homens na sala. O "Sr. Scott Richter é com a Comissão de Valores e Bolsa. Eu deixá-lo-ei explicar."

Richter inclinou-se. "Por os últimos dois anos, Robert Stanley foi convencido que as taxas de juro estavam indo cair. No passado, tinha feito milhões apostando naquele.

Quando as taxas de juro começaram aumentar, foi convencido ainda que deixariam cair outra vez, e se manteve alavancagem suas apostas. Fez o empréstimo maciço para comprar ligações a longo prazo, mas as taxas de juro foram acima e suas custas de empréstimo saltaram, quando o valor das ligações caiu. Os bancos eram dispostos fazer o negócio com ele devido a sua reputação e a sua fortuna vasta, mas quando tentou conservar suas perdas começando investir em segurança de alto risco, começaram a ficar preocupado. Fez uma série de investimentos desastrosos. Algum do dinheiro que pediu foi prometido por seguranças teve comprado com dinheiro pedido como a garantia para mais pedir."

"Ou seja" Gerald que Walton lançar, "ele era pyramiding seus débitos, operando-se ilegal."

"Que está correto. Infelizmente para ele, as taxas de juro submeteram-se a uma das escaladas as mais íngremes na história financeira. Teve que manter-se pedir o dinheiro para cobrir o dinheiro que tinha pedido já. Era um círculo vicioso."

Sentaram-se lá, pendurando em cada palavra de Richter. "Seu pai deu sua garantia pessoal ao plano de pensão da empresa e usou ilegal esse dinheiro para comprar mais estoque. Quando os bancos começaram a questionar o que fazia, estabelece empresas do chamariz e desde que registros falsos de vendas da solvibilidade e da falsificação de suas propriedades para conduzir acima do valor de seu papel. Cometia a fraude. Na extremidade, estava contando em um consórcio de bancos para afiançá-lo fora do problema. Recusaram. Quando disseram à Comissão de Valores e Bolsa o que estava acontecendo, Interpol foi trazida na imagem."

Richter indicou o homem assentado ao lado dele. "Este é inspetor Patel, com a garantia francesa. Inspetor, você explicaria o resto dele, por favor?"

O inspetor Patel falou o inglês com um leve acento francês. "A pedido de Interpol, nós seguimos Robert Stanley a Monte - Carlo, e eu enviamos três detectives lá para segui-lo. Controlou iludi-los. Interpol tinha posto para fora um código verde a todos os departamentos da polícia que Robert Stanley estava sob a suspeita e deve ser olhado. Se tinham conhecido a extensão de seus crimes, circulariam um código vermelho, ou a prioridade máxima, e nós capturar-o-51&z."

Billy estava em um estado de choque. "É por isso deixou-nos sua propriedade. Porque não havia nada nele!"

Bryant Watkins disse, "você é direito sobre aquele. Você estava todo na vontade do seu pai porque os bancos recusaram ir junto com ele e soube que, essencialmente, não lhe deixava nada. Mas falou a Ben Ginsburg em Credita Lyonnais, que prometeu o ajudar. O momento Robert que Stanley pensou que era solvente outra vez, ele planeou mudar seu cortá-lo-á fora dele."

"Mas que sobre o iate, e o plano, e as casas?" Carmen pediu.

"Eu sou pesaroso," Watkins disse. "Tudo será vendido à peça da recompensa do débito."

Thomas sentou-se lá, como mortos. Era um pesadelo além de sua imaginação. Era já não Thomas Stanley, Multibilionário. Era somente um juiz.

Thomas levantou-se para sair, agitado. "Eu não conheço o que dizer. Se não há nada mais "teve que conseguir ao aeroporto rapidamente encontrar Connie e tentá-lo explicar o que tinha acontecido.

George falou acima. "Há algo mais." Girou.

"Sim?"

George inclinou-se a um homem que está na porta. A porta aberta, e os ribeiros de Henry andaram dentro.

"Olá! juiz."

A descoberta tinha vindo quando Billy disse a George que teve o cartão da impressão digital.

"Eu gostaria de vê-la," George disse-lhe.

Billy tinha sido confundido. "Por que? Apenas tem os grupos da mulher dois de impressões digitais nela, e combinaram. Nós verificamo-la toda."

"Mas o homem que se chamou Fredy Tillman tomou as impressões digitais, direito?"

"Sim."

"Então se tocou no cartão, suas impressões digitais estarão ligada."

A palpite de George tinha provado ser direita. As cópias dos ribeiros de Henry' eram por todo o lado no cartão, e tinha tomado menos de trinta minutos para que os computadores revelem sua identidade. George tinha telefonado o fiscal do distrito em San Francisco. Uma autorização foi emitida, e dois detectives tinham aparecido na casa dos ribeiros de Henry.

Estava na jarda que joga a captura com Bob.

"Sr. Ribeiro?"

"Sim."

Os detectives mostraram seus emblemas. "O fiscal do distrito gostaria de falar-lhe."

"Não. Eu não posso." Era indignante.

"Maio eu pergunto porquê?" um dos detectives perguntados.

"Você pode ver porque, não pode você? Eu estou

jogando a bola com meu filho!"

O fiscal do distrito tinha lido o transcrito experimentação dos ribeiros de Henry'. Olhou o homem assentado na frente dele e disse-o, "eu compreendo que você é um pai de família."

"Que é direito," Henry Ribeiro disse orgulhosa. "Que é o que este país é toda sobre. Se cada família poderia..."

"Sr. Ribeiro." Inclinou-se para a frente. "Você tem trabalhado com juiz Stanley."

"Eu não conheço nenhum juiz Stanley."

"Deixe-me refrescar sua memória. Pô-lo sobre a palavra de honra. Usou-o para encarnar um detective privado nomeado

Fredy Tillman, e nós temos a razão acreditar igualmente pediu que você matasse uma Jennifer Stanley."

"Eu não conheço o que você está falando sobre."

"O que eu estou falando aproximadamente é uma frase de dez a vinte anos. Eu estou indo incrementar os vinte."

Os ribeiros de Henry girados empalidecem. "Você não pode fazer aquele! Porque, minhas esposa e crianças..."

"Exatamente. Por outro lado," o fiscal do distrito disse, "se você é disposto girar a evidência do estado, eu é preparado para arranjar para que você obtenha fora muito levemente."

Os ribeiros de Henry estavam começando a suar.

"Que... o que eu têm que fazer?"

"Conversa a mim..."

Agora, na sala de conferências do advogado de Reynolds & de Frank Harold na lei, os ribeiros de Henry olharam Thomas, e disseram-no, "como é você, juiz?"

Billy olhou acima e exclamou, "Hey! É Frank Tillman!"

George disse a Thomas, "este é o homem que você

pediu para quebrar em nossos escritórios, para obter-lhe uma cópia da vontade do seu pai, para escavar acima o corpo do seu pai, e matar Jennifer Stanley."

Tomou um momento para que Thomas encontre sua voz. "Você é louco! É um criminoso condenado. Ninguém está indo tomar sua palavra contra minhas!"

"Ninguém tem que tomar sua palavra," George disse. "Tenha-o visto este homem antes?"

"Naturalmente. Foi tentado em minha corte."

"O que é seu nome?"

"Seu nome é…" Thomas viu a armadilha. "Eu significo que… tem provavelmente muitos pseudônimos."

"Quando você o tentou em sua sala do tribunal, seu nome era ribeiros de Henry."

"Que… que é direito."

"Mas quando veio a Los Angeles, você introduziu-o como Fredy Tillman."

Thomas estava chafurdando. "Bem, I… I…"

"Você teve-o liberado em sua custódia, e você usou-o para tentar mostrar que Mary Perkins era a Jennifer real."

"Não! Eu não tive nada fazer com aquele. Eu nunca encontrei essa mulher até que apareceu aqui."

George girou para o tenente Kennedy. "Você obteve aquele, tenente?"

"Sim."

George girou de volta a Thomas. "Nós verificamos em Mary Perkins. Igualmente foi tentada em sua sala do tribunal e liberada em sua custódia. O fiscal do distrito em San Francisco emitiu uma ordem de procura esta manhã para sua caixa de cofre-forte. Chamou há pouco para dizer-me que encontraram um original lhe dar a parte de Jennifer Stanley da propriedade do seu pai. O original foi assinado cinco dias antes que a Jennifer suposta Stanley chegou em Los Angeles."

Thomas estava respirando duramente, tentando recuperar suas sagacidades.

"Eu... Eu... isto sou absurdo!"

O tenente Kennedy disse, "mim está colocando-o sob a apreensão, juiz Stanley, para que a conspiração cometa o assassinato. Nós arranjaremos para papéis da extradição. Você será enviado para trás a San Francisco."

Thomas esteve lá, seu mundo que desmorona em torno dele. "Você tem o direito de permanecer" silencioso. Se você escolhe a dê acima este direito, qualquer coisa que você diz pode e será usado contra você em um tribunal de justiça. Você tem o direito de falar a um advogado e de tê-lo actual com você quando você for questionado. Se você não pode ter recursos para contratar um advogado, se estará apontado para representá-lo antes de questionar, se você deseja um. Você compreende?"

O tenente Kennedy pediu.

"Sim." E então um sorriso triunfante lento iluminou sua cara. Eu sei batê-los! pensou feliz.

"É você apronta-se, julga-se?"

Inclinou-se e disse-se calma, "sim. Eu estou pronto. Eu gostaria de ir para trás ao ar de Bell pegara minhas coisas."

"Que é muito bem. Nós mandaremos estes dois polícias acompanhá-lo."

Thomas girou para olhar Jennifer, e havia tanto um ódio em seus olhos que a fez estremecer.

Trinta minutos mais tarde, Thomas e os dois polícias alcançaram o ar de Bell. Andaram no salão dianteiro.

"Tomar-me-á somente alguns minutos ao bloco," Thomas disse. Olharam enquanto Thomas foi acima da

346

escadaria a sua sala. Em sua sala, Thomas andou sobre ao departamento que contém o revólver e carregou-o.

O som do tiro pareceu reverberar.

Billy e Carmen foram assentados na sala de estar no ar de Bell. As meias dúzia dos homens nos macacões brancos estavam tomando abaixo das pinturas das paredes e estavam começando desmontar o mobiliário.

"É o fim de uma era." Carmen suspirou.

"É o começo," Billy disse. Sorriu. "Eu desejo que eu poderia ver a cara de Anita quando encontra qual sua metade de minha fortuna é!" Tomou a mão da sua irmã. "É você aprovado? Sobre David, eu significo."

Inclinou-se. "Eu obterei sobre ela. De qualquer modo, eu estou indo ser muito ocupado. Eu tenho uma audição preliminar em duas semanas. Após isso, eu verei o que acontece."

"Eu sou certo que tudo será toda direito." Aumentou. "Eteno uma chamada telefónica importante a fazer," Billy disse-lhe. Teve que quebrar a notícia a Nicole Carson.

"Nicole," Billy disse apologética, "eu estou receoso que eu estou indo ter que ir para trás em nosso negócio. As coisas não deram certo como eu tinha esperado que."

"É você todo o direito, Billy?"

"Sim. Tem ido muito sobre aqui. Anita e eu somos terminados."

Havia uma pausa longa. "Oh? É você que vem para trás ao ar de Bell?"

"Sincera, eu não conheço o que eu estou indo fazer."

"Billy?"

"Sim?"

Sua voz era macia. "Voltado, por favor." Jennifer e George estavam para fora no pátio.

347

"Eu sou pesaroso sobre as coisas da maneira despejadas," George disse. "Sobre você que não obtém o dinheiro, eu significo."

Jennifer sorriu nele. "Eu não preciso realmente cem cozinheiros chefe."

"Você não é desapontado que sua viagem aqui foi desperdiçada?"

Olhou acima nele. "Era desperdiçou, George?" Nunca conheceram quem fez o primeiro movimento, mas estava em seus braços, e guardara-a, e estavam beijando.

"Eu tenho quis fazer desde isto a primeira vez que eu o vi."

Jennifer agitou sua cabeça. "A primeira vez que você me viu, você disse-me para sair da cidade!"

Sorriu. "Eu fiz, não fiz eu? Eu não o quero nunca sair."

E pensou das palavras de Susan. "Você não sabe se o homem propôs?"

"É que uma proposta?" Jennifer pediu.

Manteve-a mais apertada. "Você apostou que é. Você casar-me-á?"

"Oh, sim!"

Carmen saiu ao pátio. Guardara-a um pedaço de papel em sua mão.

"Eu... mim apenas obtive este no correio."

George olhou-a, preocupado. "Não outros...?"

"Não. Eu fui desenhista do desgaste de mulheres votadas do ano."

Billy e Carmen e Jennifer e George foram assentados na tabela da sala de jantar. Toda em torno deles os trabalhadores moviam cadeiras e sofás, e levavam-nos fora.

George girou para Billy. "O que são você que vai fazer agora?"

"Eu estou indo para trás ao ar de Bell. Primeiramente, eu estou indo verificar dentro com o Dr. Thompson. Então um amigo meu tem uma corda dos pôneis que eu estou indo montar."

Carmen olhou Jennifer. "É você que vai para trás a Miami?"

Quando eu era uma menina, pensamento de Jennifer, eu desejei que alguém me tomaria fora de Florida e me traria a um lugar mágico onde eu encontrasse meu príncipe. Tomou a mão de George. "Não," Jennifer disse. "Eu não estou indo para trás a Miami."

Olharam dois homens tomar para baixo o retrato enorme de Robert Stanley.

"Eu nunca gosto dessa imagem," Billy disse.

EXTREMIDADE

MOVIMENTAÇÃO MÁ DO MODO

A MOVIMENTAÇÃO MÁ do MODO é uma ficção do crime, criada em novembro 21, 2010 para finalidades do entretenimento somente. A ideia principal é que o homem rico Robert Stanley está conduzido por seu "humor mau," que criam a frustração. Trata seus membros da família e amigos sem o respeito qualquer. A história envolve o crime baseado em problemas da família. O livro é altamente recomendado para os povos, cujo o inglês é uma segunda língua. Não se recomenda para crianças na idade 18 e abaixo, devido aos comportamentos maus e ao formulário suave da violência.

© 2010 de Copyright da ficção do crime por Alan Douglas

ISBN: 978 - 1 – 61400-0006

Alan Douglas
List of his Book (Paperback) set up as POD (Print on Demand) with CreateSpace(Amazon.com Company)USA

1. Bad Mood Drive: American English Edition
ISBN-13: 978-1614000037
ISBN-10: 1614000034
LCCN: 2014916291
Create Space Title ID # 4979997

2. Bad Mood Drive: Spanish-English Double Edition
ISBN-13: 978-1614000020
ISBN-10: 1614000026
LCCN: 2014953099
Create Space Title ID # 4967359

3. Guia De Humor Mala
Bad Mood Drive: Spanish Edition
ISBN-13: 978-0983180913
ISBN-10: 0983180911
Create Space Title ID # 4967359

4. Bad Mood: English Edition
ISBN-13: 978-1503001299 (CreateSpace-Assigned)
ISBN-10: 1503001296
BISAC: Fiction / Crime
Create Space Title ID # 5073664

5. MAUVAISE COMMANDE d'HUMEUR
Bad Mood Drive French Edition
ISBN-13: 978-1614000051
ISBN-10: 1614000050
BISAC: Fiction / Crime
Create Space Title ID # 5069020

6. Bad Mood Drive
French-English Double Edition
ISBN-13: 978-1614000044
ISBN-10: 1614000042
BISAC: Fiction / Crime
Create Space Title ID # 4989961

7. Movimentacao Ma Do Modo
Bad Mood Drive Portuguese (Brazil) Edition
ISBN-13: 978-1614000006
ISBN-10: 161400000X
BISAC: Fiction / General
Create Space Title ID # 3572061

8. Bad Mood Drive
Portuguese (Brazil) - English Double Edition
ISBN-13: 978-1614000105
ISBN-10: 1614000107
BISAC: Fiction / Crime
Create Space Title ID # 5167586

9. Bad Mood Drive: German Edition
ISBN-13: 978-1614000136
ISBN-10: 1614000131
BISAC: Fiction / Crime
Create Space Title ID # 5225599

10. Bad Mood Drive: German - English Double Edition
ISBN-13: 978-1614000143
ISBN-10: 161400014X
BISAC: Fiction / Crime
Create Space Title ID # 5225622

11. Bad Mood Drive: Polish Edition
ISBN-13: 978-1614000174
ISBN-10: 1614000174
BISAC: Fiction / Crime
Create Space Title ID # 5249511

12. Bad Mood Drive: Polish-English Double Edition
ISBN-13: 978-1614000181
ISBN-10: 1614000182
BISAC: Fiction / Crime
Create Space Title ID # 5249544

13. Bad Mood Drive: Italian Edition
ISBN-13: 978-1614000198
ISBN-10: 1614000190
BISAC: Fiction / Crime
Create Space Title ID # 5253420

14. Bad Mood Drive: Italian - English Double Edition
ISBN-13: 978-1614000204
ISBN-10: 1614000204
BISAC: Fiction / Crime
Create Space Title ID # 5253634

15. Bad Mood Drive: Bulgarian Edition
ISBN-13: 978-1614000235
ISBN-10: 1614000239
BISAC: Fiction / Crime
Create Space Title ID # 5330553

16. Bad Mood Drive: Bulgarian-English Double Edition
ISBN-13: 978-1614000242
ISBN-10: 1614000247
BISAC: Fiction / Crime
Create Space Title ID # 5330601

17. Bad Mood Drive: Russian Edition
ISBN-13: 978-1614000211
ISBN-10: 1614000212
BISAC: Fiction / Crime
Create Space Title ID # 5267174

18. Bad Mood Drive: Russian - English Double Edition
ISBN-13: 978-1614000228
ISBN-10: 1614000220
BISAC: Fiction / Crime
Create Space Title ID # 5267250

19. Bad Mood Drive: Arabic Edition
ISBN-13: 978-1614000112
ISBN-10: 1614000115
BISAC: Fiction / Crime
Create Space Title ID # 5190152

20. Bad Mood Drive: Arabic-English Double Edition
ISBN-13: 978-1614000129
ISBN-10: 1614000123
BISAC: Fiction / Crime
Create Space Title ID # 5190446

21. Bad Mood Drive: Hindi Edition
ISBN-13: 978-1614000150
ISBN-10: 1614000158
BISAC: Fiction / Crime
Create Space Title ID # 5233401

22. Bad Mood Drive: Hindi-English Double Edition
ISBN-13: 978-1614000167
ISBN-10: 1614000166
BISAC: Fiction / Crime
Create Space Title ID # 5233880

23. Bad Mood Drive: Japanese Edition
ISBN-13: 978-1614000068
ISBN-10: 1614000069
BISAC: True Crime / General
Create Space Title ID # 5094820

24. Bad Mood Drive: Japanese - English Double Edition
ISBN-13: 978-1614000082
ISBN-10: 1614000085
BISAC: Fiction / Crime
Create Space Title ID # 5097840

25. Bad Mood Drive: Chinese (Simplified) Edition
ISBN-13: 978-1614000075
ISBN-10: 1614000077
BISAC: Fiction / Crime
Create Space Title ID # 5112746

26. Bad Mood Drive: Chinese (Simplified)-English Double Edition
ISBN-13: 978-1614000099
ISBN-10: 1614000093
BISAC: Fiction / Crime
Create Space Title ID # 5115013

27. Bad Mood Drive: Chinese (Traditional) Edition
ISBN-13: 978-1614000266
ISBN-10: 1614000263
BISAC: Fiction / Crime
Create Space Title ID # 5333954

28. Bad Mood Drive: Chinese (Traditional)-English Double Edition
ISBN-13: 978-1614000273
ISBN-10: 1614000271
BISAC: Fiction / Crime
Create Space Title ID # 5333980

AUTHOR BIOGRAPHY

Alan Douglas is an American writer with a strong academic background who graduated from Bernard Baruch College, New York. He has lived on the East Coast, Chicago, and Milwaukee, and currently resides in Los Angeles, California.

Douglas has four screenplays registered with the Writers Guild of America and the Library of Congress. Bad Mood Drive is available in multiple languages, including an English/French double edition to promote American English internationally. His next project, Charming Lady, is currently under development.

Biografia do Autor

Alan Douglas é um escritor norte-americano com uma sólida formação acadêmica que se formou a partir de Bernard Baruch College, em Nova York. Ele viveu na Costa Leste, Chicago e Milwaukee, e atualmente reside em Los Angeles, Califórnia.

Douglas tem quatro roteiros registrados com o Writers Guild of America e da Biblioteca do Congresso. Bad Mood unidade está disponível em vários idiomas, incluindo uma edição dupla Inglês / Francês para promover Inglês Americano internacionalmente. Seu próximo projeto, Lady Charme, está atualmente em desenvolvimento.

Bad Mood Drive Portuguese (Brazil) Edition Alan Douglas

www.ingramcontent.com/pod-product-compliance
Lightning Source LLC
Chambersburg PA
CBHW061315170626
46817CB00001B/185